LES

ÉTATS GÉNÉRAUX

DU PARNASSE, DE L'EUROPE, DE L'ÉGLISE ET DE CYTHERE,

OU

LES QUATRE POÈMES POLITIQUES.

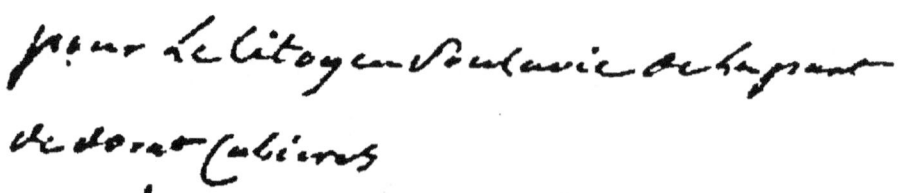

pour le citoyen Soulavie de la part
de dorat Cubieres

LES
ÉTATS GÉNÉRAUX
DU PARNASSE, DE L'EUROPE, DE L'ÉGLISE ET DE CYTHÈRE.
OU
LES QUATRE POÈMES POLITIQUES,
Lus au Lycée du Palais Royal, et suivis de plusieurs autres Poëmes.

PAR DORAT-CUBIÈRES.

Je me suppose dans le Lycée d'Athènes, répétant les leçons de mes Maîtres, & ayant les Platons & les Xenocrates pour juges.

J. J. ROUSSEAU, *Discours sur l'origine de l'inégalité.*

Prix, 4 liv. 10 sous.

A PARIS,

De l'Imprimerie, & chez L. P. COURET, rue Christine, N°. 2.
GATTAY, Libraire au Palais royal.
LECLERE, Libraire, rue Saint-Martin, à côté de la rue aux Ours

1791.

DORAT-CUBIÈRES

A SAPHO BEAUHARNAIS.

SALUT,

IL y a dans votre société, Madame, un homme à qui on avait donné le nom de *Jean-Baptiste* dans la cérémonie du baptême, & comme il ne croit point à la cérémonie du baptême, il a dit plaisamment qu'il avait renvoyé (1) son patron en Palestine, après avoir renvoyé ses armoiries en Prusse. Cet homme me rappelle ces amans trompés que renvoient lettres & portraits à leurs maîtresses infidelles, & j'espère que ma comparaison vous paroîtra juste. Si les femmes trompent quelquefois, les prêtres trompent bien davantage. Je crois

(1) Voyez *l'Orateur du genre humain*, ou *Dépêche du Prussien Cloots au Prussien Hertzberg*, page 134, édition qui a paru chez DESENNE, année 1791.

encore à la vertu des femmes, puisque vous existez; mais je ne crois plus aux prêtres, & j'imite Anacharsis Clootz en me débaptisant, après m'être, ainsi que lui, déféodalisé (1) long-temps avant le décret sur la noblesse. On m'avait donné le nom de *Michel*, à la cérémonie du baptême; & quoique ce Michel ait été le général de la milice céleste, quoiqu'il ait remporté des victoires sur la légion des diables, & quoique plusieurs légendes nous vantent ses exploits, je n'ai jamais été jaloux de marcher sur ses traces. Quand je me rappelle la bravoure d'un certain ange qui tue en une seule nuit cent quatre-vingt-cinq mille hommes de l'armée des Assyriens, je suis un peu Saducéen sur l'article des anges, & je ne suis pas honteux de mériter la colère de saint Luc, qui reproche vertement aux Saducéens, dans les Actes des Apôtres, d'être des matérialistes, & de ne pas croire aux anges. Quel affreux modèle à suivre que celui d'un vilain ange qui égorgea de sa propre main cent quatre-vingt-cinq mille hom-

(1) Voyez le *Voyage à la Bastille*, en prose, & en vers, signé *Michel Cubières*, & non plus *le Chevalier de Cubières*. Cet ouvrage a paru dans le mois de Juillet 1789, & le décret sur la noblesse n'a été porté que le 19 Juin 1790.

mes, parce qu'ils ne croyent point en *Jehova*, & qu'ils passent à ses yeux pour des hérétiques ! Je ne connais & n'ai jamais connu de vrais hérétiques que les ennemis de la Trinité civique, la nation, la loi, le roi, que les gens qu'on appelle *aristocrates ;* encore ne voudrais-je pas les tuer, espérant qu'ils se convertiront tôt ou tard à l'admirable & saine doctrine de l'assemblée nationale : je ne veux donc plus porter le nom d'aucun ange, & je renvoie mon patron belligérant en Paradis, comme Anacharsis Clootz a renvoyé le sien en Palestine, & comme j'espère que vous renverrez à Rome votre patrone françoise.

Que Michel, mon patron, reste dans le Ciel au milieu des Séraphins, des Chérubins, des Trônes, des Dominations, &c. ; moi, je reste à Paris au milieu des Citoyens régénérés qui valent mieux que des anges ; que dis-je? l'homme est très-supérieur à l'ange, sans doute ; non, comme le disent les Théologiens, à cause de l'union hypostatique du Verbe éternel avec la nature humaine, mais parce que les vertus de l'homme l'emportent de beaucoup sur celle de l'ange. L'ange n'est point sujet à la nécessité de la mort, de al faim, de la soif, de la douleur, de la maladie : il n'a aucune barrière à surmonter, aucun obstaçle à vaincre pour arriver à la perfection ; il est sorti tout parfait des mains du Créateur, & l'homme, pour approcher de cette perfection sublime, a besoin de tant de courage, de tant d'énergie, de patience & de persévérance ! C'est donc une créature humaine que je veux imiter, une créature humaine que je choisis pour mon patron, & non une créature angélique, & cette créature humaine ou plutôt cet homme, c'est Dorat ; c'est Claude-Joseph Dorat, qui eut beaucoup plus de ressemblance avec Ovide, qu'avec Joseph & Claude, & qui aurait dû prendre le nom d'*Ovide Dorat*, comme je vais prendre celui de *Dorat Cubières.*

Claude-Joseph Dorat fut le premier homme de lettres que je connus, le premier que j'aimai lorsque je vins pour la première fois dans la capitale. C'est chez vous que je le rencontrai, & c'est de lui que j'appris à célébrer vos vertus & à rendre hommage à vos grâces ; il fortifia en moi par ses leçons & ses exemples le goût de la poésie avec lequel j'étais né ; il fut, pendant dix années, mon Mentor, mon modèle & mon ami. Dorat vous eut à peine connue qu'il chanta l'amour & la beauté, & j'ai chanté la beauté & l'amour. Dorat a fait des Comédies & des Romans, & j'ai fait des

Romans & des Comédies : il a vécu pour les lettres & l'amitié, & l'amitié & les lettres font tout le charme de ma vie. Doué d'un talent très-inférieur au sien, je n'ai pas eu autant de succès que lui, & il y a grande apparence que je n'atteindrai jamais à sa renommée. C'est, sans doute, par cette raison que de son vivant même on m'appela *le petit Dorat*, & vous vous souvenez peut-être qu'un certain comte ou vicomte de Rivarol, enveloppant Dorat & moi dans la même épigramme, me compara un jour au *ciron en délire qui veut imiter la fourmi.* Cette épigramme parut il y a environ dix années dans le Courrier de l'Europe, & je ne m'en fâchai point ; que dis-je? pourrais-je m'offenser d'une épigramme qui justifie en quelque sorte le nom glorieux que j'ose prendre, & qui me confirme dans l'opinion que j'ai toujours eue de mon faible talent? S'il est faux, en effet, que Dorat ne soit qu'une fourmi en littérature, n'est-il pas évident que je ne suis qu'un ciron? Et ne dois-je pas bénir & remercier l'auteur de cette épigramme, au lieu de m'en plaindre?

C'est sur-tout dans les quatre Poëmes ci-joints, que vous verrez combien est juste & méritée l'épigramme du Rivarol, & combien, pour soutenir l'un par l'autre, j'ai eu raison d'allier au nom brillant de Dorat, le nom obscur de Cubières. La sainte insurrection française, ayant fait éclore dans la plûpart des âmes le feu sacré de la liberté & le noble amour de la patrie, la mienne ne fut pas des dernières à s'en pénétrer, & lisant déjà dans l'avenir tout le bien que pouvait faire la révolution dans l'ordre politique & dans l'ordre moral, je tâchai de m'élever en grands vers aux grandes vues de cette révolution immortelle. Je fis les Etats-Généraux de Cythère pour rendre les moeurs plus pures & plus décentes, & pour initier mes concitoyens dans les mystères d'un nouvel art d'aimer. Ce Poème est entièrement dirigé contre le libertinage, & il devait vous être dédié : aussi votre nom le consacre. Mon intention fut d'attaquer le fanatisme religieux dans les Etats-Généraux de l'Eglise, de combattre la manie des conquêtes dans les Etats-Généraux de l'Europe, & c'est au mauvais goût que j'ai déclaré la guerre dans les Etats-Généraux du Parnasse. Vous m'avez entendu lire ces quatre Poèmes au Lycée du Palais-Royal devant de nombreuses assemblées ; & à chaque lecture que j'ai faite, des auditeurs éclairés & sages n'ont pas dédaigné de rendre justice, par des applaudissemens réitérés, à mes intentions patriotiques & morales. Quoique ces applaudissemens soient très-honorables, ils ne m'ont point tourné la tête. Je sens qu'il y a beaucoup de négligences, beaucoup d'incorrections, souvent des inutilités dans mes quatre Poèmes, & que le Rivarol ne s'est pas trompé en me comparant à un ciron débile : malgré les suffrages que l'on m'a accordés, je sens plus que jamais qu'un ciron doit être modeste, & si Dorat avait traité les mêmes sujets que moi, je sens qu'il y aurait mis bien plus de grâce, de philosophie & de verve. Un ciron cependant peut avoir de l'orgueil quelquefois ; j'en ai depuis que vous m'avez accordé votre suffrage, & j'ai senti, depuis ce moment, en lisant quelques ouvrages du noble Rivarol, mon antagoniste, j'ai senti qu'au-dessous du ciron, il y avait encore des animalcules infiniment plus petits que le ciron même.

Je me croirai un aigle, Madame, si, en lisant mes quatre Poèmes imprimés, & les autres bagatelles qui les suivent, vous les trouvez dignes de vous être offerts ; & fort de l'égide de Minerve, je braverai les traits des mirmidons. Que doit-on craindre, en effet, lorsqu'on est armé de votre suffrage, & quelle femme eut jamais, avec l'immortelle Sapho, des ressemblances plus frappantes que vous ?

Elle composa des vers qui ont été recueillis par toutes les âmes sensibles, & les vôtres, une fois entrés dans la mémoire, n'en sortent jamais. Quoique, dans votre *Epître aux hommes*, vous disiez à notre sexe d'assez dures vérités, ces vérités sont enveloppées de tant de grâces, qu'ils l'écoutent en souriant, & finissent tous par adorer la Muse aimable qui les châtie; il en est plusieurs même qui demandent à baiser la jolie main qui les frappe, & si tous ne sont pas corrigés par vos leçons, tous au moins se proposent intérieurement de devenir plus sages. Rendre les hommes plus sages quand on est femme, quel prodige! il n'était réservé qu'à vous. Vous en avez fait d'autres, Madame, & leur énumération ne pourra encore étonner que vous-même. Sapho rassemblait chez elle tous les beaux-esprits de Mitilène, parmi lesquels on compte Stésicore & Alcée qui furent ses rivaux, & c'est de-là peut-être que les Académies tirent leur origine. Les beaux esprits de la capitale imitent ceux de Mitilène, en se réunissant chez vous. C'est là que j'ai vu Dorat, Colardeau, Collé, Pezai, Bonnard, Crébillon fils, &c. C'est là que je les ai entendus vous lire tour-à-tour leurs écrits ingénieux, & les embellir en les corrigeant d'après vos critiques plus ingénieuses encore.

La Feinte par amour a été composée sous vos yeux, & presque sous votre dictée. Mélise ne dit pas un mot dans ce petit chef-d'oeuvre qui ne soit plus d'une fois sorti de votre bouche, & si Mélise a plu généralement, c'est que vous en aviez fourni le modèle. C'est chez vous que je vois encore, chez vous que j'entends encore, & toujours avec un nouveau plaisir, le prince Gonzague de Castiglione, si digne par ses sentimens patriotiques & par sa philosophie profonde, d'admirer la nouvelle Constitution française, & qui l'établirait lui-même dans ses états, s'ils lui étaient jamais restitués. C'est là que je rencontre, presque chaque jour, plusieurs de nos plus sages députés, Rabaud de Saint-Etienne, Boissi d'Anglas, de Cotte, &c. & les Mercier, los Brizard, les Bérenger, les Gudin, les Clootz, les Du Saulx, les Bitaubé, les Dudoyer, les Cailhava, les Rétif, si bien faits pour marcher sur leurs traces. C'est chez vous, j'ose le dire (& ces messieurs ne me démentiront pas), chez vous que les grandes idées de la Constiution nouvelle ont d'abord été développées & annoncées avec éclat, lorsque J. J. Rousseau votre adorateur, lorsque Mabli, Bailli, Barthelemi, Buffon & plusieurs autres philosophes célèbres ne voulurent jamais y reconnaître d'autre tyrannie que celle de la beauté, & conspirèrent la chûte des tyrans de toute espèce dans leurs sublimes & énergiques conversations ; chez vous que s'est formé votre jeune neveu Alexandre Beauharnois dans le grand art de la législation, & chez vous qu'il a puisé cette modestie, si rare qui l'a seule empêché d'être étonné de sa gloire, lorsque choisi deux fois par le sénat le plus auguste de l'univers, il a été élevé deux fois à l'honneur de le présider. C'est votre petit sallon bleu & argent qui a été, pour ainsi dire, l'oeuf de l'assemblée nationale, & de cet oeuf sont sortis les germes qui, fécondés par l'opinion publique, ont produit les fruits de la liberté.

La maison de Sapho était fermée à ces petits nobles d'un jour que l'orgueil égare, & à ces nobles de deux ou trois siècles qui pensent qu'un grand nom doit tenir lieu de talens. Il en a toujours été de même de la vôtre : l'égalité & la liberté y président ; elles sont vos dames d'atours, vos conseillères les plus assidues, les plus intimes, & la douce concorde y sème de fleurs la table de vos banquets. Les auteurs y sont sans jalousie, les philosophes sans esprit de système, les prêtres mêmes sans fanatisme, & tous, en se donnant la main, s'y embrassent sous le même laurier,

Sapho, dit-on, ne put jamais se faire aimer de l'insensible Phaon qui, pour la fuir, s'en alla en Sicile. Notre bonheur est de rester où vous êtes, & si nous sommes sujets à un malheur, ce n'est pas de ne point vous aimer, mais de donner dans l'excès contraire. Nous sommes envers vous ce que Sapho était envers Phaon, & le rôle de Phaon que vous jouez beaucoup trop bien, est tout ce qui nous désespère. Conservez, malgré ces dissemblances, conservez le nom de Sapho que vous méritez à tant de titres, & soyez toujours Sapho pour nous, dussions-nous tôt ou tard aller en Acarnanie chercher le promontoire de Leucade. Souffrez, du moins que je substitue toujours au nom de *Françoise* qu'un prêtre catholique vous a donné, celui de *Sapho* que je vous donne, & que je vous baptise au nom de la nation qui ne me désaprouvera pas, puisque déjà des prêtres constitutionnels ont baptisé au nom de la nation, & que déjà la nation entière vous a décerné le nom immortel de *Sapho*. Puissent enfin tous les grands hommes de la France se choisir ainsi un patron, soit dans l'histoire de la Grèce & de Rome, soit dans l'année française du philosophe Manuel, soit dans le calendrier de Sylvain Maréchal, tous ouvrages bien plus estimés & bien plus dignes d'estime que le calendrier du pape Grégoire! Ne vaudrait-il pas mieux dire, en effet, Tullius Bailli, Scipion La Fayette, Platon Sieyes, Fénélon Talleyrand, Brutus Robertspiere, Quintilien La Harpe, que de conserver à ces hommes illustres des noms baptismaux de saints & de saintes qui n'ont aucun rapport avec leur morale & leurs écrits? Et pour en revenir au Prussien Clootz qui, le premier, nous a donné l'exemple de nous débaptiser en prenant le nom d'Anacharsis (1), ne vaut-il pas mieux choisir ses patrons & patrones dans Rome profane que dans Rome la sainte, & imiter des payens remplis de vertus & de génie, quoique damnés, que des moines & moinesses canonisés par le pape & solemnel-

(1) Je suppose, dit l'abbé Barthelemi, dans l'avertissement du *Voyage d'Anacharsis*, qu'un Scythe, nommé *Anacharsis*, vint en Grèce quelques années après la naissance d'Alexandre, &c. Il le suppose ensuite fils de Toxaris, d'où il résulte que ce Toxaris et cet Anacharsis sont des personnages imaginaires. L'Anacharsis que M. de Clootz a choisi pour patron, est celui sans doute dont Diogène-Laërce a écrit la vie : il a réellement existé; il étoit Scythe aussi; il a voyagé aussi dans la Grèce. Diogène-Laerce rapporte de lui plusieurs mots ingénieux, et quelques auteurs l'ont mis au nombre des sages.

Telles

lement placés dans le ciel, quoiqu'ils n'eussent d'autre mérite que de faire assidûment l'oraison & se donner la discipline ?

Telles furent, Madame, les grandes qualités de Françoise de Pontians, votre ci-devant patrone, mariée avec un seigneur Romain appelé *Pontians*. Elle aimait tellement l'oraison qu'elle y vaquoit beaucoup plus qu'aux devoirs conjugaux. La Fleur des Saints nous rapporte que, demandée un jour par son mari, & interrompue au moment où elle récitait l'Office de la Vierge, elle se rendit à ses voeux en rechignant, & la Fleur des Saints ajoute que, retournée à sa première occupation, elle trouva écrits en lettres d'or tous les versets, de l'office, qu'elle n'avait pas pu achever. Quel miracle! Le Ciel n'en fera jamais de semblables pour vous, Madame; le plaisir de dire l'Office divin ne vous aurait jamais fait manquer à vos devoirs d'épouse, de mère, de fille, de citoyenne, &c. & votre beau Roman de *Stéphanie*, & votre joli Roman de l'*Abailard supposé*, & vos vers ingénieux & votre prose piquante, n'ont pas besoin, pour être embellis, qu'une main invisible les écrive en caractères d'or. Soyez donc Sapho désormais, & ne soyez plus Françoise. Faites des hymnes à l'Amour, & ne chantez point les hymnes de l'Eglise :

ne vous donnez point la discipline sur-tout, & croyez à Voltaire, au lieu de croire au Pape. Voltaire a si bien dit :

Le Paradis est fait pour un cœur tendre,
Et les damnés sont ceux qui n'aiment rien.

Croyez, en dépit de toutes les légendes, que cette morale de Voltaire vaut bien celle de la Cour de Rome, & agréez l'assurance de mon respect.

De Paris, le 1.er auguste 1791.

LES
ÉTATS GÉNÉRAUX
DU PARNASSE,
OU
LES CAHIERS DES MUSES,
POÈME.

PRÉFACE.

Je revenais d'Italie vers le milieu du mois de Mai 1790; j'avais franchi les sommets des Alpes, & traversé les montagnes de la Savoie. J'étais à Lyon enfin, ville célèbre & florissante, dont le séjour est bien préférable à celui de Rome. Je me promenais, un jour, aux Broteaux, sur les rives du Rhône, où les troupes citoyennes des Départemens voisins s'étaient rassemblées, & avaient juré unanimement d'être fidèles à la Nation, à la Loi & au Roi, & de maintenir la nouvelle constitution française. Cette promenade des Broteaux est charmante, & inspire les plus agréables rêveries : je m'y livrais avec une douce nonchalance, & voilà qu'un papier déployé sur le gazon, à quelques pas de moi, vient frapper mes regards : je m'avance, je le ramasse, & qu'on juge de ma surprise, lorsque j'y lis, en beaux caractères, les paroles suivantes :

« Apollon, par la grâce de Jupiter, roi du Parnasse & de l'Hélicon : A tous présens & à venir, Salut.

Ayant appris dans mes poétiques états, qu'une grande révolution venait de changer la face de la France, que le peuple, autrefois soumis à des tyrans de toute espèce, en avait glorieusement secoué le joug, & ne vouloit plus être gouverné que par les loix, ayant appris qu'à Paris il n'y avoit plus de Bastille, plus de censeurs royaux, & que les docteurs de Sorbonne avaient sur-tout perdu leur empire; considérant que, depuis cette grande révolution, nos chers nourrissons, les poètes, orateurs, historiens, &c., pouvaient écrire sur toutes les matières, sans craindre d'être dénoncés, censurés & emprisonnés; considérant que, jusquà ce moment, plusieurs d'entre eux avaient perdu leur papier & leur encre à écrire des choses inutiles, ou plutôt avaient souillé leur génie par des ouvrages remplis d'adulation, de maximes funestes à la liberté, à l'humanité, à la tolérance; considérant qu'il fallait leur donner de nouveaux conseils pour se bien conduire dans la nouvelle carrière qui s'ouvre devant eux, & faire usage de notre pleine & entière autorité pour les empêcher de s'égarer dans les routes de la frivolité & de la basse flatterie; considérant enfin que des hommes libres, qui cultivent les lettres, doivent sur-tout faire aimer la liberté & propager les excellens principes de la philosophie; après une longue & mûre délibération, de l'avis de notre conseil, & de notre certaine ſcience, pleine puissance & autorité divine, nous avons dit, déclaré & ordonné, disons, déclarons, ordonnons, & nous plaît ce qui suit :

ARTICLE PREMIER.

Voulons que désormais, on ne ſasse plus aucune épître dédicatoire, à moins qu'on n'y célèbre sa maitresse ou son ami, & si un auteur y ſlagorne un prince, un grand seigneur, un homme en place, un prélat ultramontain, &c. condamnons ledit auteur à eſſacer son épître avec sa langue.

ART. II.

Bannissons des terres de notre obéissance tout écrivain, soit prosateur, soit poète, qui ſera ce qu'on appelle des calembourgs & inſectera ses écrits du style des précieuses.

ART. III.

Voulons que le poète qui aura le courage de se livrer au genre sublime & diſſicile de l'épopée, choisisse un sujet grand, majestueux, imposant & sur-tout national, & nous lui donnons à refaire la Pucelle de Chapelain, dont le plan est sage & régulier, & dont les vers sont détestables. Voulons au surplus qu'il traite ce sujet sérieusement, n'imaginant pas que, dans le genre opposé, il soit possible de le remplir mieux que ne l'a fait notre féal & amé Voltaire.

ART. IV.

Voulons qu'à l'exemple des poètes épiques, les tragiques français choisissent des sujets nationaux ou des sujets au moins dignes d'exciter & de fortifier dans les âmes le saint amour de la liberté & la haine des tyrans & du fanatisme. Voulons que leurs pièces soient dans le genre des *Horaces*, de *Brutus*, de *Guillaume Tell*, &c.; & leur proposons la mort de Henri IV, sujet où se trouvent, en grande partie, toutes les qualités que nous désirons.

ART. V.

Voulons qu'on ne fasse plus jargonner dans la comédie des ducs, des comtes, des marquis, des chevaliers, à moins qu'on ne leur donne des sentimens patriotiques, & qu'on ne les rende spirituels, plaisans & raisonnables. Défendons, en conséquence, à tous les comédiens de notre empire de représenter une foule de pièces vuides d'action & de sens, où lesdits comtes, marquis & chevaliers parlent beaucoup sans rien dire, & n'agissent que comme des insensés. Voulons que désormais les sujets de comédie soient pris dans la bourgeoisie, ou dans la classe du peuple. Tout est peuple en France depuis la révolution. Voulons que la comédie soit populaire, & qu'on y apprenne à bien vivre, bien parler & bien penser.

ART. VI.

Voulons que l'ode ne soit plus employée qu'à célébrer les grands hommes qui, par leurs actions ou leurs écrits, auront rendu de grands services à la patrie, & condamnons à être jetées au feu, ou à un autre usage, toutes celles où il n'y a que des mots & point d'idées; toutes celles où une sorte de ramage poétique tient lieu de la raison, de la philosophie & de la vérité.

ART. VII.

Ne permettons de faire des épigrammes & des satyres que contre les ennemis de la constitution, de l'assemblée nationale & des loix, à condition toutefois qu'elles seront gaies, fines & sans amertume. Condamnons, en conséquence, les auteurs des *Actes des Apôtres* à faire amende honorable aux mânes des auteurs de la Satyre Ménippée, de Gargantua, du Matanasius, &c. dont ils imitent si mal les plaisanteries ingénieuses & piquantes, & ordonnons aux auteurs des *Actes des Martyrs* (1) de mettre dans les leurs plus de sel & de légèreté.

ART. VIII.

Ordonnons aux jeunes gens que leur imagination & leurs talens appellent dans le champ de la poésie, & les exortons à lire très-souvent un ouvrage d'Young, intitulé : *Conjectures sur la composition originale*, & à se pénétrer des sages maximes & de l'esprit philosophique qu'il renferme ; leur enjoignons même à le préférer à l'art poétique de Boileau, quoique les règles de la poésie soient développées & exprimées très-poétiquement dans ce dernier ouvrage. Ce n'est pas le style de Boileau que nous craignons pour nos élèves ; ce sont ses principes. Les principes de Boileau étant, en général, d'une sévérité & d'une dureté extrêmes, doivent faire plus d'apostats que de prosélites. Il pousse la religion des Muses jusqu'au fanatisme, & rappelle les prêtres intolérans qui n'ont jamais à la bouche que cette horrible maxime : *hors de l'église, point de salut.* Boileau est le Grégoire VII du Parnasse ; son

(1) C'est un recueil dans le genre des *Actes des Apôtres*, & qui est fait pour le réfuter & leur servir de contre-poison.

zèle outré a écarté de notre communion une grande quantité de fidèles qui se seraient immortalisés par de bonnes oeuvres, & lorsqu'il dit en parlant de notre *Mont sacré* :

« Qui ne vole au sommet, tombe au plus bas dégré. »

Cette impertinence nous afflige autant qu'elle nous indigne. Nous pensons que, sans arriver au sommet de ce mont sacré, on peut y occuper des places très-honorables, & que même les hérétiques peuvent être sauvés. Nous ne sommes pas le Dieu des catholiques; mais le Dieu de la lumière, notre divin flambeau brille également pour tout le monde, & nous croyons que chacun peut, à sa manière, en dérober quelques rayons, & éclairer ses concitoyens à sa manière. Le bon docteur Young n'a ni les préjugés, ni l'intolérance de Boileau. C'est le Benoît XIV du Parnasse : il ne décourage personne par des préceptes trop rigoureux; il n'exclut personne du mont sacré; il ne damne personne; en un mot, & voilà les hommes que nous aimons, & voilà les maîtres dignes qu'on les écoute, & les véritables prêtres des Muses. »

ART. IX.

Voulons que l'Académie française s'occupe d'autre chose que de son éternel Dictionnaire,

& que les membres de cette illustre Compagnie ne travaillent plus sur des mots, mais sur des choses. Voulons qu'elle propose pour le sujet du prix du prochain Concours, l'éloge d'Honoré Riquetti-Mirabeau, & qu'on ne sache point d'avance quel Orateur doit remporter ce prix.

ART. X.

Voulons que les Académies de provinces imitent l'Académie française; que celle d'Amiens, par exemple, ne mette point au Concours l'éloge de Voiture, comme elle l'a fait il y a quelques années; mais celui de quelque grand législateur, de quelqu'ami du peuple, & que la voix de la philosophie, de la raison universelle & de la liberté, se fasse entendre d'un bout de la France à l'autre.

ART. XI.

Voulons qu'au lieu & place de Louis XIV, & du cardinal de Richelieu, tant loués par la plus grande partie des auteurs français, on substitue le bon Henri IV, si recommandable par ses vertus domestiques & son amour pour la vérité. Voulons qu'on félicite Louis XVI de s'être mis à la tête de la révolution, en allant, le 4 Février 1790, prononcer à l'Assemblée nationale le discours le plus patriote & le plus touchant : mais voulons que tous les éloges lui soient donnés sans fadeur, sans bassesse, & ne justifient point la haine que ce Roi citoyen a toujours montrée pour la flatterie.

ART. XII.

Voulons que les Prologues des Opéra de Quinault, quelques-uns de ses Opéra mêmes, & la plupart de ceux qui ont suivi les siens, soient relégués au magasin avec les vieux habits & les vieilles décorations qui ne sont plus d'aucun usage. Voulons que ce spectacle soit entiérement réformé & reconstruit sur un nouveau plan, & que les paroles qu'on y chante, disent quelque chose à l'esprit, & ne tendent point à ne plaire qu'à l'oreille. La musique est un art sublime, & l'un de ceux que nous aimons le plus à encourager : mais les tyrans s'en servent ordinairement pour étourdir les peuples sur leurs malheurs & les endormir dans la servitude. Voulons qu'en France on chante moins désormais, & que l'on pense davantage.

ART. XIII.

Voulons que les orateurs ne soient plus de grands phrasiers comme ci-devant, mais des hommes d'état & des philosophes. Voulons que leurs discours roulent sur de grands intérêts politiques, qu'ils discutent de grandes questions sur la morale, l'administration, & qu'ils imitent Cicéron, & Démosthènes beaucoup plus que le déclamateur Quintilien, ou Fléchier le périodiste.

ART. XIV.

Ordonnons à notre féal & amé De Lille (ci-devant abbé), de faire un poëme sur la *Déclaration des droits de l'homme & du citoyen*, sujet bien préférable à celui des *Jardins* qu'il a déjà traité, & bien plus philosophique; & afin que ladite déclaration soit embellie de toutes les manières, & soit à la portée de tous les esprits, ordonnons en outre à notre féal & amé Collin d'Harleville d'en faire une Comédie, & à notre féal & amé de Piis de la mettre en chansons & de l'expliquer joyeusement à tous les spectateurs sur le théâtre nouveau qu'il se propose d'élever au Vaudeville.

ART. XV.

Voulons qu'excepté l'Histoire de France de Mézerai, on brûle la plupart des Histoires de France comme remplies de mensonges, & vuides de vérités, comme souillées à chaque page par des éloges de la tyrannie, & comme ne faisant qu'une très-faible mention des droits du peuple. Ordonnons sur tout à ceux qui écriront celle de la révolution de ne se passionner ni pour ni contre, de raconter impartialement les choses comme elles se sont passées, en les assurant que le meilleur moyen de faire aimer la liberté, est de dire à tous les peuples avec candeur & simplicité, pour quelles raisons & de quelle manière les Français ont secoué le joug de l'esclavage.

ART XVI.

Ordonnons audit Historien de peindre Louis XVI, Bailli, La Fayette, Mirabeau, l'évêque d'Autun, Sieyes, &c. tels qu'ils ont été, & lui prédisons que ses caractères paraîtront aussi beaux, aussi étonnans, aussi héroïques que ceux de l'ancienne Rome, & que son ouvrage ira à la postérité la plus reculée, & fera l'admiration des siècles & de nos neveux, & vu que J. L. Soulavie aime beaucoup la tolérance & la vérité, quoique prêtre, lui enjoignons de faire cette histoire, à condition qu'il châtiera son style, & qu'il écrira avec plus de correction, de précision & d'élégance qu'il ne l'a fait jusqu'à ce moment.

ART. XVII.

Ordonnons de plus audit Historien de peindre brièvement & à grands traits, s'il désire d'être lu, & de prendre pour modèle l'admirable ouvrage de Montesquieu sur la grandeur & la décadence de Rome. Ma sœur Clio trouve dans cet ouvrage la profondeur de Tacite, l'élégance de Tite-Live, la chaleur de Saluste, la rapidité de Vertot, & c'est avec ces grandes qualités que l'histoire doit être écrite. Les Historiens, qui ne les ont pas, ne sont guère que des compilateurs, des chroniqueurs ou des journalistes.

ART. XVIII.

Ordonnons à notre féal & amé Marmontel, s'il fait encore des Contes moraux & des Romans historiques, de se souvenir qu'il a fait autrefois le quinzième chapitre de Bélisaire, & que, pour ledit chapitre, il a été long-temps persécuté par la Sorbonne, circonstance de sa vie qui l'honore, & qu'il a, dit-on, un peu trop oubliée depuis la révolution.

ART. XIX.

Ordonnons à tous les journalistes de ne plus faire des remarques minutieuses sur les vers & la prose de quelques célèbres écrivains, & de juger les beautés & les défauts d'un ouvrage, d'une manière large, s'il a été conçu largement, de ne plus s'appesantir sur des virgules & de voir les masses.

ART. XX.

ART. XX.

Ordonnons aux Traducteurs français de ne faire passer dans leur langue que les ouvrages d'un intérêt général & d'une philosophie profonde & universelle, de traduire Platon, par exemple, Xénophon, Plutarque, Sénèque, Pope, Lucrèce, Bolingbrock, Beccaria, Filanghieri, quoique déjà ils aient été traduits en totalité, ou en partie. Ces traductions leur serviront beaucoup à eux-mêmes, si elles sont inutiles au public, & les familiariseront avec les grandes idées de liberté, d'égalité & de tolérance, idées si nécessaires dans tous les pays & dans tous les siècles.

ART. XXI.

Ordonnons que le fanatique & anti-patriote abbé Royou soit mis au carcan, & le condamnons à mille pieds parisis de honte pour les injures qu'il ne cesse de vomir contre ..... «

Ici finissait le manuscrit, & l'ayant vainement cherché par-tout, je ne pus en connaître le reste. Ce fragment néanmoins me fit réfléchir, & me donna l'idée du Poème que je publie. C'est une espèce de supplément à l'*Ordonnance d'Apollon*; c'est presque une répétition de ses divins préceptes, & si l'on me trouve inférieur à mon maître, on n'en sera pas étonné. Un Mortel peut-il jamais atteindre à la perfection d'un Dieu ? J'ai cru d'ailleurs, après avoir composé *les Etats-Généraux de Cithère*, ceux *de l'Eglise*, ceux *de l'Europe*, devoir donner ceux du *Parnasse*. Ces quatre Poèmes politico-philosophiques forment, en quelque sorte, un cours de morale ; j'ai voulu y apprendre à mes lecteurs à bien écrire, à bien aimer, à bien penser & à bien agir. Voilà quelle a été mon intention ; je l'ai faiblement remplie, sans doute. Puisse un auteur plus habile achever ce que j'ai commencé !

Il resterait encore bien des *Etats-Généraux* à faire : ceux de la *Médecine*, ceux de *Thémis*, &c. . . . . Quelques personnes m'ont engagé à les entreprendre : mais de pareils sujets sont trop au-dessus de mes forces, & c'est à des plumes plus savantes que doit appartenir cet honneur. Comme ceux de *Thémis*, par exemple, seraient bien traités par M. Duport, député de Paris à l'Assemblée nationale ! Il a donné un si bel ouvrage sur l'organisasion de l'ordre judiciaire ! Ami de la justice & de la vérité, il écrivait sous leur dictée.

Quant à ceux de la *Medecine*, j'aurais peut-être pu les faire tout aussi bien qu'un autre : mais aurais-je pu ne pas y glisser quelques plaisanteries contre les médecins ; je me serais brouillé avec eux par cette étourderie ; & Dieu sait les funestes conséquences qui en auraient résulté pour moi. Je suis sur cet article aussi incrédule que Molière ; je l'avoue, & je n'oublierai jamais le mot suivant que j'ai entendu dire à un homme de beaucoup d'esprit, & non moins incrédule que moi. Cet homme était dans son lit avec une grosse fièvre : un médecin très-habile & son ami, vient le voir à l'instant où il souffrait le plus : on le lui annonce, & il s'écrie aussitôt avec surprise : « Que vient faire chez moi le docteur ? » Ne sait-il pas que je suis malade ? »

LES

ÉTATS GÉNÉRAUX DU PARNASSE,

OU

LES CAHIERS DES MUSES.

Du mont Aonien quand la troupe immortelle
Eut appris qu'adoptant une forme nouvelle,
La France avait brisé le sceptre des tyrans,
Et que les préjugés, par degrés expirans,
N'osaient plus y lever une orgueilleuse tête,
D'un peuple courageux admirant la conquête,
Apollon aussitôt redouble ses concerts,
De chants harmonieux fait retentir les airs;
Et bientôt rassemblant les muses dispersées,
Il exprime en ces mots ses sublimes pensées:

» Mes sœurs, la France est libre. Un démon envieux
D'un voile épais et sombre avait couvert ses yeux;
Et rampant tristement aux rives de la Seine,
Les talens y traînaient une pesante chaîne.
Des censeurs dits royaux les burlesques leçons
N'arrêtent plus l'essor de nos chers nourrissons,

Et tout poète enfin peut de ses propres ailes
Atteindre ou surpasser les antiques modèles.
Vous, qui des beaux esprits soutenez les élans,
Et qui servez de guide à leurs pas chancelans,
N'imaginez-vous pas que, par un nouveau code,
Il faut les diriger, et qu'une autre méthode
Doit régler leurs travaux et leurs écrits divers?
Peut-on changer les lois sans changer l'art des vers?
Je ne le pense pas, plus fière et plus hardie,
Du poète déja l'ame s'est agrandie,
Et des timides lois qui bornaient ses écarts,
Déja je crois le voir surmonter les remparts :
Déja même, déja tonnant dans la tribune,
L'orateur y déploie une ame non commune,
Et n'y prodigue plus un stérile savoir :
Vous avez sur tous deux un absolu pouvoir.
Dans la postérité s'ils veulent toujours vivre,
Montrez-leur le chemin qu'ils doivent toujours suivre ;
Et du peuple français imitant les travaux,
Tenons, à notre tour, des états-généraux. »

Il dit : au même instant, les vierges du Permesse
D'obéir à ses vœux font l'auguste promesse :
Du bruit de leur serment le Pinde retentit ;
La terre en est émue, et l'Olimpe applaudit.
Melpomène, Clio, la joyeuse Thalie,
Sur les pas de leurs sœurs, aux eaux de Castalie,
Vont boire à pleine coupe, y puisent à longs traits
L'esprit restaurateur de leurs nouveaux décrets,
Aux amans des beaux-arts dicter des lois propices.
Et reviennent bientôt, saintes législatrices,

La muse qui du Pinde habitant les hauteurs,
Met le poignard aux mains des tragiques auteurs,

Melpomène, en ces mots, au Dieu de la lumière
Dévoile sa pensée et parle la première. . . . .
Mais que fais-je, insensé ? Mes accords impuissans
Veulent-ils des neuf sœurs atteindre les accens,
Et pour les répéter, suis-je assez téméraire ?
Des muses seulement soyons le secrétaire :
Leurs cahiers dans mes mains sont tombés par hasard.
C'est là que sont tracés les préceptes de l'art.
J'e n'y changerai rien, et calme sans délire,
Ce qu'elles ont écrit, ma main va le transcrire.

CAHIERS DE MELPOMÈNE.

Vous qui du vieux Sophocle, admirant les tableaux,
Avez le noble orgueil d'égaler ses travaux,
Tragiques écrivains que la France idolâtre,
Voulez-vous à jamais illustrer son théâtre ?
Puisque la liberté vient de briser ses fers,
Rappelez tous les maux qu'elle a jadis soufferts,
Et des tyrans sur-tout faites haïr les crimes ;
Du saint patriotisme étendez les maximes,
Et que chaque français rentré dans tous ses droits,
Ses décrets à la main, épouvante les rois.
L'amour a trop long-temps usurpé mon domaine,
Trop long-temps amolli la fière Melpomène.
Je veux d'autres tableaux, et que d'autres ressorts
Excitent dans les cœurs d'unanimes transports.
Le papisme long-temps fit les malheurs du monde ;
Cette religion est en crimes féconde,
Et toujours dans le sang elle a plongé ses mains.
Pour faire détester ses prêtres inhumains,
Dans le fond des enfers allez chercher leurs ombres ;
Offrez-les sur la scène avec ses couleurs sombres,

Qui du fier Crébillon distinguent les tableaux,
Et qu'une sainte horreur naisse de vos pinceaux.
Pourquoi, peignant toujours les barbares Atrides,
Et du fils de Laïus les enfans parricides,
M'offrir pâle, mourante et les cheveux épars?
Courez au vatican; de mes sanglans poignards
C'est-là, c'est-là sur-tout que le tranchant s'aiguise,
Là que furent armés les duc d'Albe, les Guise;
Là que le fanatisme allume ses tisons,
Et que la politique infuse ses poisons.
Les papes vainement sèment les indulgences:
L'histoire de l'église est celle des vengeances.
D'Alexandre sixième on abhorre le nom,
Et César Borgia fit revivre Néron.
Pour rendre leur mémoire à jamais odieuse,
Imitez de Chénier l'audace courageuse.
Sur un prêtre cruel qui bénit des poignards,
Du peuple, le premier, attirant les regards;
Et flétrissant l'orgueil de la pourpre romaine,
Il a d'un nouveau crime enrichi Melpomène,
Et des tyrans sacrés, au séjour ténébreux,
Pâlissent à sa voix les fantômes hideux.
Pour mériter enfin que ma main vous couronne,
Des forfaits de l'autel et des crimes du trône,
Tracez également le rapide tableau,
Et donnez à la France un tragique nouveau.
Mais des trois unités les pesantes entraves
Rendent, me direz-vous, les tragiques esclaves.
Eh! pourquoi supporter leur joug impérieux?
Impose-t-on des lois à l'aigle audacieux
Qui des monts d'Annibal vient de franchir la cime?
Et peut-on être ensemble et timide et sublime?

Racine dévoilant tous les secrets du cœur,
Avait soumis le monde à son charme vainqueur;
Et son vieux concurrent qu'à bon droit on renomme,
Corneille avait atteint à la hauteur de Rome:
Voltaire de son art leur céda-t-il le prix?
Non, non, de leurs succès Voltaire est peu surpris:
Il ne redoute point de marcher sur leurs traces.
Brutus, Catilina, succèdent aux Horaces (1).
Par Zaïre bientôt Racine balancé,
Entre Corneille et lui voit Voltaire placé,
Et notre siècle enfin que la raison éclaire,
Ne peut-il pas donner des maîtres à Voltaire?

Au temps où des humains la famille expira,
Temps où Deucalion et la belle Pirrha
Virent au sein des flots les nations plongées,
Et des peuples divers les villes submergées,
Tout alors fut soumis aux rigueurs du trépas.
L'amour perdit ses traits; la beauté, ses appas;
Et l'onde impitoyable aux gouffres du Ténare,
Engloutit sans retour les trésors de l'avare.
Que de trônes alors, de temples renversés
Roulèrent dans les mers l'un sur l'autre entassés!
L'âme, ce pur rayon de l'essence suprême,
Resta seule debout en ce désordre extrême.
L'âme ne périt point: la même en tous les temps,
Elle échappe au naufrage, aux flammes des volcans;
Et traversant les airs sur une aile hardie,
Elle brave à la fois l'orage et l'incendie.
Vous donc qui, sur la scène, aux regards des Français,
Offrirez, tôt ou tard, de tragiques essais,
Gardez-vous de penser que l'âme de Corneille
Ne soit pas d'une trempe à la vôtre pareille,

Et qu'il ne puisse avoir ni maîtres ni rivaux.
Devant la loi, dit-on, les mortels sont égaux:
Ils le sont plus encore aux yeux de la nature
Qui du même limon fit Horace et Voiture (2).
Des tragiques français que l'essor glorieux
Ne vous inspire point d'effroi religieux,
Et sans les imiter suivez-les dans leur route.
Le censeur Ribalier que tout penseur redoute,
Jusques à ce moment arrêta vos efforts,
Et de Clio, ma sœur, vous ferma les trésors.
Cette source à présent s'ouvre à votre génie:
La carrière des arts s'agrandit élargie;
Et, pour la parcourir avec rapidité,
Substituez l'audace à la timidité.
Ainsi que les états, les talens ont leurs chaînes;
Brisez-les et rentrez dans mes vastes domaines.

CAHIERS DE THALIE.

Melpomène, ma sœur, du langage des Dieux
Connoît tous les secrets et plane dans les cieux.
Terre à terre je vole, et n'eus jamais l'audace
De m'élancer comme elle au sommet du Parnasse.
Je préfère Poisson au superbe Le Kain:
A mon pied délicat suffit le brodequin;
Et simple dans mes goûts, joyeuse, familière,
Je suis folle sur-tout de mon ami Molière.
Dans son style naïf je vais donc, au hasard,
Ajouter quelques mots au précepte de l'art.

Que vous êtes heureux, comiques de la France!
Des faux dévots jadis la détestable engeance
Ne vous permettait pas de tracer leurs portraits.
Le tartuffe long-temps fut en bute à leurs traits,

Et de monsieur Suard il fallait le paraphe (3),
Pour risquer sur leurs moeurs le moindre paragraphe.
Les temps, mes chers amis, sont bien changés pour vous:
Aristophane même en eût été jaloux.
La révolution vous ouvre un champ immense
Où les fleurs et les fruits croissent en abondance.
Et combien de sujets tendres, joyeux, moraux
S'offrent de toute part à vos légers pinceaux!
Quelle riche moisson de travers, de sottises!
Que de projets manqués, de folles entreprises!
Et de vices nouveaux quel ridicule essaim!
Des courtisans d'abord percez gaîment le sein:
Peignez-les au milieu des cabales, des brigues,
Se traînant chez vos rois d'intrigues en intrigues,
Et sans trop les grossir, mais sans y rien changer,
Des abus d'autrefois montrez tout le danger:
Exposez au mépris, sur-tout à la risée
Des vieux prélats de cour la conduite rusée,
Et ces jeunes abbés ne croyant pas en Dieu,
Qui puisaient leurs sermons dans Pétrone et Chaulieu.
Des ministres sur-tout dévoilez les maximes,
Et sondez de leur coeur les ténébreux abîmes.
C'est là que reposaient avec impunité
L'orgueil, l'intolérance et la duplicité.
Du Cléon que peignit le comique de Grèce (4),
Ils avaient l'impudence et la scélératesse.
Aux ministres nouveaux rappelez les erreurs
De ces ambitieux dont les sombres fureurs
Du sang des citoyens ont inondé l'empire,
Et rendant fructueux les traits de la satyre,
Aux dépens du passé, corrigez le présent.
C'est peu d'être solide, il faut être amusant.

Gardez-vous toutefois d'injurier Socrate :
Ne vous en moquez point, fût-il aristocrate (5);
Et réprimant l'essor de votre esprit railleur,
Ainsi que la vertu, respectez le malheur.
L'admirable décret, dont je suis idolâtre,
Qui du joug des censeurs affranchit mon théâtre,
Et qui fit de leurs mains tomber leurs longs ciseaux,
Ce décret redouté des méchans et des sots,
Ne vient-il pas aussi de vous ouvrir l'enceinte
Où du Seigneur long-temps reposa l'arche sainte,
Les cloîtres, les couvens, séjour religieux
Où la guimpe sacrée et le bandeau pieux
Aux profânes regards voilent le ridicule
De la soeur Cunégonde et de la soeur Scrupule ?
Vous avez révélé les scènes du boudoir,
Ne vous reste-t-il pas les caquets du parloir ?
Et n'ai-je pas le droit et d'instruire et de plaire
Sous un chapeau de fleurs et sous le scapulaire ?
Au temps du bon Molière il étoit des marquis
Dont les moeurs, les propos, les airs sembloient exquis,
Et dont il rabaissa la brillante insolence.
Vainement la raison vient d'éclairer la France :
Il est, il est encor de ces fiers Houberaux,
Dont la stupide morgue affronte vos pinceaux,
Tyrans de leurs aïeux toute leur énergie,
Qui pensent qu'on n'est rien sans généalogie,
Et qu'il faut retrancher du nombre des humains,
Tout mortel qui n'a point d'antiques parchemins.
En vain des droits de l'homme un citoyen se pare,
Tel gentillâtre encore hautement vous déclare
Que la France est perdue et touche à son déclin,
Parce qu'on a détruit les bureaux de Chérin.

Apprenez aux mortels qu'égaux par la naissance,
Ils seront tous pesés dans la même balance,
Et de ces Hobereaux rétifs à la leçon,
Brisez légèrement l'orgueilleux écusson.
Distinguez cependant, avec délicatesse,
Du noble impertinent qui tranche de l'altesse,
Celui qui, dédaignant de fasciner les yeux,
Doit tout à son mérite et rien à ses aïeux,
Et qui, par ses talens, sachant se rendre illustre,
Au lustre qu'il avait, ajoute un nouveau lustre.
S'il manque de vertus, je méprise un Couci,
Et qui n'estime pas Matthieu Montmorenci?

Quelqu'image, en un mot, que votre main retrace,
Si vous voulez charmer l'Olimpe et le Parnasse,
Egayez la raison, sans offenser les mœurs.
Ne faites point rougir les neuf pudiques soeurs.
Et n'oubliez jamais que, pour plaire à Thalie,
Il faut que la décence à la gaîté s'allie.
De Crispin, direz-vous, dois-je faire un Caton?
Calquer sur Honesta la folâtre Marton,
Et du froid La Chaussée en robe doctorale,
Longuement ressasser la dolente morale?
Non: mais la liberté veut un juste milieu,
Et, sans passer le but, Thalie est sage. Adieu.

CAHIERS DE CALLIOPE.

Melpomène et Thalie imitent la nature:
J'aime du merveilleux la brillante imposture:
J'aime à voir des héros par des dieux défendus;
Des monstres terrassés, des géans pourfendus;
Jupiter d'un clin d'oeil faisant trembler la terre,
Les cieux et les enfers se déclarant la guerre,

Et tout ce long amas d'enchantemens divers
Que le chantre d'Achille embellit de ses vers,
Et qui du grand Virgile ont illustré les veilles.
Tout cet amas pourtant de pompeuses merveilles,
Mars, Junon, Jupiter ne sont plus de saison,
Et la fable s'éclipse où brille la raison.
Les Dieux de l'Iliade et leurs combats étranges;
Du Tasse les sorciers, et de Milton les anges,
N'excitent plus, dit-on, que de vaines terreurs,
Et le monde vieilli, veut de jeunes erreurs.

O vous donc, qui brûlant de l'ardeur poétique,
Desirez d'emboucher la trompette héroïque!
N'allez point vous traînant dans des sentiers connus,
Ressusciter Hélène et Priam et Vénus;
Et toujours clopinant sur les traces d'Homère,
Ravir à sa couronne une palme éphémère.
Pour vivre autant que lui, comme lui créateur,
D'un nouvel univers devenez l'inventeur,
Et d'êtres inconnus peuplez la terre et l'onde.
Il ne vous faut qu'un mot pour enfanter un monde,
Et rival de Dieu même un poète a des droits
Qu'ignorent le vulgaire et la tourbe des rois.
Il dit : au même instant, que des mortels vont naître,
Qui le reconnoîtront pour leur père et leur maître!
Ainsi de Gabalis l'auteur ingénieux
D'esprits aériens sema jadis les cieux.
Du possible, en un mot, percez les voiles sombres;
Donnez un corps, une âme aux fantastiques ombres,
Et tel que Prométhée, un flambeau dans les mains
Par des humains nouveaux étonnez les humains.
De l'univers créé respectant les limites,
Y voulez-vous rester dans les bornes prescrites?

Eh bien! cet univers est encore infini :
Les états découverts par le grand Cassini,
S'ouvrent à votre audace, et sous vos mains fécondes
Peuvent ressusciter des milliers de mondes
Que dans les vastes cieux d'autres mondes épars,
L'un par l'autre éclipsés cachent à vos regards :
Peignez-les habitans de Vénus, de Saturne,
Mais peignez sans compas : observateur nocturne,
N'allez point pas à pas suivre l'astre en son cours,
Décrire, mesurer ses phases, ses détours ;
Et suivant des docteurs la pesante rubrique,
Répandre sur vos vers la froideur algébrique.
Que ma soeur Uranie, un astrolabe en main,
A la comète ardente aux cieux trace un chemin :
Il faut à Calliope un essor plus sublime :
L'astronome calcule et le poëte anime ;
Le poëte est par-tout, aux enfers, dans les cieux,
Et rien ne peut borner son vol audacieux.
Quittez donc, un instant, le séjour du tonnerre,
Et que l'aile des vents vous porte sur la terre.
La terre eut des mortels dignes de vos pinceaux,
Et Rome vous offrant un peuple de héros,
Dès long-temps, dans vos vers, sollicite une place.
Lucain les a chantés : surpassez-le en audace,
Ou plutôt de Lucain dérobez les pinceaux :
Il n'a fait qu'une esquisse ; achevez ses tableaux.
Racontez de César l'immortelle victoire,
Et Pompée expirant dans les bras de la gloire ;
Un Pompée ! un César! quels grands noms pour vos vers!
Et quels trésors par eux à vos talens ouverts !
Sous un glaive assassin Pompée à peine tombe,
Qu'avec lui des Romains la liberté succombe,

Et que le monde entier à César est soumis ;
Que dis-je? le plus fier de tous ses ennemis,
Caton seul lui résiste, et s'élève en grand homme,
Seul debout au milieu des ruines de Rome.

Quel spectacle imposant! Achille, Agamemnon
Peuvent-ils s'égaler à Pompée, à Caton?
Et des Thessaliens la phalange aguerrie
Aux Romains qu'embrâsoit l'amour de la patrie?
De ces Romains fameux, tracez donc les portraits:
Clio, ma soeur Clio, vous fournira leurs traits,
Et si vous desirez un triomphe durable,
Préférez ses récits aux erreurs de la fable:
Les fastes de Clio sont la leçon des rois.

N'allez point cependant, soumis à d'autres lois,
Rendre votre héros aussi pieux qu'Enée.
Tant de dévotion prouve une ame bornée.
Sur la terre il faut vivre et non pas dans les cieux,
Et quiconque obéit aveuglément aux Dieux,
Doit fonder une église et non pas un empire.
Croire sans raisonner, des malheurs est le pire.

CAHIERS DE CLIO.

Historiens français, ennemis de l'erreur,
Dont la plume aux tyrans inspire la terreur,
Et leur fait expier de sanglantes conquêtes!
Tant que le despotisme a pesé sur vos têtes,
Quel sanctuaire auguste, asyle des beaux-arts,
A caché vos talens aux profanes regards,
Et couvert vos travaux d'un voile impénétrable?
Hélas! vous avez craint la prison redoutable (6),
Ou tant d'auteurs fameux ont gémi dans les fers.
Eh bien! reparaissez. Nos despotes divers (7)

Ont

Ont pris honteusement la route de Castille,
Et, pour comble de biens, il n'est plus de bastille
Plus d'antre où désormais puissent couler vos pleurs.
Reprenez vos pinceaux, et broyant vos couleurs,
D'une main qu'affermit l'espoir de la victoire,
Dénoncez les tyrans et tuez leur mémoire.
La sainte liberté protège vos talens.

N'allez pas toutefois, Annalistes pesans,
Sans cesse interrogeant de muettes ruines,
Vous perdre dans la nuit des sombres origines.
Aux Saumaise laissez débrouiller ce chaos,
Et ne vous chargez point d'inutiles travaux.
Les Français, nous dit l'un, vinrent de Pannonie :
Non, dit l'autre, leur source est dans la Germanie.
Eh, mes amis! Qu'importe? Avec vos contes bleux
Rendez-vous vos lecteurs plus instruits, plus heureux?
L'histoire veut des faits et non des rêveries.

Que par le bon Rollin, des fables rajeunies
Charment l'esprit tout neuf d'un timide écolier :
En les ressuscitant, Rollin fit son métier.
Professeur et dévot, Rollin, dans son collége,
Sans craindre les censeurs, mentit par privilége :
Disons mieux ; il aima toujours la vérité,
Et n'eut d'aûtre défaut que la crédulité.
N'imitez point Rollin, et que votre sagesse
Vous fasse distinguer l'erreur enchanteresse
Des récits qu'il faut croire, et qu'à tous les intans.
L'opinion confirme et rend plus éclatans.
Des nations sur-tout dont se peuple la terre,
Peignez fidèlement les moeurs, le caractère ;
Et si d'un grand combat vous faites le récit,
Sans trop parler aux yeux qu'il occupe l'esprit,

Et qu'à l'événement rapidement il vole.
Supprimez des détails l'étalage frivole :
Point de dénombrement d'armes et de soldats
Et laissez deviner tout ce qu'on ne lit pas.
Vos rois ont opprimé ; vos reines, vos ministres
Ont égaré vos rois par des conseils sinistres :
Nommez-les : de nommer le moment est venu,
Et tout hideux qu'il est, que leur cœur soient connu ;
Que du peuple pour eux la haine s'en augmente,
Et puissent vos tableaux les glacer d'épouvante !
Plus de la tyrannie on trace les forfaits,
Plus de la liberté s'accroissent les bienfaits.
C'est de la liberté la voix qui vous excite.
Mézerai, de nos jours, eût surpassé Tacite.

CAHIERS D'URANIE.

Mes cahiers seront courts. J'habite dans les cieux,
Et le globe terrestre, échappant à mes yeux,
Ne peut que faiblement occuper ma pensée.
La tyrannie en France est, dit-on, renversée,
Et la Bastilie même, en ses flancs caverneux,
A vu percer du jour les faisceaux lumineux :
Mais qu'importe au maintien du céleste équilibre ?
Qu'un peuple soit esclave ou qu'un peuple soit libre
L'astre majestueux, objets de nos amours,
En divise-t-il moins et les nuits et les jours ?
Et moins tranquillement sur la nature entière
Répand-t-il à la fois la vie et la lumière ?
Des révolutions l'orage passager
Ne peut troubler les cieux, ne peut y rien changer.
L'homme libre, pourtant du sage Galilée (8),
Ne craignant plus le sort, dans la voûte étoilée,

Doit porter un regard plus ferme, plus hardi,
Et l'art de l'astronome en doit être agrandi.
Suivez donc vos penchans, vous qu'un heureux génie
Instruisit jeune encor des secrets d'Uranie,
Et si de quelqu'erreur vous avez triomphé,
Des inquisitions bravez l'auto-da-fé.
Pour réformer sur-tout le système du monde,
Moquez-vous de la bible en préjugés féconde.
Vous pourrez avec eux ne pas être d'accord;
Mais vous serez absous, et Moïse aura tort:
Sta sol, dit Josué séduit par l'apparence:
Il croyait du soleil voir tourner l'orbe immense,
Et des cieux ignorait les mystères divers:
Prouvez lui qu'immobile au sein de l'univers,
Le soleil, roi des cieux, par des vertus secrètes,
Dans des cercles égaux fait tourner les planètes,
Que la terre elle-même obéit à ses lois,
Et de la vérité qu'il entende la voix.
L'erreur assez long-temps eût une propagande:
Il est juste qu'enfin la vérité commande.

CAHIERS D'ÉRATO.

Je préside aux chansons et sur-tout à l'amour:
Par-tout on me recherche à la ville, à la cour:
On m'y trouve souvent : mais combien je préfère
L'asyle où le berger aux pieds de la bergère
Exhale avec candeur dès soupirs innocens,
Les désordres du coeur et le trouble des sens!
Voilà, pour m'enchanter, quels tableaux il faut peindre.
L'homme esclave sans cesse est obligé de feindre.
Votre chaîne est brisée, élèves d'Erato,
Et vous pouvez, sans crainte, alumer le flambeau

Par qui le tendre amour donne la vie au monde,
Qui ranime la terre et qui la rend féconde.
Un bel ordre du roi, lancé par les visirs,
Ne viendra plus troubler vos nocturnes plaisirs.
C'est aux amans français que ce discours s'adresse :
Ils ne furent jamais des héros de tendresse,
Et leur défaut n'est pas trop de fidélité :
La constance les gêne : ils trompent la beauté ;
Et rivaux des zéphirs que le printemps ramène,
Toujours de fleurs en fleurs leur desir les promène.
La beauté cependant sur le cœur a des droits
Que voudraient vainement s'attribuer les rois.
D'un tyran, quel qu'il soit, les chaines sont cruelles,
Et ce n'est point servir que d'obéir aux belles ;
Ce n'est point être esclave. En des momens si doux,
On peut, sans s'abaisser, tomber à leurs genoux,
Et le mortel sensible, à la beauté qu'il aime,
Rend les mêmes honneurs qu'à l'arbitre suprême.
Le plus sage des Grecs ainsi pensa, dit-on :
Aristote nourri des vertus de Platon,
Voulut qu'à son épouse on élevât des temples.
Suivez, jeunes Français, d'aussi touchans exemples.
Qu'une amante pour vous soit une déïté,
Et par un libre hommage honorez la beauté.
Les habitans des cours n'estiment point les femmes,
Et l'ambition seule a des droits sur leurs âmes.
Par cette passion vous serez moins distraits ;
Votre cœur de l'amour sentira mieux les traits ;
Et sages désormais, circonspects et fidèles,
La sainte liberté vous rendra des modèles.
N'allez point toutefois prompts à vous enflammer,
Avec l'art de jouir confondre l'art d'aimer,

Et, de la liberté profanant la naissance,
Effrayer par vos vœux la timide innocence.
Les peuples asservis sont les plus corrompus,
Et la liberté seule enfante les vertus.

CAHIERS DE TERPSICORE.

Qu'on vante, avec raison, le beau pays de France!
Je lus, un certain jour, ces mots : *Ici l'on danse*, (9)
Sur la place où jadis la Bastille exista.
De ces mots, j'en conviens, la grâce m'enchanta.
Danser sur la Bastille est un charmant usage
Que le peuple Français conservera, je gage.
Gardel, mon favori, pour suivre mes cahiers,
Doit avec soin l'apprendre à tous ses écoliers,
Et la nymphe Guimard en serait plus gentille,
Si j'avais pu la voir sauter sur la Bastille.
Avec des fers aux pieds on tombe à chaque pas
Et la liberté seule a pour moi des appas.
On vouloit mes cahiers : en voilà la substance :
Je vais les achever dans une contre-danse.

ÉPILOGUE.

Ici des doctes sœurs les cahiers sont finis :
En sept faisceaux divers (1) leurs conseils réunis
Nous ouvrent au Parnasse une route nouvelle :
Profitons des secrets que leur plume révèle :
Mais Polymnie, Euterpe ont des secrets aussi
Et pourquoi vainement les cherche-t-on ici,
Me direz-vous? Euterpe a l'art du chant préside.
Des orateurs fameux, Polymnie est le guide,

---

(1) Il y avoit dans l'antiquité quelques peuples qui n'admettoient que sept Muses.

Et pourquoi supprimer leurs aimables leçons ?
Au moment où le Pinde à ses chers nourrissons
Dictait les sages lois que vous venez de lire,
Euterpe de Grétri montait, dit-on, la lyre;
Et joignant à leurs vers des sons mélodieux,
Dirigeait des bouffons l'orchestre harmonieux.
Du profond Mirabeau (1), gouvernant la fortune. (10)
L'autre sœur par sa voix tonnait dans la tribune.
Elle avait à Paris établi son séjour,
Y formait son élève, et dans le même jour,
Pouvait-elle assister à la double séance
Des états généraux du Pinde et de la France ?

---

(1) Ces vers ont été faits huit jours avant la mort d'Honoré Mirabeau.

NOTES

DES ÉTATS GÉNÉRAUX

DU PARNASSE.

(1) *Brutus, Catilina, succèdent aux Horaces.* On a cru jusqu'à ce moment, ou du moins on a feint de croire que Pierre Corneille étoit celui de nos tragiques qui avoit le mieux peint les Romains. Il les a peints en effet sous les rois, sous les consuls et sous les empereurs, même avec les couleurs les plus fortes et les mieux prononcées : il a embrassé dans ses tableaux énergiques tous les différens âges de ce peuple de héros : mais aucune de ses tragédies a-t-elle plus réussi que la tragédie de Brutus, lorsqu'on l'a représentée à la fin de l'année mémorable de 1790, en un moment où tous les cœurs français étoient brûlans, pour ainsi dire, des premiers feux de la liberté? J'étais à la première représentation de la reprise de cette pièce, et c'est là que j'ai vu avec transport combien Voltaire était digne de parler à des Français devenus libres, et combien ceux-ci étaient dignes de l'entendre. Le succès prodigieux de cette reprise est, sans contredit, une des plus belles époques de la révolution.

(2) *Vit Horace et Voiture.* Voiture eut, de son temps, une si grande célébrité, que Boileau en fut ébloui ; et voilà sans doute ce qui l'a engagé à dire, dans une de ses satyres :

« Et qu'à moins d'être au rang d'Horace et de Voiture,
« On rampe dans la fange avec l'abbé de Pure. »

Horace et Voiture m'ont toujours paru être les deux extrêmes pour les talens ; et si je les mets ici sur la même ligne, on comprendra sans peine, que c'est dans un sens bien opposé à celui de Boileau. Au reste, cet éloge emphatique de Voiture ne m'a jamais étonné de la part du satyrique qui a tant déprimé Quinault ; Boileau a été presque toujours aussi injuste dans ses éloges que dans ses satyres.

(3) *Et de Monsieur Suard, il fallait le paraphe.* Que de pièces de théâtre M. Suard n'a-t-il pas empêché d'être représentées, lui qui était préposé par le gouvernement pour donner des permis de représenter ! Au reste, M. Suard n'est point un cagot, et ce n'est point sa faute, s'il a sévi quelquefois contre les auteurs dramatiques : il recevait cet ordre du magistrat chargé de la librairie, qui le recevait du ministre de Paris, qui le recevait du confesseur du roi, qui le recevait de quelque vieille dévote de Versailles; et un pauvre faiseur de tragédies ou de comédies, avait, sans le savoir, une douzaine de censeurs, dont aucun, quelquefois, n'avait lu la pièce qu'il portait à la censure.

(4 *Du Cléon que peignit le comique de Grèce.* Fils de corroyeur et corroyeur lui-même, Cléon s'était élevé, par les intrigues les plus basses, à la charge de trésorier des Athéniens et de général d'armée. Il était d'une insolence extrême : on lui reprocha le péculat, l'avarice, la rapine et presque tous les vices. C'est lui qu'Aristophane a joué dans sa *comédie des Chevaliers.* Voyez cette pièce.

(5) *Fût-il aristocrate !* Un homme qui aurait les vertus de Socrate, ne pourroit pas être aristocrate, dans le sens que nous attachons à ce mot ; et ces deux vers renferment un pléonasme que les beaux esprits ne manqueront pas de relever.

(6) *Vous avez craint la prison redoutable.* Quand on ne pouvait pas renfermer à la Bastille les auteurs philosophes, on y enfermait leurs livres, et rien n'était plus aisé, comme on va le voir. L'édition de ces livres, imprimés pour l'ordinaire chez l'étranger, arrivait aux barrières faiblement escortée : aussitôt on les saisissait, et l'affreuse Bastille les engloutissait dans son réceptacle: le ministre de Paris donnait l'ordre, le lieutenant de police l'exécutait. Ces Messieurs, dit-on, faisaient quelquefois vendre l'ouvrage sous le manteau et à leur profit, et s'enrichissoient ainsi aux dépens de l'auteur et du

libraire. On sait que cet usage était celui du cardinal Mazarin, qui a gagné une fois une cinquantaine de mille livres, en défendant publiquement la vente d'un libelle fait contre lui, et en la permettant secrètement.

(7) *Nos despotes divers.* Si l'on écrivoit l'histoire des persécutions qu'ont essuyées les historiens de tous les pays, on ferait un volume énorme. Je me contenterai de citer quelques traits de ces persécutions odieuses, une simple note n'en comportant pas davantage. Philippe de Commines se présente à la tête de ces victimes du pouvoir arbitraire. Commines a écrit l'histoire avec beaucoup de retenue et de circonspection. On l'accuse cependant d'un crime supposé; et sur de fausses dépositions, il est arrêté, conduit à Loches, et enfermé dans une cage de fer. D'Aubigné est obligé de s'expatrier, parce que son *Histoire Universelle* déplait à la reine, veuve de Henri IV, son ami; et il va mourir dans une terre étrangère. L'exécrable cardinal de Richelieu ne pardonne point au vertueux de Thou, d'avoir peint avec vérité un de ses ayeux; et se servant du prétexte d'une conspiration, il fait trancher la tête au fils infortuné de cet immortel écrivain. Dupleix passe quinze ans de sa vie à composer un Traité des Libertés de l'Eglise Gallicane; il va demander au chancelier Séguier un privilège pour le faire imprimer; et non seulement le chancelier refuse le privilège, mais il fait brûler l'ouvrage en présence de Dupleix qui, bientôt après, en meurt de chagrin. Mainbourg défend ces mêmes libertés, et il est chassé de sa compagnie. Le Vassor se réfugie à Londres pour y écrire avec impartialité l'Histoire de Louis XIII. Il y est accueilli par milord Portland, qui lui donne une pension et un asyle. L'Histoire de Louis XIII parait. Le ministère français en frémit de rage, et parvient, à force d'intrigues, de menées sourdes et de calomnies, à faire chasser le Vassor de chez milord Portland, qui lui retire tous ses bienfaits, et le laisse en proie à la persécution ministérielle et à la misère. Le roi érige, en faveur de Baluze, une chaire de droit canon au collège Royal; le fait bientôt inspecteur de ce collège, et lui donne une pension. Baluze publie, à la prière du cardinal de Bouillon, une Histoire Généalogique de la maison d'Auvergne. Cette maison étoit alors disgraciée; et pour avoir défendu des infor-

tunés, Baluze est précipité lui même dans l'infortune : il perd sa pension, sa chaire, toutes ses places, est tour-à-tour exilé à Rouen, à Tours, à Orléans. Il n'obtient sa grace et son rappel qu'après de longues années de souffrances. Mézerai prouve, par des faits historiques, que la France ne doit à ses rois que des impôts limités et librement consentis, et l'on ôte à Mezerai une pension qui le faisait vivre. Racine lui-même, l'immortel et inimitable Racine, en sa qualité d'historiographe de France, veut se mêler de peindre, dans un Mémoire historique, les malheurs d'une province opprimée : il fait présenter ce mémoire à Louis XIV, qui, jusques à ce moment, l'avait comblé de sa faveur ; et le despote irrité lui fait demander impérieusement de quoi il se mêle, et le despote irrité le fait menacer de sa colère. Racine, oubliant que Louis XIV est un homme, frémit, tombe malade, et meurt comme s'il était frappé de la foudre d'un Dieu. Parlerai-je, après cette courte énumération, des innombrables lettres-de-cachet que le prétendu pacifique cardinal de Fleury a lancées contre les citoyens philosophes et vertueux qui ont eu l'audace de se moquer, soit par écrit, soit de vive voix, de la burlesque et trop fameuse constitution *Unigenitus* ; et des exils, des emprisonnemens et des vexations de toute espèce, dont ces lettres-de-cachet on été la cause ? On écrit aujourd'hui impunément toutes sortes de libelles contre la constitution politique de la France : les Actes des apôtres, l'Ami du roi, et une foule d'autres feuilles et de journaux en sont la preuve. On cherche à renverser le plus bel édifice que la main de la philosophie ait jamais élevé pour le bonheur des hommes, et les auteurs de ces journaux vivent tranquilles au sein de la capitale ! Une ligue, un seul mot contre la constitution *Unigenitus*, suffisait autrefois pour être à jamais privé de la liberté. Quel rapprochement ! . . . Mais je m'écarte de mon sujet, et les historiens opprimés m'y rapellent. Ouvrez-vous, affreuse Bastille, et montrez-moi les infortunés que vos gouffres ont engloutis. Auberi soutient contre les Allemands les droits de nos rois ; et d'accord avec les ministres Français, les princes Allemands le font mettre à la Bastille. Bussi-Rabutin fait une Histoire très-innocente des amours de Louis XIV, et il est mis à la Bastille. Courtil de Sandras dévoile la conduite de la France, depuis la paix de Nimègue, et il est mis à la Bastille. Lenglet Dufrênoi donne au public dix à douze ouvrages utiles sur l'Histoire, et Lenglet Dufrenoi est mis dix à douze fois à la Bastille. Fleuri, honnête curé de Saint Victor d'Orléans, est accusé d'avoir écrit sur le ministère, une lettre dont il n'est point l'auteur, et Fleuri meurt à la Bastille. Voltaire, dans une pièce de vers, s'avise de mal parler de la Bastille, et il commence sa carrière par être mis à la Bastille. Raynal, le courageux Raynal, ôse dire quelques vérités au ministre Maurepas, dans sa belle Histoire des Indes, et il est obligé de s'enfuir, de peur d'être mis à la Bastille. M. Linguet accuse hautement le vieux visir Duras d'avoir arrêté la circulation de ses Annales, et il est mis à la Bastille. Mabli laisse en mourant un ouvrage qui tient à notre Histoire, et qu'il n'a trouvé aucun moyen de publier, un ouvrage, où sont consignés les droits imprescriptibles et inaliénables de l'homme et du citoyen, Mabli échappe à la Bastille par la mort ; mais son livre tout imprimé est renfermé à la Bastille ; et la France entière n'en jouit qu'après la destruction et la démolition de la Bastille.

On croit peut-être que, la Bastille anéantie, les persécutions ont cessé. Qu'on se détrompe. Une société de gens de lettres, dirigée par M. Soulavie, publie périodiquement, rue de Condé, une collection de mémoires qui peuvent jeter le plus grand jour sur les crimes de l'ancien ministère ; les Mémoires de Duclos, de Richelieu, de Maurepas, de d'Aiguillon ; et il n'est point de ruses, et il n'est point de détours que n'emploient les suppôts de l'ancien ministère, pour faire tomber cette utile entreprise. Ce n'est plus à force ouverte, il est vrai, qu'ils agissent, puisqu'ils n'ont plus de force ; mais la perfidie est une arme si dangereuse ! La société de la rue de Condé avait à peine annoncé une édition en trois vol. des mémoires de Duclos, que ces Messieurs, pour la faire tomber, en ont fait imprimer une en deux volumes remplie de lacunes, et dont ils ont eu grand soin de retrancher les faits les plus curieux et les traits les plus hardis. Ne pouvant substituer le mensonge à la vérité, ils ont empêché, en quelque sorte, la vérité de paroître ;

que dis-je? ils ont eu recours à une pratique encore plus déliée, et dont le public doit être averti. La voici en peu de mots. Le même M. Soulavie avoit composé les Mémoires du maréchal de Richelieu dans la bibliothéque et sous les yeux du maréchal lui-même. La révolution le met à portée de les publier; et ces Mémoires ne tardent pas à paraître. Brûlé du feu du patriotisme et rempli d'amour pour la vérité, M. Soulavie y raconte tous les faits avec une piquante ingénuité, et souvent une noble audace. Le fils du maréchal, le feu duc de Richelieu, est indigné de la publication de ces Mémoires; et non content de réclamer dans les journaux, contre leur authenticité généralement reconnue, il charge un ennemi de la révolution et de la liberté de les rédiger dans un nouvel esprit, et oppose aux quatre volumes de Mémoires déja publiés un *Prospectus* où on les décrie, et où le nouveau rédacteur promet emphatiquement un livre qui n'existe pas, et qui n'existera jamais peut-être.

Qu'on ne croye pas, au surplus, que la France soit le seul pays où les historiens véridiques aient été exposés à la colère des despotes, et aux manèges clandestins de l'envie. L'Italie, ainsi que la France, a produit quelques historiens célèbres, et personne n'ignore le sort qu'y ont éprouvé Bonfadio, Frapaolo, Giannone, et plusieurs autres. Bonfadio ayant écrit avec vérité l'histoire de Gênes, quelques familles puissantes se liguent contre lui, le dénoncent publiquement comme un scélérat, comme un infâme digne du dernier supplice, le font condamner à être brûlé vif, et ses amis obtiennent, comme une grace, qu'on lui tranche la tête, ce qui fut exécuté à Gênes en 1560. Frapaolo, attaqué un jour par cinq assassins, et échappant à leurs coups par une espèce de miracle, n'est pas une preuve moins forte du danger qui résulte d'écrire l'histoire avec impartialité; et qui pourroit ne pas gémir sur la destinée de l'historien de Naples, Giannone, lequel, passionné pour la liberté, est venu mourir dans une prison où l'avait fait enfermer le roi de Sardaigne?

(8) *Du sage Galilée.* Le père de Galilée, grand musicien, voulut absolument que son fils apprît la musique; mais la nature avait fait de ce fils un philosophe; et au lieu de briller dans un concert, il s'illustra dans

l'immense carrière des sciences, et l'univers lui doit les découvertes les plus admirables. C'est lui qui, un des premiers, établit l'immobilité du soleil au milieu du monde planétaire, et le mouvement de la terre autour de cet astre. Les théologiens qui n'entendent pas raison, quand il s'agit de vérité, et qui défendraient le mensonge aux dépens même de leur vie; les théologiens, dis-je, et entr'autres, les cardinaux le dénoncèrent à l'inquisition de Rome, et il fut condamné, le 21 juin 1633, à être emprisonné, et à réciter une fois, par semaine, les Sept Pseaumes pénitentiaux pendant trois ans. Galilée fut obligé de se rétracter. Galilée, âgé de soixante-dix ans, et demandant pardon à genoux de ce qu'il croyait la vérité, ne rappelle-t-il pas bien plaisamment Géorges-Dandin, obligé aussi de demander pardon de ce qu'il a cru que sa femme l'avait concufié?

(9) *Je lus un certain jour, ces mots :* ICI L'ON DANSE. On n'ignore pas, sans doute, ce qui est arrivé à la Bastille, une année après qu'elle a été prise par les Parisiens, et peu de jours après la grande fête de la Fédération au Champ-de-Mars. On avait planté un bosquet charmant à la place même où fut l'horrible citadelle. On l'avait illuminé par des milliers de lampions suspendus aux branches des arbres, et sur la porte du bosquet, on lisait ces mots: *Ici l'on danse.* Quelle inscription! il n'y en a jamais eu de plus sublime dans aucune langue, et je défie tous les académiciens des belles-lettres d'en trouver jamais une qui soit comparable à celle-là. Je dansai avec tout le peuple pour ne pas la faire mentir: je dansai sur les décombres de la Bastille, et j'avoue que je n'ai jamais été plus ingambe, plus leste ni plus léger.

(10) *Du profond Mirabeau gouvernant la fortune.* J'avais à peine fini les états-généraux du Parnasse, que j'ai appris la mort de M. Honoré Riquetti de Mirabeau. Mirabeau est mort le 2 d'avril, et déja les papiers publics sont raconté tout ce qui a eu le moindre rapport à son décès et à sa maladie. La Chronique de Paris, le Journal de Paris, la Gazette Universelle, le Moniteur, &c. &c. ne laissent rien à desirer là dessus, et je suis arrivé beaucoup trop tard, quoique des premiers arrivés. Que d'éloges d'ailleurs, que de vies de ce grand homme

vont être publiés, où l'on trouvera tout ce que je pourrais avancer! Croit-on que la plume des Cérutti, des Fauchet, des Rabaut, des Noel, des Bérenger, des la Harpe, &c. reste oisive dans cette circonstance? Et pourrais-je faire autre chose que glaner, lorsque ces auteurs célèbres auront écrit? Je n'ajouterai qu'un mot aux éloquens panégyriques qu'ils préparent, et ce mot, n'ayant été dit qu'à moi, aura du moins le mérite de la nouveauté. Je me promenais, ce matin 5 avril, dans les tuileries, et appercevant M. Dusaulx, qui se promenait aussi, je l'aborde, et me mets à déplorer la perte irréparable que la nation vient de faire. Il y avait alors un monde infini dans le jardin, et la consternation régnait sur tous les visages. « Mon ami, me » dit M. Dusaulx, voyez la douleur de ce peuple, » et songez aux honneurs qu'on prépare à Mirabeau. » J'y songe, répondis-je, et cependant sa mort...... Sa mort, répliqua-t-il vivement! Est-il un seul de nous qui ne voulût, s'il pouvait, l'acheter et la payer comptant?

LES
ÉTATS GÉNÉRAUX
DE L'EUROPE,
POÈME.

In omnem terram exivit sonus eorum, & in fines orbis terræ verba eorum.

David, Pſ. 18, ꝟ. 5.

PRÉFACE.

Qu'Apollon ait été anciennement appelé *Lycéon*, & que le Lycée d'Athènes ait tiré son nom de ce nom du Dieu de la Poésie, ou qu'un certain Lycus, fils d'Apollon, ait fait élever les portiques de ce temple des Muses; que nous importe? Le Lycée du Palais royal a été fondé sur le modèle de celui d'Athènes, & voilà ce qu'il y a de plus certain. Que dis-je! le Professeur par excellence du Lycée d'Athènes, Aristote, quoiqu'il fût très-savant, ne l'était sûrement pas autant que les Professeurs du Lycée de Paris, & la femme de ce grand homme, Pithias, quoiqu'elle passât pour belle, l'était moins sans doute que Belle-et-Bonne(1), l'une de nos fondatrices, et qui professe l'art de plaire, tandis que nos maîtres professent celui d'écrire, de parler et de penser. Nous jouissons, au Lycée de Paris, d'un autre avantage qu'il est important de ne pas omettre. Le bon Aristote avait pour sa femme Pithias, une passion si vive,

(1) Madame de Villette, *Belle-et-Bonne*, est, comme on sait, le nom de baptême que Voltaire lui a donné.

qu'il essaya de la faire passer pour une divinité, qu'il demanda publiquement qu'on lui érigeât un temple, et qu'on lui rendît les mêmes honneurs qu'à Cérès. Un prêtre de cette déesse, nommé Eurimédon, le dénonça comme coupable du culte de Latrie, comme un scélérat qu'il falloit enfermer dans les prisons de l'inquisition d'Athènes, et le sage obligé de s'en exiler, alla, dit-on, mourir de chagrin sur une terre étrangère. Hésichius, dans la vie d'Aristote, assure même qu'il y eut un arrêt de mort contre lui, et que le philosophe avala de l'aconit pour éviter un supplice infâme. Grâces à l'assemblée nationale, dont les sages décrets ont singulièrement rabaissé parmi nous le crédit des prêtres de Cérès, nous pouvons adorer belle et bonne, et lui rendre tous les cultes imaginables, sans craindre d'être dénoncés; il n'y a que sa vertu qui nous désespère. Nous faisons plus même, et qui oseroit nous en blâmer? Nous nous moquons, tant qu'il nous plaît, des prêtres de Jésus-Christ, beaucoup plus respectables que les prêtres de Cérès, et l'Aréopage n'y trouve rien à redire. Le petit poème qu'on va lire, en est la preuve : je l'ai lu dans une assemblée nombreuse du lycée de Paris, et quoique notre très-saint père le pape y soit traité un peu lestement, les auditeurs ont applaudi au lieu de prendre sa défense, et il n'y a pas eu là un seul Eurimédon qui ait paru scandalisé. Quel bonheur pour la France de n'avoir plus rien à craindre des Eurimédon !

C'est avant d'avoir lu un ouvrage de M. de la Croix, intitulé : *Constitution des principaux Etats de l'Europe*, que j'ai composé ce poème des *Etats-Généraux de l'Europe*; & combien n'ai-je pas perdu à ne pas connaître un ouvrage aussi intéressant ? Quels trésors ne m'auroit point fournis cette mine précieuse & féconde, & que de traits neufs, profonds & hardis j'aurais pu y puiser ! cet ouvrage est en deux volumes *in*-8°., d'environ 400 pages chacun. Je viens de le lire avec autant d'avidité que d'attention : j'en suis encore plein ; & ne pouvant pas communiquer au lecteur tout le plaisir qu'il m'a fait, le lecteur me permettra-t-il de lui en procurer au moins une partie, dans l'extrait rapide que je vais lui présenter.

Le professeur du Lycée remonte d'abord à l'origine des sociétés ; il trace les principes des gouvernemens dévéloppés par Aristote, & en fait l'application aux républiques de la Gréce & de Carthage : il fait voir par quelles causes après avoir jeté un si grand éclat sur la terre, elles se sont éclipsées. C'est dans les systêmes d'Aristote qui avoit étudié de près les inconvéniens & les avantages des gouvernemens populaires, qu'on trouve le plan de ces gouvernemens composés, dont jusqu'à présent les seuls Anglais avaient fait revivre l'exécution. C'est le démocrate Aristote qui, vivement frappé des malheurs que produit le pouvoir exécutif entre les mains du peuple, relève avec chaleur le bonheur d'une Monarchie tempérée ; il se contemple, pour ainsi dire, dans le modèle qu'il en forme, & nous osons cependant assurer que, si les bornes d'un extrait nous le permettaient, nous prouverions que nous dépasserons ce modèle.

Après avoir passé rapidement sur les principaux gouvernemens anciens, comme sur les ruines de beaux monumens, M. la Croix passe aux Etats modernes : il décrit la forme de la Constitution germanique, cette importante fédération de souverains contre les habitans d'une vaste région divisée en Monarchies & en Principautés. S'avançant au delà de l'Allemagne, il considère la Constitution polonaise, cette Constitution qui donne toute la puissance à la noblesse, toute la représentation au Monarque qui laisse retomber l'humiliation sur les citadins & la servitude sur les cultivateurs. Il examine ensuite avec l'oeil d'un critique impartial, mais sevère, le plan de Législation que deux grands Publicistes avaient fait pour cette belle & languissante contrée. Ces plans sont des mines fécondes en idées politiques, & nous pouvons y puiser des vues avantageuses à notre nouveau gouvernement. Les idées d'un d'entr'eux sur le moyen de faire naître & de conserver l'esprit national, ne doivent pas nous échapper ; mais n'oublions pas aussi que celui qui les a conçues, s'est écrié : la Liberté est un bon suc, mais de forte digestion ; il demande des estomacs sains.

Il quitte la Pologne pour pénétrer dans la Suède, ce pays où le peuple divisé en quatre ordres, a été tour-à-tour souverain & sujet, qui, après avoir marché de révolutions en révolutions, semble avoir atteint une forme stable de gouvernement.

Il jette ses regards sur le Dannemark, mais il ne découvre dans cette Contrée que le despotisme le plus outrageant pour l'humanité.

C'est dans un pays du Nord, dans une contrée, où, naturellement selon le systême de Montesquieu, est le berceau de la liberté, qu'on trouve cette loi barbare que le souverain est l'arbitre suprême de la fortune, de l'honneur & de la vie de ses sujets. Hélas! l'homme se façonne à tous les jougs, & les tyrans, à toutes les injustices!

Quittant ensuite ces régions glacées, il passe en Italie : il développe avec sagacité les détours de la constitution de Venise, de cette république qui, par une aristocratie compliquée, tient d'une main son chef enchaîné; & de l'autre, assujettit l'humble Citadin prosterné devant son sénat, & tremblant devant ses inquisiteurs.

Tout ce qui porte le nom de république, excite l'intérêt des publicistes. Aussi l'auteur n'oublie pas de porter ses regards sur les petites républiques d'Italie, Gênes, Lucques, Saint-Marin. En effet, un village bien constitué est plus intéressant qu'une vaste contrée gouvernée despotiquement. Les formes de la liberté varient; mais le despotisme est uniforme.

L'auteur a offert dans l'Allemagne une confédération de souverains; il montre dans la constitution des Provinces-Unies, une confédération d'hommes unis contre la tyrannie; mais, après avoir admiré le plan, on gémit d'apprendre que l'édifice ne subsiste plus, & l'on cherche en vain Rome dans Rome même.

Avec quelle amertume mêlée d'indignation, le vrai ami des hommes doit voir, en étudiant les gouvernemens, que les tyrans ne se rebutent jamais dans leurs tentatives contre la liberté publique, qu'il n'est point de moyens qu'ils n'emploient, pour la miner sourdement ou la détruire à force ouverte, tandis qu'au contraire les peuples se lassent si facilement de la soutenir & de la défendre! En voyant leur paresse sur ce point important, on seroit tenté de croire qu'ils sont nés pour être esclaves. La liberté, en effet, demande des hommes vertueux, & la vertu coûte aux hommes. C'est un effort dont les peuples modernes ne semblent pas longtemps capables. La Hollande en est un exemple.

M. la Croix se transporte ensuite en Angleterre, ce pays classique de la liberté; & dissèque cette Constitution, dont les Anglais sont si fiers, dont ils étalent les beautés avec tant de complaisance, & cachent avec soin les défauts; mais il déchire ce voile, & fait voir qu'il peut exister un gouvernement meilleur que celui dont ce peuple est si vain. Il existe ce gouvernement; mais l'auteur passe les mers pour le trouver, & nous le montre dans les Etats-Unis de l'Amérique.

En promenant ainsi ses lecteurs de contrée

en contrée, il ne laisse échapper aucune occasion de leur faire tourner les yeux vers leur patrie naissante.

Il conserve dans ses rapprochemens, il montre dans ses réflexions, je ne dirai pas le *decorum* d'un homme public, mais l'impartialité d'un vrai sage. En patriote éclairé, il ne perd jamais l'à-propos de faire briller les avantages de notre Constitution; mais sa modération & son humanité lui font déplorer les excès où le peuple s'est quelquefois livré. Il loue les réformes; mais il n'aigrit pas les plaies des réformés.

On voit par ce court extrait, combien l'ouvrage de M. de la Croix, a de ressemblance avec le mien; mais à quelques réflexions près, dont la finesse fait sourire, l'ouvrage de M. de la Croix est en général solide, sérieux & profond; c'est un ouvrage où l'on peut s'instruire de beaucoup de choses qu'on ne sait pas, & le mien est une espèce de plaisanterie où l'on ne peut rien apprendre; c'est la très-faible parodie d'un beau drame. Elle serait bien plus faible encore, si MM. Bérenger, Domergue, Destournelles, Boisjolin, &c., n'avaient point entendu la lecture que j'en ai faite au Lycée : ils m'ont donné une foule d'excellens conseils, que je ne n'ai pas manqué de suivre, & c'est à ces bons esprits, à ces littérateurs éclairés, que je dois, non pas le plus de beautés qu'il y a, mais le moins de défauts qui s'y trouvent.

On suppose dans ce poème que tous les rois de l'Europe rassemblés, tiennent des États-Généraux, & qu'ils sont présidés par l'abbé Charles-Irénée-Castel de Saint Pierre, si connu par ses ouvrages philantropiques & philosophiques. Cet abbé illustre y est appelé tantôt *Irenée*, tantôt *Castel*, & tantôt *Saint Pierre*. On a cru devoir employer alternativement ces trois noms, pour jetter plus de variété dans l'ouvrage.

LES ÉTATS GÉNÉRAUX

DE L'EUROPE.

JE rêve quelquefois. Est-il un seul poëte
Dont la muse à rêver ne soit un peu sujette?
Le sommeil, cette nuit, avait fermé mes yeux;
Et bercé par l'erreur d'un songe gracieux,
A mon esprit charmé bientôt se développe
Le spectacle imposant du congrès de l'Europe.
Pour le salut de tous rempli d'un zèle ardent,
Le bon abbé Saint-Pierre en était président.
Sans aller au scrutin le peuple qui l'estime,
L'avoit élu, dit-on, d'une voix unanime.
Il était sur un siége où l'or ne brillait pas:
Rousseau, Mabli, Raynal avaient suivi ses pas;
Et près de lui rangés, servant de secrétaires,
Ils partageaient entr'eux le fardeau des affaires,
Rédigeaient les décrets, en expliquaient le sens,
Et réglaient des états les destins renaissans.
Du nord et du midi là siégeaient les monarques,
De leur autorité déployant tous les marques.
L'église, comme on sait, avant tout doit passer:
Le Saint Père l'exige, et prompt à l'exaucer,
Prompt sur-tout à lui rendre un légitime hommage,
Le président lui tient cet honnête langage.

« De la religion vous êtes le soutien
» Et le chef révéré de l'univers chrétien.
» Je suis un simple prêtre, et cependant j'espère
» Pouvoir, par mes avis, éclairer le Saint Père.
» Pardonnez, ô Braschi! cette témérité;
» C'est aux papes sur-tout qu'on doit la vérité.
» Vous êtes l'héritier de la contrée antique,
» Où des Romains jadis fleurit la république,
» Où la plus belle nuit succède au plus beau jour.
» Le soleil sur vos champs se lève avec amour;
» Et ces champs toutefois chéris de la nature,
» Ignorent les trésors que donne la culture (1):
» Le commerce y languit. Ennemi des travaux,
» Votre peuple s'endort dans un lâche repos.
» Du moderne romain qu'abrutit la mollesse,
» D'où viennent l'ignorance et sur-tout la paresse?
» Des superstitions dont il est enivré:
» A l'erreur par vous-même il fut toujours livré;
» Et toujours pour vous plaire, adorant des reliques,
» Aux pieds d'une Madone il chante des cantiques.
» Réformez promptement ce régime odieux.
» Rome, ainsi qu'autrefois, doit-elle à de faux Dieux
» Sacrifier sans cesse, et d'hommages frivoles
» Doit-elle incessamment fatiguer des idoles?
» Simplifiez le culte, et prêtre d'un seul Dieu,
» Ne prêchez que lui seul en tout temps, en tout lieu:
» Transformez en marchands vos moines fanatiques,
» Et leurs vastes palais en étroites boutiques.
» Que l'industrie y règne et dresse des comptoirs
» Où le cordeau sans fin allongea des dortoirs.
» Plus de prisons sur-tout, plus de château Saint-Ange(2),
» Antre où les ennemis d'un Pape qui se venge,

» Ainsi qu'à la Bastille en secret sont reclus,
« Et sont punis souvent d'avoir trop de vertus.
» Vous régnez sur les corps ainsi que sur les âmes,
» Et de les condamner également aux flâmes,
» Un faux zèle souvent vous a fait un devoir.
» Abdiquez au plutôt cet excès de pouvoir :
» Aimez l'humanité, sur-tout la tolérance,
» Et trop légèrement ne damnez point la France (3).
» La France vous déplaît, depuis que citoyens,
» Ses peuples ont brisé leurs antiques liens,
» Et qu'ils osent aux cieux lever un regard libre.
» Ah! que ne pouvez-vous, sur les rives du Tibre,
» Des princes de l'église abaisser la fierté,
» Et rendre à vos sujets leur vieille liberté!
» Braschi des souverains deviendrait le modèle,
» Et quel peuple à ses lois ne serait point fidèle?
» Quels que soient vos projets, ô pontife romain!
» La vérité se montre aux yeux du genre-humain.
» Il vous respecte encor : mais il ne vous craint guère,
» Et vous faites pitié même au grossier vulgaire.
» Soyez donc raisonnable autant que généreux:
» De l'inquisition n'allumez plus les feux :
» Ne nous menacez plus d'une foudre risible,
» Et gardez-vous sur-tout de vous croire infaillible. »

Le Saint Père, à ces mots, se croyant offensé,
Et montrant son dépit sur son front courroucé,
Se lève pour répondre, et descend de sa place :
Mais on murmure, on crie, on rit de sa menace;
Et desirant très-peu de lui faire la cour,
Monsieur le président passe à l'ordre du jour.

« Messieurs, dit-il alors aux nobles de Venise,
» Vous allez m'écouter avec quelque surprise:

» Mais vous n'êtes venu que pour me consulter,
» Et pourrais-je, après tout, vouloir vous insulter?
» Votre gouvernement a triomphé des âges,
» Et, sur l'onde construit, n'a point fait de naufrages.
» Invariable et ferme, il brave également
» Le courroux de Neptune et le fier Musulman.
» Frémissez toutefois : inquiètes, sévères,
» Vos lois à la raison, à l'équité contraires,
» N'offrent à l'opprimé qu'un stérile soutien.
» Votre noblesse est tout, et le peuple n'est rien.
» D'infâmes délateurs une troupe exécrable
» Fait périr l'innocent ainsi que le coupable,
» Et lâchement poursuit le vice et la vertu.
» L'œil baissé vers la terre et le front abattu
» Sous le sceptre de fer que votre main balance,
» Il faut vivre et mourir dans un morne silence. . . .
» Ah! dût votre sénat perdre enfin tous ses droits,
» Modérez la rigueur de vos antiques lois,
» Et que le voyageur, au gré de son attente,
» Parcourre sans terreur votre ville flottante.
» Le doge, chaque année, en magistrat royal,
» Forme avec Amphitrite un lien nuptial.
» Qu'il épouse plutôt la fiere indépendance,
» Et suive des conseils dictés par la prudence.
» Du despotisme affreux et par-tout redouté,
» Les rois vantent le calme et la tranquillité :
» La liberté pourtant qu'environne l'orage,
» Vaut mieux pour les humains qu'un paisible esclavage,
» Et cette déïté que vous traitez si mal,
» Ne peut que sous le masque aller courir le bal.
» Laissez-là se montrer sous sa forme ingénue,
» Et du bal par dégrès se glisser dans la rue. »

Le doge de Venise et ses nobles agens
Accueillirent ces mots de souris indulgens.
Des Lucquois, des Génois, peuplade aristocrate,
Par les mêmes conseils, le moderne Socrate
Corrigea les penchans et réforma les mœurs.
Tout homme a ses défauts, tout peuple a ses erreurs,
Et par elles de sang la terre est inondée.

J'ai fréquenté la cour de Victor Amédée:
Ce monarque chérit la justice, l'honneur:
Aimé de ses sujets, pour faire leur bonheur,
Quoiqu'affoibli par l'âge, il devance l'aurore;
Ce n'est jamais en vain qu'un malheureux l'implore,
Et le crime par lui ne fut jamais absous.
De plaire au saint pontife il est un peu jaloux;
Et l'abbé de Saint-Pierre admirant sa sagesse,
Le gronda seulement d'aller trop à confesse,
Tout prince catholique a, dit-on, ce défaut.
Victor serait parfait, s'il étoit moins dévot.

« O superstition trop long-temps impunie!
» De l'Espagnol toi seule étouffes le génie.
» Ce peuple qui jadis régna par ses exploits,
» Qui du Pérou vainqueur l'asservit à ses lois,
» L'Espagnol, profanant sa grandeur souveraine,
» De l'inquisition traine aujourd'hui la chaîne;
» Et les sots préjugés, dans la Castille errans,
» Ont du monde nouveau soumis les conquérans. «

C'est ainsi qu'Irénée au roi de l'Ibérie,
Exprima les douleurs de son âme attendrie.
« Renversez, poursuit-il, l'horrible tribunal
» Qu'un pape, dirigé par l'esprit infernal,
» Institua jadis pour le malheur du monde.
» Dans vos états déserts la terre est inféconde,

» Et la religion, de vos sujets l'écueil,
» Entretient leur paresse ainsi que leur orgueil.
» Suivez de Las-Casas les augustes maximes (4);
» Pardonnez les erreurs et punissez les crimes.
» C'est par la tolérance et par l'humanité,
» Qu'un monarque s'élève à l'immortalité.
» De la Bastille ici je possède une pierre;
» Recevez-lâ des mains de l'abbé de Saint-Pierre.
» C'est pour un souverain le plus beau des présens:
» Elle vous apprendra le destin des tyrans:
» Faites-y sagement graver les droits de l'homme,
» Et secouez le joug que vous imposa Rome. «

Le monarque espagnol, touché de ce discours,
Craignait, par un seul mot, d'en suspendre le cours,
Et par un beau décret au genre-humain propice,
Il allait abroger les lois du saint office:
Mais son vieux confesseur avait suivi ses pas:
A l'écart il le tire; il lui parle tout bas,
Et bientôt le Monarque a changé de pensée.

« Gardez-vous d'imiter sa conduite insensée, »
Dit alors Irénée au roi Napolitain;
Le Saint-Père a long-tems réglé votre destin;
« Il vous gouverne moins : la blanche Hacquenée (5)
» N'est plus au vatican en tribut amenée.
» Eclairez votre peuple ignorant et grossier,
» Et qu'il n'adore plus le sang de Saint Janvier:
» Défiez-vous sur-tout de ces lâches ministres
» Qui ne donnent aux rois que des conseils sinistres,
» Gâtent leur naturel, corrompent leurs vertus,
» Et feraient détester Marc-Aurèle et Titus. »

« Je crois, dit Ferdinand, vos conseils salutaires,
» Et pour en profiter, je fais des vœux sincères:

»Mais

» Mais j'ai toujours un peu craint le qu'en dira-t-on ;
» Et je vais consulter le chevalier Acton (6). »

On voit, au même instant, de la Lusitanie
La reine s'avancer. Le malheureux Génie
Qui dégrade l'Ibère et le Napolitain,
A de même asservi le faible Lusitain,
Et pour prêter main forte aux dogmes de Sorbonne,
Cette reine, sans doute, avait quitté Lisbonne.

« Pieuse Elisabeth, lui dit l'abbé Castel,
» Vos sujets sont doués d'un heureux naturel :
» Ils sont galans sur-tout ; c'est un doux avantage ;
» Le bonheur cependant fuit les rives du Tage :
» Le fanatisme y règne, et quel homme est heureux
» Où pèse des dévots le sceptre rigoureux ?
» Ce sceptre est dans vos mains, et d'un abus extrême ;
» Souffrez que ma candeur vous accuse vous-même.
» Voulez-vous à jamais fixer dans vos états
» Cette félicité que l'on n'y connoît pas ?
» Donnez à vos sujets, au lieu de la proscrire,
» La double liberté de penser et d'écrire ;
» Et de l'inquisiteur que l'espion cruel
» Ne les dénonce plus au nom de l'Eternel.
» Des bûchers ont rendu le Portugal illustre :
» Qu'aux sciences, qu'aux arts il doive un plus beau lustre,
» Et que, sur ces bûchers, jadis étincelans,
» S'élève avec orgueil la palme des talens.
» Trop de religieux, trop de saints, trop de saintes (7)
» Peuplent de vos états les pieuses enceintes,
» Et l'on voit trop d'encens fumer sur leurs autels.
» Faut-il tant de tributs pour plaire aux immortels ?
» Tant de moines sur-tout ? Ah ! pour remplir vos villes
» D'habiles ouvriers, de citoyens utiles,

» Qu'au lieu de prononcer de téméraires vœux,
» Le barbu Franciscain, le Cordélier nerveux
» Epousent bravement de jeunes Chanoinesses :
» Vous doublerez ainsi les publiques richesses,
» Et rivale de Londre, émule de Paris,
» Lisbonne renaîtra de ses propres débris.
» Goa même, Goa, semblable à l'Elisée. . . . . . »

La reine, à ce discours, s'enfuit scandalisée,
Et dans le président que la raison guida,
Elle croit, un moment, revoir Malagrida (8),
Fait un signe de croix, et jure dans son ame
D'envoyer au bûcher ce président infâme
Qui, tranquille, sourit d'un impuissant courroux.

Le sage Léopold, de s'instruire jaloux,
Se présente à son tour ; et le bon Irénée
Lui fait cette harangue à lui seul destinée.

« Des souverains du Nord, ô le plus vertueux!
» C'est vous qui savez l'art de rendre un peuple heureux,
» Vous que doit adorer l'antique Germanie.
» Des superstitions la funeste manie
» Sur votre esprit jamais n'étendit son pouvoir.
» Vous l'avez enrichi des trésors du savoir :
» Paisible sectateur de la philosophie,
» Vous l'avez fait aimer à la belle Etrurie (9):
» Elle jouit par vous des douceurs du repos.
» Mars n'y vient plus dans l'air déployer ses drapeaux ;
» Et, pour mettre le comble à ce destin prospère,
» Vous êtes, m'a-t-on dit, abhorré du saint Père.
» Ce bonheur n'est pas mince ; et vos heureux penchans
» Vous devaient attirer la haîne des méchans.
» A l'orgueil toutefois ne livrez point votre ame,
» Et vous ayant loué, souffrez que je vous blâme.

» Pourquoi de vos sujets censeur minutieux,
» Les poursuivre souvent d'un regard curieux ?
» C'est de votre pouvoir trop étendre l'usage.
» C'est ressembler sur-tout au bailli d'un village,
» Qui, de chaque bergère épiant les discours,
» Effarouche les ris, et fait peur aux amours.
» Tout voir est un défaut ; trop régner est un vice.
» Un empereur n'est point lieutenant-de-police.
» J'aime assez les vertus de vos bons Allemands ;
» Ils sont laborieux, courageux, patiens :
» Ils savent mieux que nous ; nous savons davantage ;
» Mais l'orgueil, la hauteur est souvent leur partage ;
» Vos comtes, vos barons, de noblesse bouffis,
» De la Perse, dit-on, méprisent les sophis.
» On n'est rien à leurs yeux, si l'on n'a la naissance ;
» Et luttant avec vous de force et de puissance,
» Ils peuvent, tôt ou tard, gentillâtres altiers,
» Vous combattre en l'honneur de leurs seize quartiers ;
» Pourquoi nourrissez-vous cette hydre menaçante,
» Autrefois terrassée, aujourd'hui renaissante ?
» Ah ! de l'égalité que le code nouveau
» Place tous vos sujets sur le même niveau ! »

L'Assemblée applaudit, et la fière Czarine,
Remplaçant Léopold : « superbe Catherine, »
Lui dit le président. « Est-ce vous que je vois,
» Vous qui des nations violez tous les droits,
» Et qui de l'équité méconnaissant l'empire,
» Semblez vouloir régner sur tout ce qui respire ?
» Les talens, grace à vous, les sciences, les arts
» Ont en foule accouru dans le palais des Czars,
» Et l'amitié long-temps vous unit à Voltaire.
» Soyez, par la beauté, maîtresse de la terre ;

» A vos sacrés genoux enchaînez mille amans,
» Et de vos jours ainsi prolongez le printemps.
» J'y consens : mais pourquoi subjuguer la Crimée,
» Par vous seule aujourd'hui lâchement opprimée?
» Et pourquoi du Sarmathe envahir les états?
» Pourquoi faire trembler les plus fiers potentats
» Par l'esprit guerroyeur qui toujours vous anime?
» Régner est un bienfait; conquérir est un crime;
» Et vous déshonorez le pouvoir absolu.
» Par un sage décret la France a résolu
» De ne tenter jamais d'odieuses conquêtes,
» Et de rester paisible au milieu des tempêtes:
» Adoptez-le, madame; il est digne de vous.
» Oczakoff, Ismaïloff sont tombés sous vos coups,
» Et votre Potemkin, projetant plus encore,
» Veut chasser le sultan des rives du Bosphore.
» De ce tigre altéré de sang et de trépas,
» Enchaînez la furie et retenez les pas,
» Et donnez à l'Europe enfin régénérée,
» L'universelle paix que j'ai tant désirée. »

Les nobles de Pologne, à ce discours présens,
Font retentir les airs de bravos éclatans.
Potemkin les opprime, et leur unique envie
Est de briser la chaîne où les tient la Russie.

« Voulez-vous mériter d'être libres un jour, »
Leur dit le président? « Sachez, à votre tour,
» Attacher plus de prix aux vérités augustes
» Par qui les nations ne sont jamais injustes.
» Vous êtes éclairés, affables et polis;
» Les voyages, l'étude ont orné vos esprits,
» Et la liberté même a toujours su vous plaire.
» Mais cette liberté, qui vous paraît si chère,

» Vous l'aimez pour vous-mêmes, et non pour vos vassaux,
» Que vous n'admettez point au rang de vos égaux ;
» Et quoique vous soyez indépendans et braves,
» Sans honte, à vos genoux, vous voyez des esclaves.
» Des esclaves.... Par vous ces abus sont soufferts !
» Ah ! de ces malheureux courez briser les fers.
» Qu'il habite Paris, ou Warsovie, ou Rome,
» L'homme a-t-il donc le droit de commander à l'homme? »

Ce discours enchanta le nonce Potocki (10) :
Il fut même approuvé de Poniatowski(*).
De la philosophie ardent et ferme apôtre,
Ce Poniatowski n'est pas roi comme un autre :
La liberté l'enflamme, et du peuple français,
En langage Sarmathe il traduit les décrets.
Le laurier des talens, qui pare sa couronne,
Le rend digne à-la-fois du fauteuil et du trône ;
Et joignant la franchise à l'aimable douceur,
Il a, de son vivant, fait choix d'un successeur.
Oh ! que n'est-il de même à la raison docile,
Du peuple musulman le monarque imbécile !
Plus fier, plus orgueilleux que tous les potentats,
Il avait dédaigné de se rendre aux états ;
Et le sérail alors offrant à sa hautesse
De vingt jeunes beautés l'élite enchanteresse,
Il consumait ses nuits, il employoit ses jours
A chercher des plaisirs qui le fuyaient toujours.

La liberté fleurit aux bords de la Tamise.
L'Angleterre, à des lois depuis long-temps soumise,

(*) Le Roi de Pologne, Stanislas-Auguste, vient d'être nommé associé étranger de la Société d'Agriculture de Paris ; & il a écrit à ce sujet la lettre la plus aimable au Secrétaire. L'agriculture est la base des Etats, & tous les Rois devraient imiter Stanislas-Auguste.

Ne craint plus des tyrans le joug impérieux ;
Mais l'Anglais est superbe autant que dédaigneux.
Il pense que du ciel ses lois sont émanées,
Et qu'à toujours durer elles sont destinées.
Monsieur Burke (11) en raffole, et disputeur ardent,
Il vient chercher querelle à l'abbé président :
Le président répond : « J'ai lu votre gros livre,
» Et je ne conçois pas quelle erreur vous enivre,
» Lorsque, nous reléguant aux petites maisons,
» Un excès de courroux vous tient lieu de raisons.
» Vous prétendez, monsieur, que l'Angleterre est libre,
» Que, pour la conserver dans un juste équilibre (12),
» Les communes, les pairs, le roi semblent s'unir,
» Que vos lois seulement ont le droit de punir :
» Mais le peuple se vend aux cabales, aux brigues,
» Et n'est-ce pas souvent le ressort des intrigues,
» Qui fait au parlement siéger un citoyen ?
» Tout chez vous n'est point mal : mais tout n'y va point bien.
» L'Ecosse est opprimée, et c'est un vrai scandale
» Que de la voir en proie à l'hydre féodale,
» Et je ne voudrais pas que vos bons matelots
» Fussent, en dépit d'eux, entraînés sur les flots.
» Et vous, mes chers amis, industrieux Bataves,
» Vous qu'un prince orgueilleux aspire à rendre esclaves,
» Toujours sur ce despote ayez les yeux ouverts :
» De peur qu'il ne parvienne à vous donner des fers,
» Repoussez constamment ses perfides caresses.
» Au commerce, au travail vous devez vos richesses :
» Mais vous les aimez trop. Aimez la Liberté ;
» Hélas ! elle est souvent sœur de la pauvreté.

» La pauvreté vous sert, peuples de l'Helvétie :
» Mais vous souffrez le joug de l'aristocratie,

» Et s'ils ne peuvent pas régner sur vos trésors,
» Des magistrats tyrans asservissent vos corps.
» Soyez à la nature, à la raison fidèles,
» Et ne permettez pas que des mains criminelles
» Vous forgent des liens ennemis de vos droits.
» Défendez votre cause et non celle des rois. »

GUSTAVE, Christian et Frédéric Guillaume,
Pour gouverner le peuple et régir leur royaume,
Reçurent, à leur tour, les meilleures leçons....
Ces monarques voulaient les traiter de chansons,
Lorsque le président, rassemblant tous les princes,
Et tous les députés choisis dans les provinces,
« Embrassez-vous, dit il, traitez-vous en amis,
» Et par les mêmes nœuds, soyez toujours unis.
» C'est de vous que dépend le bonheur de la terre
» Voulez-vous l'affermir? Renoncez à la guerre,
» Et jurez tous enfin de toujours vivre en paix. »
« Nous le jurons », s'écrie aussitôt le Congrès,
Et Christian, Gustave embrassent la Czarine.
Malgré l'ambition qui souvent le domine,
Guillaume Frédéric va lui baiser la main.
Léopold ne veut point verser le sang humain,
Ni que, dans ses projets, Bellone le seconde.
Léopold, sans effort embrasse tout le monde.
Raynal alors, Mabli, Rousseau le genevois,
Pour tous les potentats font de nouvelles lois,
Des lois que leurs écrits ont déja révélées,
Et que, dans ses décrets, la France a rassemblées:
Chaque roi les adopte, et le cher président,
A son tour embrassé, de son siége descend.
Comme on sait que jamais un prêtre ne pardonne,
Le Pape fut le seul qui n'embrassa personne.

NOTES

DES ÉTATS GÉNÉRAUX DE L'EUROPE.

(1) *Que donne la culture.* Les terres de l'Italie les plus mal cultivées sont celles de l'état ecclésiastique. Des landes, des marais, des cloîtres immenses, de vieux débris de temples païens, un grand nombre d'églises chrétiennes, voilà ce que j'ai vu aux environs de Rome. On ne rencontre guères, dans cette ville immense, que des statues, des moines et des mendians. Il ne s'y fait presque point de commerce, et l'on y mourrait de faim sans les secours qu'elle tire de ses voisins, et sans l'argent qu'y portent les étrangers qui voyagent.

(2) *Plus de château Saint-Ange.* J'étais à Rome lorsqu'on y arrêta M. de Cagliostro, et qu'on l'enferma au château Saint-Ange. Le château Saint-Ange est la Bastille de Rome. Puisse-t-elle bientôt avoir le même sort que celle de Paris!

(3) *Ne damnez point la France.* Voici un extrait du bref, adressé par le pape au roi Très-Chrétien, relativement à la constitution civile du clergé. Le Pape reproche au roi Très-Chrétien :

1°. D'avoir donné son consentement à la spoliation du clergé, malgré les anathêmes lancés par l'église contre ceux qui s'empareraient de ses biens ou qui coopéreraient à leur usurpation.

2°. D'avoir donné son consentement à la destruction des vœux monastiques si conformes aux conseils évangéliques.

3°. D'avoir donné son consentement aux droits que s'est arrogés la puissance temporelle de changer la discipline ecclésiastique, &c.

Déclare en conséquence le Pape :

1°. Que la constitution civile du clergé est *schismatique*, puisqu'elle sépare les membres de l'église de leur chef.

2°. *Hérétique*. Puisqu'elle admet un principe contraire à la foi, en donnant à la puissance temporelle le droit de changer la discipline ecclésiastique.

3°. *Impie*. Comme conduisant à l'incrédulité, propageant les systêmes irréligieux, et donnant lieu à la profanation des lieux saints.

Le Saint Père ajoute qu'il a ordonné des prières publiques pour demander à Dieu le retour des Français à la religion et à la raison : il ne lui manque plus que de fulminer contre nous une bulle d'excommunication. Quels maux ne produisait point autrefois une pareille bulle? Elle mettait le trouble et le désordre dans un royaume : autrefois il en sortait des foudres et des poignards. Aujourd'hui il n'en sortirait plus que du vent. Pouvait-il nous arriver un plus grand bonheur? Je compare le Pape à un vieux enfant qui, un chalumeau à la bouche, ne peut plus souffler sur nous que des bulles de savon.

(4) *De Las-Cazas les augustes maximes*. Barthélemi de Las-Cazas fut un modèle d'humanité, de sensibilité et de tolérance. Il fut d'abord curé, ensuite évêque, et, ce qu'il y a de plus étonnant, il fut de l'ordre de Saint Dominique. Ce vertueux personnage est admirablement peint dans les Incas de M. Marmontel.

(5) *La blanche haquenée*. Le roi de Naples était dans l'usage d'envoyer tous les ans au Pape une mule blanche (*chinea*), et cent cinquante onces d'or, et de lui faire offrir ce double présent par son ambassadeur. Cet usage n'existe plus depuis quelque temps. Voyez-en l'origine dans l'intéressant voyage d'Italie de M. de Lalande.

(6) *Et je vais consulter le chevalier Acton*. Voici l'extrait fidèle d'une lettre écrite de Naples en date du 25 juillet 1790, et adressée à M. de Léon, médecin, demeurant rue de la Harpe, et membre du club de 1789 :

« Depuis nombre de mois on ne laissoit entrer qu'avec » peine des Français dans le royaume de Naples ; mais » on ne s'était pas encore avisé de les en chasser.

» Dans la nuit du 10 au 11 de ce mois, des troupes » de sbires descendent dans les maisons de cinq ou » six français : on les arrête ; on les traine en prison, » d'où ils ne sortent que pour être transportés, sous » l'escorte des sbires, jusqu'aux frontières.

» Chez nous, lorsqu'on mettait quelqu'un à la Bas- » tille, on prenait soin de ses effets : on rapportait » procès-verbal, et on ne lui faisait point payer la peine » de ceux qui l'enlevaient. Ce n'est pas de même à » Naples : les malheureux bannis ont été obligés de payer, » pour n'être pas garottés, les sbires qui les avaient » arrêtés, de payer la voiture qui les portait hors du » royaume, &c. Leurs maisons sont restées ouvertes, » abandonnées.

» Vous connaissez sûrement trois des bannis : l'un » est *Gasse*, aubergiste au mont Olivet ; l'autre est » *Fraise*, marchand, dans la rue de Chiaja ; le troi- » sième est l'abbé *Barreau*. Vous verrez incessamment » ce dernier à Paris. Il vous racontera, dans le plus » grand détail, comment ils ont été rançonnés, mal- » traités par toute cette canaille des scrivani et des » sbires.

» Le lendemain, nouvelle expédition. *Volere*, le » frère du peintre célèbre, est arrêté et chassé comme » les autres. MM. *Presteau*, frères, négocians, dont » l'un était établi ici depuis plusieurs années, et l'autre » seulement depuis cinq ou six mois, subissent le même » sort.

» Les négocians s'alarment ; ils viennent en foule » chez le consul, chez l'ambassadeur, leur demander » de réclamer pour eux secours et protection.

» L'ambassadeur écrit au ministre Acton ; il se plaint » énergiquement des vexations que l'on fait éprouver » aux Français qu'on bannit ; il réclame le droit des » gens, les égards dûs à une nation alliée, &c.

» On ne lui répond que quatre jours après, et, dans » cet intervalle, on emprisonne et on chasse encore

» quatre ou cinq français, entr'autres, les deux frères
» *Péan*, fils de l'accoucheur.

» Dans sa réponse à l'ambassadeur, le ministre Acton
» prétend que les Français exilés ont été traités avec la
» plus grande *civilité* et *courtoisie*, que les droits at-
» tachés à la souveraineté exigent que Sa Majesté dé-
» ploie toute la rigueur de sa justice contre quiconque
» cherche à troubler la tranquillité publique, &c. Ajoutez
» quelques autres maximes communes, qu'on trouve
» dans le code de tous les despotes.

» Vous me demanderez quel était le crime de ces
» Français si rigoureusement punis? Oh! je crois bien
» qu'il n'existe pas l'ombre d'un crime : mais la cour a
» peur; la cour veut conserver son autorité bien en-
» tière, bien intacte. Elle croit qu'un excellent moyen,
» c'est d'être très-sévère. Malheur à qui inspire le
» moindre soupçon! Quiconque est soupçonné, est cri-
» minel. Il y a des espions dans les cafés, dans les
» promenades, dans les églises, jusque dans l'intérieur
» des maisons. Tous ces messieurs ne vivent que de dé-
» lations; ils en font, qu'un homme de sens rougirait
» d'écouter, et qui sont cependant parfaitement accueil-
» lies. Le hasard m'a procuré l'avantage de lire un
» petit recueil de ces délations. Savez-vous de quoi
» était accusé *Fraise*? d'être *vénérable* d'une loge de
» francs-maçons : et MM. *Prestreau*? d'avoir donné un
» concert et un soupé, le 14 juillet, jour de la grande
» Fédération : et l'abbé *Barreau*? de donner à déjeûner
» avec du café, tous les dimanches, à des Français avec
» lesquels il s'enfermait dans sa maison. Toutes les au-
» tres délations sont de cette force, et c'est pourtant sur
» cela qu'on s'est décidé à expulser des Français qui
» habitaient Naples, depuis trente ou quarante ans,
» comme *Fraize*, par exemple :

» Qu'on est heureux de vivre dans un état libre!
» On n'est point témoin de toutes ces injustices, ces
» barbaries exercées d'après un simple *je le veux*, parti
» de la bouche d'un ministre inhumain, sans principes,
» sans prudence. »

Le ministre désigné dans les dernières lignes, est le chevalier Acton. Ce n'est pas le roi de Naples qui gouverne, c'est le chevalier Acton; c'est lui seul qui, au nom du roi, se rend coupable de vexations odieuses et de criminelles persécutions. Madame de Beauharnais a passé à Rome l'hiver de 1790 ; elle avait envie d'aller à Naples, et le chevalier Acton lui a fermé l'entrée de ce beau pays, parce qu'elle porte un nom cher aux bons Français, et qu'elle est tante d'Alexandre Beauharnais, jeune député qui s'est rendu célèbre par son patriotisme, et dont l'éloquence égale le courage. La moderne Sapho, grace au chevalier Acton, n'a pas pu aller saluer le tombeau de Virgile, et y cueillir la palme que les muses lui préparaient. J'avais accompagné madame de Beauharnais en Italie, et j'ai subi le sort de madame de Beauharnais. Que dis-je ? le chevalier Acton m'a fait dire que madame de Beauharnais pourrait seule entrer à Naples, si elle le voulait ; mais que jamais il ne lui donnerait de passe-port pour y venir avec moi. Quelle gloire pour moi, d'avoir excité à ce point la crainte du chevalier Acton ! Voilà comment se conduit avec les Français le chevalier Acton ; et le croirait-on cependant ? Le chevalier Acton est Français : le chevalier Acton est né à Besançon d'un chirurgien-accoucheur. Ce n'est point par un motif de vengeance que je dévoile la conduite du chevalier Acton. Il m'a fermé l'entrée de Naples à cause de mon patriotisme, et certes, il m'a fait beaucoup d'honneur ; mais que lui avaient fait les personnes nommées dans la lettre que je viens de citer, et comment pourra-t-il se justifier à leur égard ?

(7) *Trop de saints, trop de saintes.* Voici une anecdote qui prouvera à quel point les Portugais sont amoureux des saints et des saintes ; elles est tirée d'une légende. Quoiqu'ils possédassent déja une grande quantité de saints, ils voulurent en avoir un de ceux qui reposent à Rome dans les catacombes, et prièrent le pape Clément IX de le leur expédier par la première occasion. Le Pape indiqua un jour pour se rendre aux catacombes, et s'y rendit en effet, escorté de tous les cardinaux, de tous les princes, de tous les ambassadeurs, et se trouvant bientôt au milieu des ossemens d'une multitude de martyrs, qui de vous, dit-il, veut aller en Portugal ? La légende prétend qu'un squélette se leva, et répondit : *moi* ; à quoi le Pape répliqua : qu'on l'emballe, et qu'il parte. *Te Deum Laudamus.*

(8) *Revoir Malagrida*. La dévotion ayant tourné la tête au bon jésuite, Gabriel Malagrida, il composa, sur la prochaine arrivée de l'ante-christ, l'ouvrage le plus extravagant, et une *vie de Sainte Anne*, qui n'était pas moins insensée. Il s'attribua le don des miracles, celui de prophétie. Il déclara hautement que Dieu lui-même l'avait choisi pour son ambassadeur et son apôtre; qu'il était fils de la Vierge, et par conséquent frère de Jésus-Christ. Toutes ces folies, qui ne pouvaient inspirer que de la pitié, conduisirent le bon jésuite dans les prisons du Saint-Office, et il fut brûlé, le 21 septembre 1761, à l'âge de soixante-quinze ans. Quel tribunal que celui de l'inquisition! Il fait périr les dévots ainsi que les impies; et il est des contrées éclairées par le soleil, où cet affreux tribunal subsiste encore!

(1) *A la belle Etrurie*. Voyez l'éloge que, dans ses lettres sur l'Italie, feu M. Dupati a fait du grand-duc de Toscane, Léopold, actuellement empereur. Quoiqu'un peu exagéré, cet éloge est vrai à bien des égards. J'ai traversé deux fois la Toscane; j'ai souvent interrogé les sujets du grand-duc, et tous, ou presque tous, m'ont répondu de manière à me faire comprendre qu'ils étaient heureux sous son empire. Il a fait fleurir dans ses états, autant qu'il l'a pu, les arts, l'agriculture et le commerce; et ce qui est plus singulier, il en a écarté, autant qu'il l'a pu, la superstition et le fanatisme. Je n'en citerai qu'un trait entre plusieurs que l'on m'a racontés. Il n'est personne qui ne convienne que le drame de Mélanie ne soit dirigé contre les vœux monastiques, et ne fasse sentir éloquemment les dangers de certaines institutions religieuses. Tandis que le gouvernement défendoit à Paris la représentation de ce drame, le grand-duc l'a fait jouer publiquement sur le premier théâtre de Florence.

(10) Le comte Stanislas Potocki est nonce de Lublin; il a souvent prouvé son patriotisme dans les diètes de Pologne, par des discours éloquens, et son goût pour les arts, par de charmans ouvrages de littérature. Voulez-vous, au reste, voir un excellent tableau de la Pologne? Lisez la feuille Villageoise de MM. Cérutti, Rabaud de Saint-Etienne et Grouvelles, numéro du 3 mars

1791 ; il est rapide, animé et juste. Ces trois qualités ne sont pas communes.

(11) Tout le monde sait que M. Edmond Burke a fait un livre énorme contre la révolution française ; mais qui est-ce qui a pu le lire ? Très-peu de personnes sans doute, et j'ai appris, par elles, que ce livre était la satyre du nouveau gouvernement français, et renfermait l'éloge le plus pompeux du gouvernement de l'Angleterre.

(12) *Que l'Angleterre est libre.* Tant qu'il y aura en Angleterre une religion appelée *religion de l'état* ou *religion dominante* ; tant qu'on y arrêtera les gens pour des dettes quelquefois supposées ; tant que la presse des matelots y chassera, malgré eux, les hommes dans les navires, pourra-t-on dire qu'en Angleterre il y ait de la liberté ? On y gêne, on y persécute même, depuis quelque temps, la liberté de la presse : le parti ministériel y fait des progrès effrayans ; et si les Anglais n'y prennent garde, ils deviendront plus esclaves que ne l'ont jamais été les Français.

(*) C'est le 11 Mars 1791, que j'ai lu au Lycée mes *Etats généraux de l'Europe*, & c'est le 3 Mars de la même année que le roi Stanislas Auguste a donné une Constitution nouvelle à la Pologne ; combien je m'applaudis quand je fais le rapprochement des justes éloges que j'ai donnés à Stanislas Auguste, & d'avoir en quelque sorte prédit la Révolution Polonaise. Ce n'est pas pour rien que les Poëtes étoient confondus autrefois avec les Prophetes, & qu'inspirés par les Dieux ils annonçaient aux hommes les grandes vérités.

L'ASSEMBLÉE
DE SORBONNE;
OU
LES ÉTATS GÉNÉRAUX
DE L'ÉGLISE.

L'ASSEMBLÉE DE SORBONNE, *OU* LES ÉTATS GÉNÉRAUX DE L'ÉGLISE (*a*).

ON sait, depuis long-temps, que la Théologie
A déclaré la guerre à la Philosophie.
Les enfans de Robert, (*b*) de Thomas, d'Augustin,
Dans la Sorbonne antique, en fort mauvais latin,
S'escriment chaque jour contre le grand Voltaire.
Rousseau, dont les écrits ont éclairé la terre,
De ces Docteurs fourrés éprouva le courroux,
Et Buffon étoit près de tomber sous leurs coups, (1)
Lorsque de ses destins la trame fut coupée.
Ces jours passés enfin, la Sorbonne attroupée
Décida qu'il falloit un dernier examen
Pour les juger tous trois, & chacun dit *Amen*.

UN Augustin, vainqueur dans plus d'une querelle,
Doit lire de Buffon l'Histoire Naturelle,
Et faire au comité promptement son rapport.
Pour combattre Rousseau, d'un glorieux effort,

(*a*) Ce Poëme avait déjà paru ; mais l'auteur l'a refondu presque en entier, & c'est presque un ouvrage nouveau.

(*b*) Robert, Fondateur de Sorbonne.

La preuve, en ce moment, est sur-tout nécessaire;
On l'attend d'un grand Carme orné d'un scapulaire.
Voltaire, avec gaîté déployant son savoir,
Dans les mains du Papiste a brisé l'encensoir,
Et, pour le terrasser, il faut un grand génie.
Un Jacobin, venu des confins d'Ibérie,
Se présente aussitôt, &, devant les Docteurs,
Jure de mettre au sac (2) l'oracle des penseurs;
On espère beaucoup de sa sainte promesse,
Et l'on sort pour attendre, ou pour dire la messe.

Les champions tondus regagnent leur couvent;
Et là, dans un loisir & pieux & savant,
Chacun lit son Auteur, le commente, l'explique,
L'admire très-souvent, & fort peu le critique.
Buffon donne à penser au vaillant Augustin:
Voltaire amuse, instruit le père Jacobin:
Chaque Moine devient philosophe, et le charme
Déja même s'étend sur l'invincible Carme.
L'imagination, mère des vœux ardens,
Lui fait voir en esprit les bosquets de Clarens:
Déja, malgré sa règle, il adore Julie,
Et la préfère même à la Vierge Marie.

Soixante fois déja, dans un doux appareil,
L'Aurore a cependant précédé le Soleil,
Depuis que les Dervis, chargés de la censure,
Font des trois grands Auteurs une utile lecture.
Le Président-syndic les convoque: à ce nom,
Ils se rendent ensemble au palais de Sorbon, (3)
Où, rangés sur les bancs et gardant le silence,
Messieurs les Bacheliers attendent leur présence.
L'Augustin, le premier fait entendre ces mots:
» J'ai lu Buffon, Seigneur: (4) les sublimes tableaux

Où, d'une main savante, il nous peint la nature,
Ont jadis encouru votre auguste censure.
Vos yeux, dans son histoire, ont cru voir des erreurs,
Et du bûcher son livre a presque eu les honneurs.
Il vous a paru même inspiré par le diable.
Je suis plus tolérant, sur-tout plus charitable,
Pourquoi damner Buffon ? d'utiles vérités
Ses livres sont remplis. Assise à ses côtés,
L'éloquence l'inspire, et cette enchanteresse
Répand sur ses tableaux la pompe et la richesse.
Ah ! que ne prêchons-nous aussi-bien qu'il écrit !
Pour remuer le cœur, pour convaincre l'esprit,
Rien ne nous manqueroit. Fléchier et la Neuville
N'ont jamais mieux connu tous les secrets du style.
La Neuville et Fléchier, de l'antithèse épris,
Fatiguent par l'éclat d'un brillant cliquetis.
Buffon est toujours simple, et toujours noble et pure :
Sa prose au loin rejette une vaine parure :
Ses plus beaux ornemens sont l'ordre et la clarté ;
Son style harmonieux coule avec majesté,
Et quoiqu'historien, peintre, orateur, poète,
Jamais de la nature il n'est que l'interprête :
A peine pouvez-vous le suivre dans les cieux,
Et vous voulez borner son vol audacieux ?
Laissez-le parcourir une immense étendue
Et fixer le Soleil qui blesse votre vue.
Buffon est ortodoxe. Oui, Messieurs, je soutiens
Qu'on peut être à la fois Philosophe et Chrétien.

Voyez avec quel art, quelle grace rapide
Il trace le portrait de l'animal stupide
Qui servit autrefois de monture au Sauveur :
Il lui donne l'allure et l'esprit d'un Docteur.

L'âne a l'air, grace à lui, d'avoir fait sa licence.
Dût Monsieur le Syndic me mettre en pénitence,
Je ne suis point d'avis de censurer Buffon.
J'ai dit. » Cette harangue interdit et confond
Le Syndic-Président, et toute l'Assemblée
En paroît, à son tour, et surprise et troublée.

Jusques à ce moment, caché dans son manteau,
Le Carme se découvre et vient juger Rousseau.
L'attention renaît ; on attend des merveilles,
Et chaque Docteur ouvre et dresse les oreilles.
« Sur Rousseau, » dit le Père enflammé de courroux,
« Vous avez pu tonner ? à quoi donc pensez-vous ?
Et pourquoi l'accabler des vains foudres de Rome ?
Son étude constante est le bonheur de l'homme.
Au sortir du berceau pour le rendre meilleur,
Et pour le préserver du crime et du malheur,
Quels soins ne prend-il pas (6) ? sa rapide éloquence
D'une chaîne barbare a délivré l'enfance :
L'homme n'est plus esclave en recevant le jour,
Et le foible habitant du terrestre séjour,
Grace à la passion qui l'agite et l'enflamme,
A la force du corps doit la santé de l'ame.
Sensible et courageux, quels préjugés cruels
N'a-t-il pas attaqué, même aux pieds des autels ?
Son prêtre de Savoie est tant soit peu Déiste :
Mais comme dans le bien noblement il persiste !
Et comme il sait braver la honte et les revers,
Toujours ami de l'ordre et fléau des pervers !
Il doute ; c'est son crime ainsi que son excuse,
Lorsque d'impiété la Sorbonne l'accuse ;
Aurait-elle oublié que du divin Sauveur
Il trace dans l'Emile un portrait enchanteur,

Et que de l'Evangile il fait l'apologie,
Qu'il est sur-tout versé dans la Théologie,
Qu'il est doux, tolérant, compâtissant, humain?
Indigné de le voir suivre un si bon chemin,
Monsieur le Président, moins juste que sévère,
Peut damner sans retour cet honnête Vicaire,
Et l'envoyer rôtir dans les feux éternels!
J'apprends à pardonner les erreurs des mortels,
Et quittant pour Rousseau le grand prophète Elie (7),
Avec l'humanité je me réconcilie.
Je croyais convertir le Prêtre Savoyard,
Lui prouver tous ses torts, et sous son étendard
Il vient de me ranger. J'absous l'auteur d'Emile;
Son livre désormais sera mon évangile;
Je prétends y puiser mes articles de foi,
Et vous devriez tous agir ainsi que moi.
De ma Religion j'adore les maximes;
Elles sont à la fois touchantes et sublimes,
Et le plus saint respect me conduit aux autels:
Mais entre l'homme et Dieu pourquoi tant de mortels?
Pourquoi tant de valets quand on n'a qu'un seul maître?
Pour célébrer sans cesse et bénir le grand Être,
Dont l'image par-tout se présente à nos yeux,
N'est-ce donc pas assez de contempler les cieux. »?

Ce discours noble et doux qu'on prend pour une injure,
Parmi les auditeurs excite un long murmure.
Déja pour y répondre, un jeune Bachelier
S'avance fièrement, & tel qu'un Chevalier,
Il s'apprête à combattre armé du syllogisme!
Son espoir est trompé. Le chef de l'ergotisme,
Le Syndic, à l'instant d'un signe de la main,
Calme le fier Athlète, et dit au Jacobin:

» Vous l'entendez, mon frère, un prêtre qui pardonne !
Un prêtre tolérant, et qui veut en Sorbonne
Introduire à la fois la paix et la raison,
Et glisser dans nos cœurs son doucereux poison !
Gardez-vous d'imiter ce Docteur téméraire.
Vous êtes désigné pour censurer Voltaire :
C'est le plus dangereux de tous nos ennemis.
L'honneur de la Sorbonne en vos mains est remis.
Prouvez que cet auteur, ennemi du vrai culte,
Au Dieu que nous servons, chaque jour fait insulte,
Que c'est un scélérat, un vrai tison d'enfer,
Digne qu'on l'abandonne aux mains de Lucifer.
Moi, répond aussitôt l'enfant de Dominique,
Moi, mentir ! non, Seigneur. Par ma blanche tunique,
Par la sainte hermandad je jure hautement
De défendre Voltaire, et même en ce moment,
J'espère vous prouver son mérite suprême,
Sans jamais recourir au puissant euthymême,
Sans m'appuyer sur-tout de l'argument cornu
Que l'on nomme *dilème* et de vous si connu,
Je l'ai lu, l'ai relu cet écrivain sublime :
Vous osez le damner ! et quel est donc son crime ?
Et d'où vient contre lui ce violent courroux ?
Assez joyeusement il s'est mocqué de nous,
Et je dois convenir qu'il ne nous aime guère.
Au Rédempteur lui-même il déclare la guerre ;
Sur sa Divinité fait naître des soupçons,
Des miracles se rit, les traite de chansons,
Ne croit point le saint Père infaillible, et plaisante
Sur son autorité pour nous très-imposante.
L'Eglise a cependant persécuté, proscrit
Les Empereurs, les Rois, les pauvres gens d'esprit,

Et tout homme, en un mot, à la raison fidèle.
Voltaire est, à vos yeux, un perfide, un rebelle:
Mais qu'il raille avec grace, et que la vérité
Qu'il nous offre souvent sous un masque emprunté, (8)
A bien l'art de convaincre et sur-tout de séduire!
Pope me fait penser, Lucien me fait rire:
Je trouve dans Voltaire et Pope et Lucien.
Quel style est plus piquant, plus léger que le sien?
Il verse à pleines mains le sel de l'atticisme,
Sur les sots préjugés, pères du fanatisme;
De leurs vieilles erreurs il guérit les mortels,
Et de l'intolérance il brise les autels.
Peut-on à l'univers rendre un plus beau service?
Depuis que je l'ai lu, que j'ai honte du vice!
Que je hais et maudis la superstition
Souvent prise par nous pour la Religion!
Je fus prêtre jadis, je cesse enfin de l'être.
Pour remplir dignement les saints devoirs d'un prêtre,
J'ai trop peu de vertus: mon esprit tout charnel
Ne rêve, en ce moment, qu'à cette Agnès Sorel,
Dont je viens d'admirer la peinture charmante:
Son image, en tous lieux, me suit et me tourmente.
Je suis las de tromper les crédules humains,
Et je fais mes adieux aux pères Jacobins. »
« Un Moine Philosophe! un Moine aimer Voltaire!
L'abomination est dans le sanctuaire, »
S'écrie au même instant le Syndic courroucé:
« Ainsi du Saint des Saints l'autel est renversé. »

« Eh! qu'importe, après tout » dit un jeune Picpuce,
Las de courber son front sous le joug d'un capuce,
« Qu'importe à l'Eternel qu'ainsi je sois vêtu?
Vous regardez l'habit, Dieu juge la vertu.

Du père Jacobin je vais suivre l'exemple :
Je me défroque aussi. Qu'un autre dans le temple,
Aille psalmodier un pesant diurnal.
Je cesse d'être moine, et j'imite Raynal.
Quoique prêtre, Raynal a démasqué les prêtres ;
Il ne veut point avoir (*a*) les préjugés pour maîtres :
Sa raison avec eux jamais ne composa,
Et je vais, comme lui, chercher une Elisa, (*b*)
Qui règne uniquement sur mon ame asservie,
Et m'aide à supporter les peines de la vie. »

« J'AI lu le testament du bon Curé Meslier, (*c*) »
Ajoute, en se levant, un nerveux Cordelier.
« Quoique très-peu croyant, Meslier fut honnête homme,
Et raisonna, ma foi, mieux que Jean Chrysostome,
Sur d'assez grands abus il vient d'ouvrir mes yeux,
Et je sais, grace à lui, que pour gagner les cieux,
Il suffit d'être humain, d'être sur-tout fidèle
Aux préceptes innés de la loi naturelle,
Et pour m'y conformer, en disciple fervent,
Je quitte la Sorbonne ainsi que mon couvent. »

« MOI, je les quitte aussi, » dit un Feuillant novice,
« Las de servir la Messe et de chanter l'Office,
Avec simplicité je veux adorer Dieu,
Et lire Fénélon, Condillac, Montesquieu,

(*a*) L'Abbé Raynal n'étoit pas redevenu Prêtre, lorsque l'Auteur composa ces vers : il n'avait pas envoyé à l'Assemblée Nationale sa trop fameuse Lettre du 31 Mai 1791 ; Lettre qui est une véritable apostasie, et qui l'a couvert à la fois d'opprobre et de ridicule.

(*b*) On sait qu'Elisa fut la maîtresse de l'Abbé Raynal.

(*c*) Tout le monde connoit le testament de Jean Meslier, Curé d'Etrepigni en Champagne, qui fut le plus incrédule et le plus vertueux des hommes.

Au lieu de ce fatras d'œuvres théologiques,
Qui chargent la raison de brouillards sophistiques,
J'ai connu par Mabli les droits du Citoyen,
Mabli sera mon guide et son code le mien. »

O ciel! s'écrie alors le Syndic vénérable!
« Ainsi donc ces Auteurs dont la tourbe exécrable,
Aux Prêtres comme aux Rois portant un coup mortel,
Menace en même temps, et le trône et l'autel!
Ainsi donc ces Auteurs, qu'il eût fallu proscrire,
Prennent sur vos esprits un souverain empire!
Vous admirez Voltaire et célébrez Raynal!
Vous vantez de Buffon le style original,
Et l'on ose, au mépris de la théologie,
De Rousseau, devant moi, faire l'apologie! »

Il alloit pour punir de si grands attentats,
Faire arrêter soudain ces moines apostats:
Mais on connoît la grace et sa vertu suprême:
On sait que sur les cœurs son pouvoir est extrême.
Cette grace adoucit Monsieur le Président,
Dont le zèle est bientôt devenu moins ardent,
Et qui, changeant d'esprit, ainsi que de langage,
Adresse aux auditeurs ce discours noble et sage.

« Soyons justes, Messieurs; la Sorbonne autrefois
Auroit dû mieux traiter le plus aimé des Rois.
Henri, le Grand Henri, de ses sujets le père,
N'a jamais pu fléchir notre sainte colère:
Nous avons méconnu sa juste autorité:
Du trône avec rigueur nous l'avons écarté,
Et sur son front royal ébranlé la couronne.
Nous avons fait griller la pucelle amazone, (9)

Qui du joug des Anglais délivra son pays: (z)
Nous avons à Titus fermé le Paradis,
Lorsqu'à Jacques Clément nous en ouvrons la porte.
Le zèle du Seigneur un peu loin nous emporte ;
Et la philosophie agit bien autrement.
Elle n'a point osé louer Jacques Clément,
Et de cet assassin, moins fou que fanatique,
Nous avons fait jadis un beau panégyrique.
Ces apôtres d'ailleurs de la saine raison,
Rousseau, Mably, Raynal, et Voltaire et Buffon,
Par d'utiles écrits ont éclairé le monde ;
On admire, on bénit leur science profonde:
Ils font haïr le vice, adorer les vertus,
Et tous les préjugés sont par eux combattus.
Sur la *prémotion* qu'on appelle *physique*,
Sur l'incarnation non moins énigmatique,
Et sur la grace enfin nous donnons des traités
Qui sont des bons esprits fort rarement goûtés.
Nos dogmes sont obscurs, et leur morale est claire.
Nous ennuyons souvent, ils savent toujours plaire.
Imitons, croyez-moi, le père Jacobin.
Nous avons si long temps trompé le genre humain !
Tâchons de le servir par la philosophie,
Et faisons nos adieux à la théologie.

NOTES

DE L'ASSEMBLÉE DE SORBONNE.

(1) *Et Buffon étoit près de tomber sous leur coups.* On sait que la sacrée Faculté de Théologie, scandalisée de l'un des derniers ouvrages de M. de Buffon, intitulé : *les Époques de la Nature*, se proposait d'en faire la censure. Elle devait condamner ce Grand Homme sur le système de la création. Il est vrai que ce système ne s'accorde guères avec les idées de MM les Docteurs de Sorbonne. Ils donnent au monde environ cinq ou six mille ans, et M. de Buffon le croit âgé de cinq ou six millions de siecles : les Docteurs devoient le relever vertement. M. de Buffon, l'ayant prévu sans doute, supposa que le soleil n'étant pas encore créé dans les premiers jours de la création, le Seigneur avoit pu donner à ces jours cinq ou six millions d'années de durée, et peut-être que les Docteurs, ne sachant que dire à cela, n'ont pas osé le combattre avec leurs armes sacrées; mais ils ont lâché après lui un champion bien redoutable. M. l'Abbé Royou a composé un livre intitulé: *le Monde de verre de M. de Buffon réduit en poudre*, où ce Grand Homme est réellement foudroyé.

(2) *Jure de mettre au sac l'oracle des penseurs.* Cette expression, peu connue de la bonne compagnie, est très-usitée en Sorbonne : nous l'avons employée, parce qu'il faut sur-tout conserver les mœurs locales.

(3) *Ils se rendent ensemble au palais de Sorbon.* La Sorbonne a été fondée par un certain Robert Sorbon, pauvre prêtre de province, qui vint prêcher à Paris et catéchiser les fidèles. Certains politiques prétendent que Robert Sorbon étoit aussi grand Théologien que grand homme d'État. Il est certain qu'il a introduit l'égalité parmi ses prêtres ; ce qui est vraiment un trait de génie. Guillaume Penn en a fait autant en Amérique, et la Sorbonne doit durer autant que les États-Unis. La Sorbonne est la seule république où il n'y ait jamais de

divisions : ses membres sont toujours d'accord, quand il s'agit de persécuter et de nuire, et ses membres n'ont jamais autre chose à faire.

(4) *J'ai lu Buffon, Seigneur.* Il y avoit autrefois un *Sénieur* en Sorbonne, et ce mot est parfaitement rendu par celui de *Seigneur*, puisque l'un et l'autre viennent de *Senior*, qui veut dire le plus vieux.

(5) *Il nous peint la nature.* Lorsque les cinq premier volumes de l'Histoire Naturelle de M. de Buffon eurent paru, MM. les Députés et Syndic de la Faculté écrivirent à l'Auteur la lettre qui suit :

« MONSIEUR,

« Nous avons été informés, par l'un d'entre nous, » de votre part, que, lorsque vous avez appris que l'Histoire Naturelle, dont vous êtes auteur, étoit un des » ouvrages qui ont été choisis par ordre de la Faculté » de Théologie, pour être examinés et censurés, comme » renfermant des principes et des maximes qui ne sont » pas conformes à ceux de la religion, vous lui avez » déclaré que vous n'aviez pas eu intention de vous en » écarter, ou que vous étiez disposé à satisfaire la Faculté sur chacun des articles qu'elle trouvait répréhensibles dans votredit ouvrage. Nous ne pouvons, » Monsieur, donner trop d'éloges à une résolution aussi » chrétienne, et, pour nous mettre en état de l'exécuter, nous vous envoyons les propositions extraites » de votre livre, qui nous ont paru contraires à la » croyance de l'Eglise. »

» Nous avons l'honneur d'être, &c. »

Nous avons été informés, par l'un d'entre nous, de votre part, que, lorsque vous avez appris que, &c. Quelle grace ! quelle élégance et quelle correction dans le commencement de cette lettre, et que la suite y répond bien ! On ne dira point sans doute qu'elle ait été inspirée par le Saint-Esprit : Le Saint-Esprit n'aurait point mis les trois *que* si près l'un de l'autre : il n'auroit point ajouté *de votre part*, qui est aussi inutile que désagréable. Le Saint-Esprit sait la grammaire et connaît les finesses de la langue. On devait bien apprendre à écrire avant de censurer les grands Écrivains.

(6) *Quels soins ne prend-il pas ?* Veut-on voir l'auteur d'Emile apprécié à sa juste valeur ? qu'on lise des lettres qui ont paru *sur le caractère et les écrits de Jean-Jacques Rousseau*. Il semble, en les lisant, que Jean-Jacques Rousseau n'auroit pu se mieux peindre lui-même. C'est avec son style qu'on le caractérise, et le burin qui grava en lettres de feu les lettres de Julie, n'a rien produit de plus énergique, & nous osons le dire, de plus passionné. Un amant ne parlerait pas mieux de sa maîtresse ; une maîtresse ne tracerait pas avec plus de vérité le portrait de son amant ; doit-on en être surpris ? cet ouvrage est d'une femme, & d'une femme qui réunit toutes les graces de son sèxe, & toute la force de tête du nôtre, & la profondeur d'un métaphysicien, à tous les traits d'une enchanteresse. Cette femme est la fille d'un Genevois, & c'est d'un Genevois, qu'elle fait l'éloge. Pouvait-elle manquer d'être éloquente, pressée entre les exemples de vertus & de talens que lui donne le premier, & les rayons continuels de lumière qu'elle reçoit de l'autre ? Ah ! l'écrivain qui a tant aimé, devait être loué par une femme aimante, & les lettres sur le caractère et les écrits de Rousseau ne sont que la suite des lettres de Julie ; le plus beau des livres vient d'être prolongé, et rien ne manquera désormais au plus sublime tableau de la passion la plus sublime.

(7) *Et quittant pour Rousseau le grand prophète Elie*. On sait que Messieurs les Carmes, qui ne veulent plus être appelés *les révérends pères Carmes*, ont la prétention de descendre du grand Prophète Elie, et qu'ils auroient pu, comme tant d'autres, faire leurs preuves pour monter dans les carosses du Roi. La vérité est cependant qu'ils sont descendus du Mont-Carmel, où Jean Phocas, Moine Grec, de l'Isle de Pathmos, les trouva, dit-on, rassemblés au nombre de dix ou douze, en 1185. Le B. Albert, Patriarche de Jérusalem, leur donna, vers l'an 1209, la régle qu'ils ont suivie d'abord, & qui tomba, chaque jour, en désuétude. Si de pareils faits étaient connus de M. Chérin, les prétendus descendans d'Elie obtiendraient difficilement un certificat du généalogiste.

(8) *Qu'il nous offre souvent sous un masque emprunté.*

M. de Voltaire a publié plusieurs de ses ouvrages philosophiques sous les noms empruntés de Milord Bolingbroke, de l'Abbé Tamponet, de M. de Corbera, de M. de Morza, de Zapata, de Jacques Aimon, de M Belleguier, &c. M. de Voltaire ne manquait pas du courage nécessaire pour dire la vérité; mais on l'avait souvent persécuté dans sa jeunesse pour l'avoir dite, et, par ce stratagême innocent il mettait sa vieillesse à couvert. On ne pouvait pas du moins l'accuser d'être l'Auteur de ses propres ouvrages, ces ouvrages portant des noms qui n'avaient rien de commun avec le sien. Cette nécessité où il étoit de se cacher, rendait d'ailleurs ses écrits plus piquans, et ses ennemis le servaient en voulant lui nuire. Quand on lit sa correspondance avec d'Alembert, on voit combien ce Grand Homme étoit à la fois timide & audacieux, combien il craignoit de blesser les hommes en place, et combien il désiroit d'éclairer ses contemporains: il se replie en cent façons; il prend toutes sortes de formes pour éluder la censure des premiers, et détruire les erreurs des seconds. La raison, l'humanité et la liberté n'ont jamais eu de défenseur plus adroit: il portoit ses coups dans l'ombre; mais ses coups n'en étaient que plus sûrs, et l'on pourrait presque dire que sa prudence, tant qu'il habita Ferney, ne fut autre chose que l'hypocrisie du courage. Il ressembloit à un chat qui a toujours peur de se brûler la pate en tirant les marrons du feu. Voilà sans doute pourquoi il prenoit le nom de *Raton* dans les lettres qu'il écrivait à d'Alembert. Il y parle des Ministres du Roi avec le plus grand respect, et elles finissaient toutes par les lettres initiales: *éc. r. l. i n. f.* qui signifient: *écrasez l'infâme;* on fit de grandes recherches à la poste, pour découvrir ce que vouloit dire cet éternel *écr. l. i. n. f....* Et après bien des perquisitions, ne voilà-t-il pas qu'un commis, le plus savant de ses confrères, va s'imaginer que par cet *infâme*, Voltaire entend la prêtraille ou la superstition. Il falloit sans doute un grand génie pour deviner cela, et ce commis méritoit une place à l'Académie des Belles-Lettres.

(9) *Nous avons fait griller la pucelle amazone.* Le Comte de Ligny Luxembourg avait eu, comme on sait, la lâcheté, l'inhumanité de trahir, de vendre *la Pucelle*

d'Orléans, qui, dans un moment de foiblesse, ou par un mépris singulier de la vie, s'étant déclarée dissolue, hérétique, schismatique, idolâtre, séditieuse, invocatrice des démons, sorcière, coupable enfin des forfaits les plus extraordinaires, les plus invraisemblables et les plus abominables, fut encore accusée d'une manière inquisitoriale par des Jacobins, et le fanatique *Pierre Cauchon*, Évêque de Beauvais, la condamna à être *arse* (brûlée); ce qui fut exécuté, malgré l'irrégularité des procédures, à Rouen, le 30 Mai 1431 (*).

(*) On dit dans la notice de l'Almanach des Muses de cette année 1792, que l'Assemblée de Sorbonne ou les États généraux de l'Église est une pièce piquante, qui avoit été brûlée il y a quatre ans. Eh bien! il y a environ quatre ans en effet que cette pièce a paru, suivie d'une Épître à M. de Barruel Beauvert, & sous le nom de l'Abbé Raynal; elle se vendit à Paris, chez tous les Marchands de Nouveautés, & quoiqu'elle fût sous le nom de l'Abbé Raynal, qui n'étoit que l'Auteur supposé, on s'enquit avec soin du véritable Auteur, dont la liberté fut menacée, & courut plus d'un danger.

LES
ÉTATS GÉNÉRAUX
DE CYTHÈRE,

Imitation très-libre du Comte ALGAROTTI.

Certè, nil turpe docetis;
Ite.
OVID. DE PONT.

PRÉFACE.

LE Congrès de Cythère du comte Algarotti, est une espèce de petit roman en prose poétique, dont voici l'analyse en peu de mots.

L'Amour vers le milieu de ce siècle disparut tout-à-coup des plus belles contrées de l'Europe; chacun interpréta à sa manière la cause de son évasion, & personne ne la devina. Un grand intérêt d'état l'occupait & le retenait dans l'isle de Cythère: il ne savait trop quel parti prendre, & il assembla son conseil avant que de rien déterminer. L'espérance & l'audace furent appelées, & la volupté n'eut pas besoin d'être invitée pour s'y trouver. On sait qu'elle est la compagne fidelle de l'amour; les jeux & les ris s'y joignirent comme ministres subalternes. Le Dieu leur apprit, dans un discours fort éloquent, que la raison, son implacable ennemie, cherchait à détruire son pouvoir, & voulait empêcher les mortels d'aimer. Chacun donna son avis dans un danger si pressant, & celui de la volupté prévalut. Elle décide sagement qu'avant d'avoir recours au remède, il faut connaître à fond la source du mal, & tenir à Cythère un congrès, où soient invitées diverses nations : elle ajouta que, par préférence aux hommes, on devait donner audience aux femmes, comme étant mieux initiées dans les mystères de Paphos. On dépêche aussitôt les jeux & les ris, couriers ordinaires de l'amour : l'un va à Paris ; l'autre en Angleterre, & le troisième prend son vol vers l'Italie. Ils ont bientôt trouvé ce qu'ils cherchent. Madame de Jasi est députée par la Nation Française, & vient à Cythère accompagnée de trois ou quatre petits maîtres qui marchaient en cadence, & de temps en temps battaient des entrechats : Miladi Gravely s'y rend des bords de la Tamise, seulement suivie de son jeune frère ; & une foule de soupirans, parmi lesquels se trouve un galant septuagénaire, y conduit madame Beatrix. Le Dieu prend sa place, ordonne aux hommes de sortir, & fait asseoir les trois Dames vis-à-vis de son trône d'or. La volupté qui sert d'interprète à l'amour, les prie de la part du Dieu d'exposer avec fidélité les diverses opinions qui partagent l'Europe. Les trois ambassadrices s'acquitent de leur emploi avec toute la grace possible, & le congrès connaît bientôt par elles la manière d'aimer des Anglais, des Français & des Italiens.

L'amour est enchanté de la précision, de la netteté & de la vérité qui règnent dans leurs harangues : Il ordonne à l'audace & à l'espérance d'introduire dans le temple les cavaliers qui en avaient été exclus, & la volupté donne les dernières conclusions qui sont une espèce de code amoureux ou de nouvel art d'aimer. Le Dieu profite de ce moment pour se dérober à la vûe des trois mortelles, & va ranimer par sa présence l'univers languissant. Un petit amour vient les avertir qu'on leur a servi le plus excellent souper dans le bosquet : elles s'y rendent avec leurs guides, & un autre amour, après qu'on a desservi, les promène dans les jardins de Cythère, où toutes les richesses de l'art se trouvent réunies aux beautés simples de la nature. Ce séjour était si délicieux, que les trois dames oublièrent de retourner dans leur Patrie.

Le lecteur se tromperoit, s'il alloit croire que j'ai suivi exactement le plan de cet ouvrage, et que je m'y suis tout-à-fait asservi. Voici de quelle manière je l'ai traduit, et voici peut-être comment devraient travailler tous les auteurs qui veulent transporter dans notre langue les productions étrangères. J'étais seul dans le cabinet de la dame que j'ai nommée à la fin de cet écrit, et que l'on aurait devinée promptement, si je ne l'avais point nommée. Elle venait de sortir, et je trouvai sur sa cheminée la dernière traduction du congrès de Cythère, qui a paru (1) il y a environ un an : je lus cet ouvrage en l'attendant; j'eus même le temps de le relire. Elle rentra, & sa présence me fit promptement oublier madame de Jasi, Miladi Graveli & madame Beatrix : que dis-je?..... sa présence me rendit les trois belles, et ceux qui la connoissent seront peu étonnés de ce miracle; ils sont accoutumés à voir les trois graces en une. Eh quoi! me dit-elle en souriant, vous lisez le congrès de Cythère? --- Oui, Madame, & je croyais lire une de vos productions. Il règne dans cet ouvrage une grace & un esprit qui rappellent à chaque instant les votres, & l'on dirait que l'auteur vous a dérobé votre pinceau. --- Un homme dérober le pinceau d'une femme! votre sexe n'en a pas besoin, & d'ailleurs nous avons un crayon à peine, & nous savons à peine dessiner quelques portraits. Il n'appartient qu'à vous, Messieurs, de faire de grands tableaux d'histoire---les portraits ressemblants

(1) Chez MOLINI, à Paris, rue Mignon.

sont bien préférables à de grands tableaux, & j'aime mieux les jolies figures de Pétitot, que les batailles d'Alexandre. Vous n'ignorez pas, Madame, que *in tenui labor;* mais, pardon, qu'ai-je dit? j'oubliais que vous vous êtes agréablement moquée de notre latin, & que c'est lui seul qui vous a fait nous appeler des *êtres sublimes*, (1) --- c'est avec raison que je vous ai nommés ainsi. Le latin! le latin! y a-t-il rien de plus respectable? pour l'Italien, je l'aime; & sûrement vous le savez aussi, --- un peu mieux que le latin, je l'avoue, & ce n'est pas beaucoup dire; je parle toujours français, j'écris toujours en français; je ne lis presque que du français, & il y a bien long temps que je suis sorti du collége: ne mériterais-je pas d'y rentrer, & d'y essuyer même les petites corrections ordinaires, si une folle présomption me faisait vous dire que je connois à fond une langue morte depuis tant de siècles, & que jamais je n'ai entendu parler à mes contemporains? — Eh! quoi! n'avez-vous pas lu Horace, Virgile, Ovide?... — Je les ai lus, Madame,

(1) On se rappelle ces deux vers d'une jolie Epître aux hommes:

> N'avez-vous pas votre Latin,
> Qui vous rend des êtres sublimes?

& je crois les entendre à-peu-près aussi bien que les entendait mon régent ; mais est-ce une raison pour que je croye savoir leur langue. Les poëmes des anciens ressemblent à ces belles statues qui sont toujours dans la même attitude, & dont l'immobilité est le caractère permanent ; les connaisseurs admirent la hardiesse de leur forme, la régularité de leurs proportions ; on dirait qu'elles vont parler ; mais elle n'ont point de mouvement ; ce n'est point d'elles que nous pouvons apprendre à marcher, & jamais un petit maître français n'a été chercher un maître de danse dans le parc de Versailles ou dans l'attelier de Pajou. Ainsi, Madame, appelez tant qu'il vous plaira les hommes à latin des *êtres sublimes* ; je ne prends point ce compliment pour moi, & je le renvoie à ceux qui en sont dignes ; --- cette candeur me plaît, elle m'encourage, & je vous avouerai à mon tour que je sais l'Italien aussi peu que vous savez la langue qu'on parlait jadis à Rome, j'en ai pris quelques leçons, lorsque je n'avais rien de mieux à faire, &, ayant trop aimé peut-être le bal & la comédie, vous sentez que mes distractions ont été fréquentes, ce n'est pas en santant, en allant voir le Kain, qu'on devient une madame Dacier ou une

Marie Schurman ; — vous êtes à la fois une la Fayette & une Deshoulières, & que faut-il de plus pour plaire et pour triompher ? — Il faudrait pouvoir lire correctement *le congrès de Cythère*, & je n'ai fait que l'épeler : si vous le traduisiez pour mon instruction .... — Le traduire, Madame, je le veux bien ; mais la lettre tue, comme vous le savez, & l'esprit vivifie ; & si je traduis littéralement *le congrès de Cythère*, vous ne serez pas plus avancée que si vous ne l'aviez jamais lu : — Vous dites cependant que cet ouvrage est joli, & je voudrais fort le connaître. — Eh bien, il me vient une idée qui vous satisfera peut être. Je viens de lire deux fois *le congrès de Cythère* ; il est & sera long-temps présent à mon imagination sur laquelle il a fait une impression assez vive, & je vais l'imiter en vers français, au lieu de le traduire ; mais je l'imiterai de mémoire, c'est-à-dire, sans le secours du livre que voilà, & sans avoir, en aucune manière, le modèle sous les yeux. — Mais on dit que cet ouvrage est plein de détails charmants, & comment pourrez-vous vous les rappeler ? — Je me souviendrai des masses, & le principal ne renferme-t-il pas quelquefois les accessoires ? Un écrivain ordinaire, qui veut faire passer dans notre langue un chef-d'oeuvre, s'armera, avant tout, d'un énorme dictionnaire, & c'est là qu'il puise le génie qu'il n'a pas. Dieu me préserve d'imiter les traducteurs à tant la feuille? tandis que je m'occuperais à chercher des mots dans mon calepin, mes idées prendraient la fuite, et le feu de la composition s'éteindrait avant même qu'il eût commencé à m'échauffer. Mon imitation sera foible sans doute, elle ne rendra point toutes les beautés de l'original; mais je vous réponds que du moins elle en renfermera l'esprit, & c'est l'esprit seul d'un auteur qui doit animer son copiste. Je ne m'asservirai point à la marche d'Algarotti; je ne le suivrai point pas-à-pas; & que vous importe, pourvu qu'il fasse couler jusqu'à moi un seul filet de l'Hippocrène, ce filet ne me suffira-t-il pas pour me désaltérer dans la même source que lui?

Ce qui fut dit, fut fait: après une quinzaine de jours de travail, j'apportai à madame la comtesse de Beauharnais, l'imitation que je publie; elle m'en parut satisfaite, & glorieux de son suffrage, je ne songeai point aux nombreux défauts que l'on pouvait y relever. Je ne songeai point que l'on pouvait me reprocher avec justice les traits que j'ai puisés dans mon propre fonds, & ajoutés à celui de mon auteur, je ne songeai point aux négligences, aux omissions, aux transpositions mêmes. L'illusion ne pouvait pas toujours durer; je fus bientôt éclairé sur toutes ces fautes, en relisant l'original, & en le comparant avec la copie : mais j'avais atteint le but que je *m'étais proposé*, celui de faire connaître à une femme aimable l'esprit d'un ouvrage, dont les détails un peu trop longs auraient pu la fatiguer; & que me fallait-il davantage?

J'ai lu, me dit-elle, presque tous les ouvrages d'Algarotti; son nom d'ailleurs revient très-souvent dans les oeuvres de Voltaire: Algarotti est un des saints de ce calendrier; mais je n'ai jamais vu cet Italien célèbre. Qu'était-ce, je vous prie, que cet Algarotti? Pourriez-vous me donner quelques renseignemens sur sa vie privée? Et doit-on le compter parmi les grands hommes du siècle? Non, Madame, lui répondis-je; mais peu s'en faut. Voici un précis de son histoire : j'ai supprimé plusieurs détails dans le *congrès de Cythère*; j'en ferai autant dans la vie de mon auteur. Il ne faut pas causer avec une jolie femme, comme avec un académicien des belles lettres; & si les Muses ne peuvent point se passer de la ceinture des grâces, les grâces n'ont pas besoin pour plaire de l'érudition des neuf Soeurs.

Le comte François Algarotti naquit à Venise, le 11 décembre 1712 : il n'avait que 22 ans, lorsqu'il publia les dialogues sur l'Optique de Newton, ouvrage dont madame la marquise du Châtelet sollicita la dédicace, & qu'elle aurait obtenue, si l'auteur ne l'eût point déja promise à Fontenelle. Madame du Boccage a agréé depuis celle de ses Epîtres.

Voltaire a commencé de la sorte une pièce de vers qu'il lui adressa :

Enfant du Pinde & de Cythère,
Brillant & sage ALGAROTTI,
A qui le Ciel a départi
L'art d'aimer, d'écrire & de plaire.

Voltaire lui a écrit au sujet du *congrès de Cythère* : » je l'ai lu & relu ; les Grâces l'ont dicté elles-mêmes, & vous l'avez écrit avec une plume tirée des aîles de l'Amour ».

Voltaire, enfin, l'a souvent appelé dans ses lettres :

Carissimo è illustrissimo amico.

Le grand Frédéric, le prince Henri de Prusse, son frère, le feu roi de Pologne, furent aussi les amis du comte Algarotti ; & il voulut bien leur permettre de devenir ses bienfaiteurs : voilà les époques les plus glorieuses de sa vie, & ses ouvrages que vous avez lus sont les plus beaux titres contre la mort. Elle l'enleva aux lettres & à ses amis, le 3 mai 1764; que dis-je? Le grand Frédéric lui a fait élever un magnifique tombeau avec cette inscription : *Algarotto Ovidii emulo, Nevvtoni discipulo.* Et si les ouvrages d'Algarotti pouvoient périr, l'immortalité ne serait pas moins son partage.

C'est fort bien, ajouta madame de Beauharnais : vous me dités beaucoup en peu de mots : mais vous me laissez ignorer si *le congrès de Cythère* avait déja été traduit, soit en vers, soit en prose, & je suis curieuse de mon naturel, excepté pour tout ce qui regarde votre latin, dont vous venez de me citer encore une phrase : -- Elle signifie, Madame, à Algarotti, émule d'O... -- Laissez, laissez : il n'est pas difficile à entendre celui-là, & je suis devenue habile depuis que nous causons. Répondez à ma question : avait-on déja traduit le congrès de Cythère? -- Oui, Madame, en prose plusieurs fois, & jamais en vers.

Vous attendez peut-être, ami lecteur, que je vous donne la suite de cette conversation : je le voudrais; mais il est temps que je me retire, & que je vous souhaite le bon soir.

N. B. Ce petit Poëme a paru pour la première fois dans l'*Almanach des Muses* de 1789; je l'ai retouché l'année suivante, j'y ai ajouté la Préface qu'on vient de lire, & l'ayant fait imprimer séparément, il a paru une seconde fois, il reparaît ici pour la troisième avec des corrections & augmentations nouvelles. Comme ce n'est qu'avec le temps qu'on perfectionne les ouvrages en vers, je profite toujours avec reconnaissance des conseils que les Journalistes & les gens de goût veulent bien me donner.

LES ÉTATS GÉNÉRAUX

DE CYTHERE.

Les bergers n'allaient plus sur les vertes fougères
Célébrer les appas de leurs jeunes bergères ;
Les plaisirs et les jeux n'habitoient plus les champs.
Le rossignol lui-même, aux accords si touchans,
Etoit resté sans voix, et son brillant ramage
Ne retentissait plus dans le triste boccage.
Tout languissait enfin, tout semblait dépérir ;
Le printemps n'avait plus ni roses ni zéphir,
Et l'oiseau de Vénus, la tendre tourterelle,
Ayant cessé d'aimer, cessoit d'être fidelle.
L'absence d'un enfant causait tous ces malheurs :
Que dis-je? il n'était plus de vertus ni de mœurs ;
Il en faut pour aimer, et l'affreuse licence
Avait du monde entier, exilé l'innocence.
Les amans au bonheur préféraient le plaisir ;
Ils n'avaient que des sens, n'aspiraient qu'à jouir ;
Leurs maîtresses pour eux n'étaient que des mortelles ;
Et toujours embrâsés de flammes criminelles,
Ils ne connaissaient plus le charme des rigueurs.
Les époux enivrés de grossières faveurs,
Avaient même laissé, du flambeau d'hyménée,
S'éteindre sous leurs yeux la clarté fortunée.
L'Amour s'éloigna d'eux, mais sans quitter sa Cour ;
Il ne retourna point au céleste séjour ;

Il resta dans Cythère ; et rassemblant les Grâces
Et tous les petits Dieux qui volaient sur ses traces,
La volupté, les jeux, ses frères les Amours,
De l'aveu de sa mère, il leur tint ce discours.

« Mon règne va finir, amis, j'ai tout à craindre ;
Dans le cœur des humains je vois déja s'éteindre
Ces transports délicats, ces purs et tendres feux
Qui sont les vrais soutiens de l'empire amoureux.
L'Amour est détrôné par la galanterie ;
Le sentiment fait place à la coquetterie ;
Mes traits ne portent plus, et ces mêmes mortels,
Qui venaient autrefois encenser mes autels,
A des Dieux que je hais prodiguent leurs hommages,
Et l'Univers entier insulte à mes images.
Oui, l'Asie où jadis triomphèrent mes lois,
L'Asie où je vainquis tant de superbes Rois,
L'Asie est maintenant livrée à des esclaves
Qui ne sont plus les miens, et de qui les entraves
Insultent, chaque jour, à mon divin pouvoir.
L'Amérique . . ., ô malheur qu'on ne peut concevoir!
A produit des poisons dont les vapeurs immondes. . . .
Vous m'entendez! Enfin je vois dans les deux mondes
Mes temples renversés et mes autels détruits.
L'Europe me restait, cette Europe où jadis,
Où jusqu'à présent même, au culte de Cythère
J'avais soumis l'Anglais, le Français et l'Ibère:
L'Europe m'abandonne ; un démon raisonneur,
De ma gloire ennemi, jaloux de mon bonheur,
Et qu'un monde insensé nomme philosophie,
Est l'idole fatale à qui l'on sacrifie:
On s'occupe de lois, sur-tout de liberté ;
De liberté ! . . . mon joug lui-même est détesté.

On fait plus : des Docteurs dont rien n'échauffe l'âme,
Au lieu de la sentir, analysent ma flâme,
Et l'esprit veut régler les mouvemens du cœur
Suis-je encor votre Roi? suis-je encor ce vainqueur
Qui terrassa jadis les héros les plus braves ;
Qui mit Jupiter même au rang de ses esclaves ;
Qui dompta le fier Mars jusqu'alors indompté,
Et fit tomber Alcide aux pieds de la beauté?
Il est temps, il est temps que ce désordre cesse ;
Que je relève enfin l'autel de la tendresse,
Et que mes traits par-tout heureusement lancés,
Par des Dieux ennemis ne soient plus repoussés.
De vos sages avis mon destin va dépendre. »

Il dit : un bruit confus alors se fait entendre :
Du Souverain ailé, pour seconder les vœux,
Les ris et les amours, les plaisirs et les jeux
Se hâtent d'opiner ; mais sans pouvoir conclure :
Si leur zèle est ardent, leur sagesse est peu sûre,
Et l'Amour attend peu du conseil enfantin.
La Volupté se lève ; à l'éclat de son teint
Qui la méconnaîtrait? Une bouche où la rose,
A peine s'entr'ouvrant, paraît à peine éclose,
Un sein où deux boutons, doux trésors de l'Amant,
Des baisers de le veille enflés légèrement,
De la reine des fleurs reproduisent l'image ;
Tels sont ses attributs dignes de notre hommage.
Quand Vénus est absente, aux conseils de Paphos,
C'est elle qui préside ; elle parle en ces mots :

» Sur ces grands intérêts, s'il faut que je prononce,
Ton danger est le nôtre, Amour, tout me l'annonce,
Et pourrais-je à conclure hésiter un moment?
Que l'envoyé des Dieux par ton commandement,

Que Mercure en Europe aille chercher trois belles
Dans trois climats divers, et dès que ces mortelles
Nous auront de l'Europe expliqué les souhaits,
Qu'il se tienne à Cythère un amoureux congrès;
Là, d'après leur récit, promulguant des loix sages,
Tu feras refleurir les antiques usages,
Et l'Univers entier, rentrant dans le devoir,
Ne méconnoîtra plus ton suprême pouvoir : »

Elle dit : aussitot d'une voix unanime
Tout Cythère applaudit au zèle qui l'anime.
Mercure de l'Amour est le fidèle agent;
On le mande, il arrive, et d'un vol diligent
Il traverse des airs l'étendue azurée.
D'un nuage qui cède au souffle de Borée,
La course est moins rapide, et sera-t-on surpris
Que son instinct d'abord le conduise à Paris?
Cette ville toujours des Grâces fut l'asyle,
Dans le sein des beaux arts et d'un loisir tranquille,
C'est là que mille objets, encensés tour-à-tour,
Règnent par les attraits et font régner l'Amour.
On les voit dans les bals, on les voit aux spectacles
De leur beauté naissante étaler les miracles,
Et, pour les rencontrer, sans peine on le croira,
Mercure arrive à peine et vole à l'Opéra.
La volage Zélis, sur ses jeunes rivales,
L'emportait seule alors et n'avait point d'égales :
Son teint offrait l'éclat des roses du printemps :
Ses grands yeux noirs, armés de feux doux et brillants,
Rayonnaient au travers d'une longue paupière,
Et semblaient autour d'elle répandre la lumière.
On ne pouvait la voir sans en être enchanté;
Aux talens de l'esprit unissant la beauté,

On ne pouvait l'entendre et rester insensible :
Elle avait tout pour plaire ; et sa grâce invincible,
Quoique fille de l'art, respirait la candeur.

SENSIBLE et n'aspirant qu'à maîtriser un cœur,
Miladi Germanson, à ses côtés assise,
Laissait voir sur son front une tendre surprise,
Et semblait, de Quinaut savourant les chansons,
Prendre de l'art d'aimer les premières leçons.
Moins vive que Zélis, mais sur-tout moins coquette,
Elle avait l'air ensemble attentive et distraite,
Et, tandis que des pleurs roulaient dans ses beaux yeux,
Sur ses lèvres errant un souris gracieux,
De son ame peignait la naïve allégresse.

CORILLA, non loin d'elle, aimable enchanteresse,
D'Armide ou de Circé rappelait les appas :
L'amour de la science avait conduit ses pas
Du rivage du Tibre à celui de la Seine ;
Elle était belle et sage, et la fierté romaine
Respirait dans ses traits comme dans ses regards ;
Tout en elle annonçait la fille des Césars.

LA voix des instruments ne se fait plus entendre :
De leur petite loge on voit alors descendre
La tendre Germanson, la docte Corilla
Que Zélis précédait, et Mercure était là,
Qui, du peuple badaut pour mieux tromper la vue,
Avait pris une forme à ses yeux inconnue.
Mercure est éloquent : ses discours séducteurs
Aisément par l'oreille arrivent dans les cœurs ;
Ses discours ont bientôt charmé les trois mortelles :
Il leur dit que l'Amour, ne régnant que par elles,
Se dispose à tenir des États-Généraux,
Et veut les consulter sur des projet nouveaux.

A ce doux nom d'amour, qu'elle naïve joie
Sur leur front éclairci tout-à-coup se déploie !
Toutes trois à l'envi s'apprêtent à partir.

Je ne crois pas, lecteurs, devoir vous avertir
Qu'un Dieu marche toujours entouré d'un nuage,
Et que les immortels n'ont pas d'autre équipage.
Un nuage étoit là, qui s'approchant soudain,
Aux trois jeunes beautés ouvre son large sein,
Les y reçoit, et tel qu'un tourbillon s'envole,
Légérement porté sur les aîles d'Éole.

Au voyage des airs Mercure accoutumé
Dans les airs les précède, et courier emplumé
Se hâte le premier d'arriver à Cythère.
L'Amour rêvait alors dans un bois solitaire :
Il apperçoit Mercure, et se hâte à son tour
D'annoncer de ce Dieu le fortuné retour
Et le futur congrès à ses peuples fidèles.
Il fait tout préparer pour fêter les mortelles
Que vient si faiblement d'esquisser mon picneau :
Il avait, pour les voir, détaché son bandeau,
Et ce trait en dit plus qu'un long panégyrique.
De son temple pourtant l'enceinte magnifique
S'ouvre à l'ordre qu'il donne, et, dans le même instant,
Monte le jeune Dieu sur un trône éclatant
Que d'un peuple nombreux le cortège environne.
C'est un myrthe enlacé qui lui sert de couronne,
Un flambeau renversé, des carquois et des dards
Se croisent à ses pieds, confusément épars,
Et, sur les murs du temple où respire sa gloire,
Une savante main dessina son histoire.
Là, Psyché, de plaisir autant que de frayeur,
Se pâme à son aspect : plus loin un trait vainqueur

Part de sa main débile, et perçant le nuage,
Au sein même des Dieux va porter le ravage.
Apollon aussitôt s'enflame pour Daphné:
Le brûlant Jupiter, près d'Europe entraîné,
En taureau se transforme afin de la séduire,
Et l'emporte avec lui sur le liquide empire:
Le spectateur surpris voit la Nymphe rougir,
Et plus surpris du Dieu, croit l'entendre mugir.
Ici, de Danaé la galante avanture . . . .
Mais d'une merveilleuse et riante peinture
Veux-je donc retracer tous les efforts divers?
La beauté vous appelle, où courez-vous, mes vers?

Le nuage descend, et les trois voyageuses,
Aux regards de l'Amour, en sortent radieuses,
Comme on voit, le matin, l'aurore au front vermeil
Majestueusement précéder le soleil.
Les mains pleines de fleurs nouvellement écloses
Les Zéphirs sur leur trace éparpillent les roses,
Et d'œillets parfumés ils sèment le chemin.
La violette ici croit avec le jasmin,
Le lys à leur côté lève son front superbe,
Et l'humble réséda qui se cache sous l'herbe
Est trahi par l'odeur qui s'exhale à l'entour,
L'air, la terre et les eaux, tout respirait l'amour.

L'AGRÉABLE Zélis brillait par sa parure,
Et devait presqu'à l'art autant qu'à la nature:
Belle de ses appas, belle de ses atours,
Un taffetas léger enfermait les contours
De ces globes mouvants que l'amant indolâtre,
Où la rose fleurit sur deux monceaux d'albâtre,
Et l'œil pouvait tout voir, quoique tout fût caché.
D'un chapeau sur son front, mollement attaché,

L'Anglaise Germanson avait orné sa tête.
Telle, dans le village, on voit, un jour de fête,
La bergère sensible : elle brille sans art,
Et sa joue innocente ignore encor le fard :
C'est au bord d'un ruisseau qu'elle fait sa toilette.
Les cheveux surmontés d'une éclatante aigrette
D'où jaillissait le feu des plus beaux diamants,
La docte Corilla s'avançait à pas lents,
Lorsque d'un doux souris honorant les trois Belles,
Le Dieu les fait asseoir. « Adorables mortelles »
Leur dit-il avec grace, « on se plaint chaque jour
Qu'exilé dans les lieux où résida ma cour,
Je refuse aux humains ma divine présence
Et que le monde entier gémit de mon absence.
Mon cœur, vous le savez, n'aime point à punir :
Touché de tant de maux, je prétends les finir.
Des vœux de l'univers, belles dépositaires,
Faites-les moi connaître : à mes sacrés mystères
Admises par l'hymen, vous pouvez m'éclairer,
Et si j'eus quelques torts, je veux les réparer ;
Je veux rendre aux mortels la joie et l'espérance.
L'Angleterre sur-tout, l'Italie et la France,
Où j'ai vu de mon nom se propager l'honneur,
Par vous toutes les trois vont renaître au bonheur.
L'aimable Germanson dont l'organe est si tendre,
Est celle que d'abord je désire d'entendre :
Après elle, Zélis reprendra le discours :
La docte Corilla, du congrès des Amours
Fermera la séance, et, déployant ses ailes,
Mercure, accompagné d'émissaires fidèles,
Ira dans les boudoirs de Londre et de Paris,
Faire apposer les sceaux à mes nouveaux édits. »

Aux ordres de l'Amour obéir la première,
Est un droit glorieux dont toute Anglaise est fière,
Et qui flatte sur-tout le cœur de Germanson.
« Dieu puissant » répond-elle ! « ah ! c'est avec raison
Que tu fuis les mortels, et que par ton absence,
Tu punis leur coupable et longue indifférence.
Sont-ils dignes encor des faveurs de l'amour ?
Dans l'isle infortunée où j'ai reçu le jour,
Qu'est-ce que tu verrais ? au joug de l'hymenée,
Parmi nous, une belle est à peine enchaînée,
Que prenant un despote, et non pas un époux,
Il faut qu'elle renonce aux plaisirs les plus doux :
Nos maris n'ont jamais connu ces prévenances,
Ces égards délicats, ces tendres complaisances
Qui font chérir tes loix et fondent ton pouvoir :
Ils changent tristement le plaisir en devoir :
Tes faveurs, à leurs yeux ne sont qu'un vil salaire,
Et croyant que leurs droits les dispensent de plaire,
Toujours mornes et froids dans leurs embrassemens,
Ils nous font de Mézance éprouver les tourmens :
Le calme du trépas toujours nous environne.
Dès que l'astre du jour, de rayons se couronne,
Il faut prendre le thé : ces Messieurs, un moment,
Daignent nous visiter dans notre appartement ;
C'est nous qui leurs versons la boisson insipide,
Tandis que dévorés par un spléen homicide,
Ils gardent le silence ou tiennent des discours,
Dont la sévérité chasse au loin les amours.
Les amours envolés, nous fuyons sur leurs traces ;
Ces Messieurs restent seuls : abandonnés des Grâces
Des Wighs et des Toris, ils traitent longuement,
Ils discutent à fond un bill du Parlement,

D'après le *Morning-post* ou telle autre Gazette.
De l'État obéré comptent payer la dette,
Et faisant en idée et la guerre et la paix,
Triomphent de l'Ibère ou battent le Français.
Rivaux de Cicéron, leur rapide éloquence,
Fait pencher tour-à-tour ou monter la balance
Des destins de l'État confiés à leur voix,
Sur leur trône fragile ils font trembler leurs Rois :
Mais qu'importe après tout ce talent qu'on admire,
Si, dans le tête-à-tête, ils n'ont rien à nous dire,
Et s'ils ne savent point caqueter avec nous ?
Le langage du cœur n'est-il pas le plus doux ?
De trésors il est vrai que l'Angleterre abonde ;
Les rubis d'Orient, les perles de Golconde,
Sur l'aîle du commerce y volent transportés.
Est-ce un bonheur, Amour, qu'à nos yeux enchantés
Eclate un vain amas de richesses frivoles ?
Et qu'un nouveau Jason parcourant les deux pôles,
De ces biens corrupteurs en revienne chargé ?
Le Français plus heureux est par toi protégé :
De beautés en beautés il voltige sans cesse,
Et dans l'amusement il place sa richesse.
Que l'Anglais en diffère ! Assis à son comptoir,
Le matin il calcule, il calcule le soir ;
On voit l'or sous ses doigts suivre l'or qui circule ;
Le Français en a moins et jamais ne calcule.
Peuple folâtre et gai, te blâme qui voudra :
On s'ennuie à la Bourse ; on chante à l'Opéra :
L'Opéra nous a plu ; nous aimons ce spectacle :
C'est là que les beaux arts, par un double miracle ;
Ravissant à la fois et l'oreille et les yeux,
Plongent l'ame aux enfers ou l'élèvent aux cieux.

A ces plaisirs décents l'Anglais est peu sensible ;
Que dis-je ? nous voyons ton ennemi terrible,
L'affreux libertinage égarer nos époux ;
Nous voyons des Phrinés qui l'emportent sur nous,
Profaner, chaque jour, ton culte légitime :
Nous les voyons, avant de frapper leur victime,
D'une impudique main la couronner de fleurs.
Tu n'as plus parmi nous de sacrificateurs,
Plus d'autel, plus de temple, et, pourras-tu le croire ?
Ces Anglais si fameux au temple de mémoire,
Qui, les premiers de l'ame ont connu les ressorts,
Qui l'ont analysée, et de qui les efforts
Ont deviné des cieux l'admirable structure,
Et des sots préjugés démasqué l'imposture,
Ces Anglois ont osé douter de ton pouvoir :
Ils disent que l'amour ne peut se concevoir ;
Qu'au bonheur des humains il est peu nécessaire,
Et que, sans ton secours, on apprend l'art de plaire.
Punis ces insensés ; qu'ils brûlent de tes feux,
Ou plutôt, Dieu puissant, laisse tomber sur eux
Ce regard de bonté qui sied à la clémense :
Daigne éclairer leurs yeux et guérir leur démence.
C'est de la Liberté que l'Anglais est épris ;
Cette fière Déesse enchante ses esprits :
Mais doit-elle étouffer ses vertus naturelles ?
Qu'il déteste les Rois, et qu'il serve les belles ! »

Elle avait dit à peine : un nuage envieux,
S'étendant sur son front vient couvrir ses beaux yeux,
Et l'on en voit couler quelques larmes furtives.
La coquette Zélis que ses plaintes naïves
Ont faiblement touchée, avec un doux souris,
Commence par répondre à l'enfant de Cypris,

Et saluant bientôt l'assemblée imposante,
Elle ajoute ces mots d'une voix carressante.

« Amour, il est trop vrai que, dans l'affliction,
Ton absence a plongé la superbe Albion :
Les pleurs de Miladi viennent de nous l'apprendre :
Plus heureuse je n'ai que des grâces à rendre.
Tu feins apparemment d'avoir quitté Paris :
Que sert de nous tromper! des plaisirs et des ris
Paris sera toujours le délectable asyle :
On t'y fête sans cesse à la cour, à la ville,
Et ton chiffre se mêle à celui de nos Rois ;
Que dis-je? le Français, pour prix de ses exploits,
Veut pouvoir allier, dans la même couronne,
Le mirthe de Vénus au laurier de Bellonne,
Et les tenir sur-tout des mains de la Beauté:
Fier d'avoir, sous tes loix, perdu sa liberté,
C'est pour toi seulement et par toi qu'il respire :
Plus que Cythère enfin la France est ton empire :
Nos poëtes sans toi seroient-ils inspirés?
Ils te doivent leurs vers en tout lieux admirés,
Et c'est à ton flambeau qu'allumant leur génie,
Ils se font applaudir des Nymphes d'Aonie :
Paphos est leur Parnasse et l'Amour est leur Dieu.
Anacréon revit dans le galant Chaulieu ;
Tibulle, dans Parni ; Boufflers nous rend Catulle ;
Et Dorat, de Properce est le brillant émule.
Imbert t'est dévoué ; ton mirthe a refleuri
Lorsqu'il a célébré ton héros favori ;
Et graces au pinceau de l'immortel Racine,
La scène brûle encor de ta flamme divine :
Zaïre est ton ouvrage ; et d'Ariane en pleurs,
C'est par toi que vivront les touchantes douleurs ;

Par toi que Montesquieu, se transportant à Gnide,
En a fixé les traits sous son crayon rapide.
Nos beautés, il est vrai, dans leurs paisibles feux,
Des vives passions font d'agréables jeux,
Elles n'imitent point Hermionne, Roxane,
Et nos amans n'ont point les fureurs d'Orosmane.
C'est pour te plaire mieux et mieux suivre tes loix,
Si le sort t'a donné des flèches, un carquois.
A ces présens cruels n'a-t-il pas joint des ailes ?
Et n'est-tu pas sur-tout le Dieu des infidèles ?
C'est l'être des Français : oui, tu règne sur eux:
C'est ta présence, Amour, qui les rends tous heureux,
Leur théâtre en tout temps retentit de ta gloire,
Et nos petis soupés sont tes champs de victoire,
C'est toi seul qui des miens fit toujours les honneurs,
Ta main même souvent m'y couronne de fleurs,
M'y verse le champagne, et sait avec adresse,
A l'aide de Bacchus, réveiller ma tendresse.
Paris est ton séjour ; c'est là que, chaque nuit,
Dans l'alcove d'Eglé, tu pénètres sans bruit.
Célimène a son tour ; chez elle tu reposes,
Sur l'ouate parfumée ou sur des lits de roses.
D'un jeune Colonel tu prends tantôt les traits,
Et d'un Abbé tantôt les féminins attraits.
Dans un cabriolet tu roules sur l'arène,
Où le grand Nicolet, des maîtres de la scène
Parodie, à son gré, les chefs-d'œuvres divers.
Ame de nos plaisirs, source de nos travers,
Aux boulevàrds le soir ; le matin aux toilettes,
On te trouve par-tout, même chez les grisettes.
De ta présence en vain tu veux faire un secret ;
Pour la première fois, deviendrais-tu discret ?

Discret!... cette vertu pouvait être à la mode,
Quand on lisait l'Astrée : on suit un autre code ;
On ne s'enchaîne plus qu'avec des nœuds de fleurs :
On a sur-tout banni les fadeurs, les langueurs,
Et Céladon perdrait et son temps et sa peine.
Nos plus longues amours vont jusqu'à la huitaine,
Et nos sermens légers sont rivaux des zéphirs.
Et que sert en effet de pousser des soupirs,
Et de voir s'éclipser, au sein de la tristesse,
Les jours si précieux d'une prompte jeunesse ?
La Lande à ma toilette est quelquefois venu :
Ce sage, à qui des cieux tout l'empire est connu,
M'a du monde en deux mots, expliqué le système :
Je l'ai compris sans peine ; et pourquoi, lorsqu'on aime,
Transformer en travail un passe-temps si doux,
Une femme est aimable : on tombe à ses genoux :
On devine ; on entend son timide silence,
Et voilà tout. L'amour n'est point une science.
De l'art des Cassini nous avons fait un jeu.
A d'austères calculs veut-on soumettre un feu
Qui, malgré nous, souvent en nous se développe,
Et lire dans un cœur avec un microscope ?
C'est la réflexion qui produit l'amitié ;
Le temps, qui l'affermit. Elle se traîne à pied
Pour arriver au but : l'Amour vole, il s'élance,
Et, semblable à l'éclair, il franchit la distance
Qui sépare deux cœurs l'un de l'autre charmés :
Ses feux au moindre choc éclatent allumés :
Plus on veut les éteindre, et plus on les augmente.
Quels foyers plus ardents que les yeux d'une amante !
Epicure fut sage ; il eut le bon esprit.
Jouissons avant tout ; ce grand Homme l'a dit :

Tout mortel de plaisirs doit se montrer avide.

Tu ne peux ignorer que le galant Ovide,
Expliquant à demi ces préceptes divers,
Les avoit embellis du charmes de ses vers;
Et que le monde entier lui donna son suffrage;
Ovide n'avait fait qu'ébaucher son ouvrage;
Nous l'avons achevé. Le Français inconstant
A toujours l'art de plaire, et n'aime qu'un instant:
Que sa légèreté soit prise pour modèle.
Ordonne à ces beautés qu'un respectable zèle
A fait venir ici pour la première fois,
D'adopter la morale et de suivre les lois
Dont je viens d'esquisser une foible peinture
Et qu'enseigna jadis la secte d'Epicure.

Le jeune roi des cœurs sourit à ce discours,
Et l'applaudissement des volages amours
En fit monter le bruit à la voûte céleste:
La docte Corilla levant un front modeste,
Que je plains les Français, dit-elle, et quelle erreur
Les enflamme à ce point pour l'ombre du bonheur!
Ah! peut-on être heureux quand on est infidèle?
L'Angleterre elle-même à tes ordres rebelle,
Peut-elle, Amour, goûter quelque félicité!
Sans doute il faut aimer, mais avec pureté.
Sans projets, sans désirs, sans espérance même,
Dans l'union des coeurs est le bonheur suprême.
A quoi songe Abélard, lorsqu'après son malheur,
Il accuse du sort l'inflexible rigueur?
Avant le coup affreux que sans cesse il déplore,
Héloïse l'aimait... Elle fait plus encore:
Héloïse pour lui brûle d'un si beau feu,
Qu'Abélard, son amant, est devenu son Dieu.

Héloïse par-tout le voit, se le retrace;
Et tout absent qu'il est, Héloïse l'embrasse.
Qui vit chaste, s'élève au-dessus des Héros,
Et c'est descendre au rang des plus vils animaux
Que d'écouter des sens le dangereux murmure.
Il le faut étouffer et dompter la nature;
Et peut-on préférer, sans perdre la raison,
Le dogme d'Epicure à celui de Platon?
Platon seul peut des sens réprimer le délire:
Tout sage qui l'a lu, se plait à le relire.
Des folles passions il rend l'homme vainqueur,
Et par le vrai chemin le conduit au bonheur:
J'ai vainement prêché son auguste morale
Aux Romains d'aujourd'hui: par une erreur fatale,
Que je n'ai pu détruire, ils sont tous entraînés
Vers les plaisirs des sens les plus désordonnés:
Jouir est leur système; et si leurs fiers ancêtres
De l'univers jadis se sont rendus les maîtres,
Peu jaloux de leur gloire, ils suivent d'autres lois;
Le luxe a vaincu Rome une seconde fois;
Que dis-je? ô mon pays! faut-il que je l'avoue?
Rome, depuis long-temps est une autre Capoue:
Pétrone et Tigellin y remplacent Brutus;
L'impudente débauche en bannit les vertus
Et règne insolemment aux murs du Capitole.
Le Français est volage, inconséquent, frivole;
Mais fléxible, de mœurs il peut bientôt changer,
Et l'Anglais sous ton joug de nouveau se ranger.
Sais-tu jusques où va la mollesse Romaine?
Des faveurs sans obstacle, et du plaisir sans peine,
De mes concitoyens voilà quels sont les voeux.
Même avant que d'aimer, ils brûlent d'être heureux.

Pétrarque, cependant, ce tendre amant de Laure,
Dont le nom a volé du couchant à l'aurore,
A mes concitoyens, Pétrarque, ami des moeurs,
A peint le pur amour, dans ses vers enchanteurs:
Sans espoir d'en jouir, il chanta sa maîtresse;
Et le Dante imita cette délicatesse.
A quoi pensent-ils donc ces mortels insensés,
Qui, de tes myrthes verts, sans efforts amassés,
Voudroient impunément pouvoir ceindre leur tête.
Et jouir, sans combat, du fruit de la conquête?
C'est l'ombre qui, du jour, rend les traits éclatans:
L'hiver, le seul hiver embellit le printemps;
Sur un tapis de fleurs l'oeil charmé se repose,
Et le chardon y croît à côté de la rose.
A ma prière, Amour, laisse-toi donc fléchir,
Les Romains sont encor dignes de te servir.
Si tu veux sous leurs pas fermer les précipices,
Etouffe leur ardeur pour ces fausses délices,
Pour ces plaisirs grossiers que proscrit la raison,
Et qui dégradent l'homme en sa jeune saison.
Qu'un feu pur et sacré dans leur ame s'allume!
Tu mêlas à ton miel toujours quelqu'amertume;
Guéris-les d'un délire hélas! trop dangereux.
Qui ne s'abstint jamais, ne fut jamais heureux;
Et de soi triompher est la seule victoire
Qui guide les mortels au temple de la gloire.

« C'est moi » répond le Dieu « qui peuple l'univers,
Qui féconde à la fois et la terre et les airs,
Et qui fais, au printemps, sur les liquides plaines
Bondir de volupté les pesantes baleines.
Je révère Platon; mais il éteint mes feux,
Et je verrais le monde expirer avec eux,

Si j'adoptais jamais ses rigoureux systêmes.
Il faut, pour être sage, éviter les extrêmes.
Le Romain aime trop les voluptés des sens,
Et les Français plus vifs, sur-tout plus inconstans,
Portent à trop d'objets leur hommage éphémère.
L'Anglais doit réformer son morne caractère :
Ce peuple a des talens ainsi que des vertus :
Mais qu'il prise un peu moins les faveurs de Plutus,
Et que la politique occupe moins son ame :
Que, malgré son orgeuil, aux genoux d'une femme
Il tombe plus souvent, et qu'il sache de moi
Que, sans s'humilier, on peut subir ma loi;
Que plaire, c'est régner, et que mes mains sont prêtes
A couronner son front pour prix de ses conquêtes,
S'il voulait, renonçant à l'empire des eaux,
Plus souvent se ranger sous mes nobles drapeaux.
Qu'à leur tour les Romains suivant d'autres exemples,
Aiment plus purement, et n'offrent dans mes temples
Qu'un encens agréable à ma divinité.
Je hais la pruderie au maintien affecté :
Mais il est deux amours; l'un fils de la licence;
L'autre, du sentiment, sur-tout de l'innocence,
Et pour les mieux connoître, observez leurs portraits;
Je vais en peu de mots vous en offrir les traits :
L'un près de Pénélope habite dans Itaque,
L'autre fait sa demeure aux marais de Lampsaque.

Pour la France je l'aime et ne m'en cache pas :
Je visite souvent ses fortunés climats,
Et Paris est sur-tout le séjour qui m'attire :
Mais toujours entraîné par le même délire,
De la brune à la blonde il vole incessamment,
Et croit que le bonheur est dans le changement;

Que je plains sa manie ! aimer toutes les Belles,
N'est pas un sûr moyen de se faire aimer d'elles,
Et ce n'est point jouir que de tout effleurer.
Le frivole Français a l'air de préférer
Au plaisir d'être heureux le soin de le paraître :
Ah ! ce n'est pas ainsi que l'on parvient à l'être.
Mes héros les plus chers furent toujours constans ;
Et mes feux dispersés ne durent pas long-temps.
Le Français est sur-tout ennemi du mystère :
S'il veut me bien servir, qu'il apprenne à se taire :
Qu'il évite l'éclat et les vaines rumeurs.
Pourquoi, de cent beautés, divulguer les faveurs?
Le mortel qui trahit la femme qui l'adore,
S'avilit plus encor qu'il ne la déshonore,
Et l'indiscrétion est le plus grand forfait.
Voulez-vous donc savoir quel est l'Amant parfait?
Celui qui, par vertu, se voue à mon service,
Qui me fait de son coeur un entier sacrifice,
Et qui, toujours soumis à mon culte, à mes lois,
Adore constamment l'objet d'un premier choix ;
Qui donnerait pour lui sa vie et sa fortune ;
Qui, pour lui, braverait et Bellone et Neptune.
Qui, toujours son esclave, en dépendrait toujours ;
Et qui, fuyant le monde et la pompe des Cours,
Satisfait de son sort, dans sa belle maîtresse,
Trouverait son bonheur, sa gloire et sa richesse.
Je dois vous dire plus : sachez, à votre tour,
Que mon feu, pour durer, exige du retour ;
Qu'il faut toujours aimer, quand on veut être aimée,
Et qu'il s'éteint bientôt ou s'exhale en fumée,
S'il n'est point réciproque, et s'il cesse un moment,
De dévorer ensemble et l'Amante et l'Amant.

Que de dogmes encore il vous reste à connaître !
L'Amant n'a point le droit de s'ériger en maître:
L'Amante cependant, quelque soit son pouvoir,
N'en doit point abuser ; & son premier devoir,
Si toujours elle veut qu'il lui reste fidèle,
Est de voir son Amant auprès d'une autre Belle ;
Sans noire jalousie, & sans tous ces transports,
Qui de l'ame à la fin usent tous les ressorts,
Corrompent mes douceurs, & dont les barbaries
Font des Grâces, mes sœurs, de nouvelles Furies.
Des esclaves nombreux qu'en mes fers je retien,
La noble confiance est le plus fort lien,
Et l'inconstance naît de la dure contrainte:
Gouvernez par l'Amour & jamais par la crainte ;
O vous qui m'écoutez ! & sur-tout n'allez pas,
Fières de vos attraits, laisser, jusqu'au trépas,
Soupirer à vos pieds l'Amant sensible & tendre.
L'art de vaincre pour vous n'est que l'art de vous rendre,
Vous avez entendu mon ordre souverain :
Aux lieux d'où vous venez retournez donc soudain ;
Si la France, Albion, & sur-tout l'Italie
Veulent s'y conformer, j'abandonne Idalie ;
Je revole en Europe & fixe mon séjour,
Aux lieux où si long-temps on outragea l'Amour.
Ainsi parla le Dieu qu'on adore à Cythère.

Ce discours était sage encor qu'un peu sévère :
Il charme toutefois la tendre Germanson,
Et profitant bientôt d'une utile leçon,
La docte Carilla renonce au Platonisme,
Chimère respectable & vertueux sophisme.
L'agréable Zélis, dans le fond de son cœur,
Se promet à regret de n'avoir qu'un vainqueur,

Et craint de retrouver le Français moins volage.

On soupe cependant, & sur-tout en voyage.
Le temple au même instant se change en un bosquet,
Où l'on voit s'élever la table du banquet :
L'Amour vient s'y placer, &, sur des fleurs nouvelles,
Il fait à ses côtés asseoir les trois mortelles,
Les trois Grâces aussi. Vénus en ce moment,
Seule dans son palais avec Mars son amant,
Se livrait aux plaisirs dont elle est idolâtre.

Il est temps que l'Amour devienne un peu folâtre.
Au congrès imposant tant qu'il a présidé,
La raison & la loi tour-à-tour l'ont guidé :
Son front s'épanouit, le feu de la saillie
Brille dans ses discours, & la brusque Folie,
Tout autour de la table agitant ses grelots,
Y fait naître la joie & courir les bons mots ;
On se lève : Mercure, en ministre fidèle,
Dans son pays natal reconduit chaque Belle,
Et bientôt chaque Belle, apôtre de l'Amour,
Prêchant le nouveau code à la ville, à la cour,
Travaille à réformer les mœurs de sa Patrie.
Le monde est-il plus sage ? A la galanterie
A-t-on substitué le tendre sentiment ?
Est-on plus délicat, plus fidèle en aimant ?
Hélas ! je n'en crois rien, &, s'il ne faut rien taire,
Le véritable amour n'a point quitté Cythère.

ENVOI

A SAPHO BEAUHARNAIS.

De Zélis vous avez les grâces
Sans avoir sa légèreté ;
De Germanson la sensibilité,
De Corilla, l'esprit, la noble urbanité ;
Et fixant près de vous les modernes Horaces,
Par le génie & la beauté
Vous les enchaînez sur vos traces.
Ah ! si les dons que vous réunissez,
Chez vos rivales dispersés,
Pouvaient devenir leur partage,
Le véritable Amour n'eût point quitté Paris,
Et malgré notre humeur volage,
Nous serions de ce Dieu les dignes favoris.

LA CONGRÉGATION
DE BENOÎT XIV;
OU
L'INQUISITION DÉNONCÉE;
POÈME.

AVERTISSEMENT.

C'est à Rome même qu'on m'a raconté l'anecdote qui sert de fond au Poëme suivant : je la trouvai si plaisante que, sur le champ, je la mis en vers, & que je l'envoyai par la poste à un de mes amis de Paris. Hélas! elle n'arriva point à sa destination. Tous les paquets qui partent de Rome, sont ouverts dans les bureaux depuis la révolution de France, & l'on y retient les manuscrits & les lettres qui paraissent suspects. La copie de mon Poëme tomba entre les mains du révérend père Mamachi, maître du sacré Palais, qui la remit au Pape, & de là vint contre moi la sainte colère du très-saint Père. Pie VI n'est pas, à beaucoup près, aussi doux & aussi philosophe que Benoît XIV : il ne croit pas que l'Inquisition soit inutile au maintien de son autorité, & j'allais être *mis* moi-même dans un bel *auto-da-fé*, lorsqu'heureusement je fus averti par un artiste français, que l'on devait me faire *cuire*. Je donnai, comme Benoît XIV, l'Inquisition à tous les diables, & je me sauvai promptement à Paris, où, depuis la révolution, on ne brûle que le Pape lui-même & les révérends Pères Mamachi. L'anecdote de l'Inquisition dénoncée par un Pape, paraîtra singulière, & peut-être incroyable à quelques personnes : on me l'a donnée cependant pour très-vraie, & ceux qui ont étudié le caractère de Benoît XIV, ne pourront guères en douter (1).

---

(1) Cette bagatelle a déjà paru dans l'Almanach des Muses de l'année 1792, et m'a attiré des reproches de la part de quelques personnes ; elles m'ont dit que dans la plupart de mes écrits j'avais trop l'air d'en vouloir au Pape et au Sacré Collège. Oui ; j'en veux au Sacré Collège, lorsqu'il persécute les philosophes et les hommes de bien. Oui, j'en veux aux mauvais Papes qui font le scandale de l'univers. Mais je respecte, mais j'aime les bons Papes, tels que Benoît XIV ; et le conte suivant n'est-il pas l'éloge de ce Pontife vertueux? Cette bagatelle au surplus reparaît ici avec quelques augmentations et corrections nécessaires.

LA CONGRÉGATION
DE BENOÎT XIV,
OU
L'INQUISITION DÉNONCÉE.

Sans aimer à s'instruire, on ne va point à Rome;
Ce séjour où jadis brilla plus d'un grand-Homme,
Eclaire la pensée en charmant les regards.
C'est aujourd'hui le temple & le séjour des Arts,
Et le cœur y jouit autant que la mémoire.
Dibutade Lebrun (1) y va chercher la gloire:
Un Dévôt en revient chargé d'*Agnus Dei.*
Quant à moi que jamais le Pape n'a béni,
Et qui suis peu jaloux d'obtenir des dispenses;
Quant à moi qui me ris des brefs, des indulgences,
Amis, je l'avouerai, dans ces augustes lieux,
Où le Romain Pontife ouvre, à son gré, les Cieux:
De contes amusans, à l'insu du Saint Père,
J'ai fait avec adresse une moisson légère;
Et Bocace nouveau, que ne puis-je aujourd'hui,
En vous les récitant, dissiper votre ennui!

---

(1) J'ai vu madame Lebrun à Rome, au commencement de l'année 1790: elle y a fait son portrait pour la galerie de Florence, & divers autres tableaux qui ont été généralement admirés. De-là elle a été à Naples, où elle a travaillé aussi avec beaucoup de succès.

Le Pape sur mon front lancera l'anathême :
Mais c'eſt gagner le Ciel que plaire à ce qu'on aime.

Vous savez que Benoît, quatorzième du nom,
Sur ſon trône sacré fit monter la raison ;
Que Roi sans favoris, Pape sans népotisme,
Il osa plus, & fut Prêtre sans fanatisme.
De l'Inquiſition il n'était point l'ami (1),
Et son cœur paternel avait souvent gémi
Sur ces arrêts cruels qui condamnent aux flâmes,
Des corps dont on n'a pu ſanctifier les âmes.
Il mande, un beau matin, Meſſieurs les Cardinaux,
Les rassemble, & leur tient cet honnête propos.

» Je hais la violence, & n'eus jamais l'envie
De conduire les gens à l'éternelle vie,
Par l'horrible sentier de ces actes de foi (2),
Où de cuire le monde on se fait une loi.
Je veux que désormais on ne cuise personne,
Et, malgré le courroux de Meſſieurs de Sorbonne,
Qui, tôt ou tard, pourront me traiter assez mal ;
Malgré Rome, Goa, sur-tout l'Escurial,
Et malgré les Tyrans ennemis des vrais Sages,
De la sainte Hermandad j'abolis les usages.
Un Pape l'a créé, ce Tribunal affreux
Qui retentit encor du cri des malheureux.

(1) Benoît XIV était vraiment tel qu'on le peint ici : c'est le Pape le plus éclairé et le plus tolérant qu'il y ait jamais eu. Il aimait beaucoup les Anglais, quoiqu'ils ne soient pas catholiques, &, quoiqu'il fût mort depuis quelques années, on l'appelait encore *le Pape Anglais*, lorsque j'étais à Rome.

(2) Acte de foi est le même qu'*Auto-da-fé*, & tout le monde sait ce que c'est qu'un *auto-da-fé*.

Je suis Pape, du Christ je suis le saint Vicaire,
Et ce qu'un Pape a fait l'autre peut le défaire.
Ecrivez de ma part au grand Inquisiteur ;
A tous ses familiers, Peuple vil & menteur,
Et que tous apprenant ma volonté suprême,
Cessent leurs fonctions dont je frémis moi-même ;
Que sur-tout la Sorbonne & ses Docteurs fourrés,
Sur les Auteurs nombreux par la France admirés,
N'exercent plus un droit dont la raison murmure,
Et qu'on imprime tout sans craindre la censure.
Quoique Pape, en un mot, j'aime la vérité,
Et je veux qu'on la dise avec impunité.
Le premier, de ma main je lui bâtis un Temple,
Et vous ordonne à tous de suivre mon exemple.
Que par-tout un faux zèle éteigne ses tisons,
Et que du Saint-Office on vuide les prisons.
Je veux que, sous mon règne, Ariens, Calvinistes,
Quakers, Luthériens, Hébreux, Anabapistes,
Et que tous les esprits d'opinions divers
Adorent, à leur gré, le Dieu de l'Univers,
Sans que Rome ait le droit d'inculper leur croyance.
Ce Dieu, ce Dieu lui-même aima la tolérance :
Il fut persécuté, jamais persécuteur,
Et pour lui ressembler, imitons sa douceur ».

A ces mots inspirés par la sagesse même,
Messieurs les Cardinaux de crier au blasphême,
Sacripanti (1), Bandi, Banditi, Negroni,
Et vingt autres encor dont le nom est en i,

---

(1) Tous ces noms de cardinaux ne sont pas controuvés ni faits à plaisir ; tous ces cardinaux ont réellement existé : il n'y a pas même long-temps que Bandi & Banditi sont morts.

D'étonnement d'abord sur leurs sièges pâlissent;
Et tels que des lions par dégrés ils rugissent.
Sacripanti se lève & tout haut murmurant,
Il répond de la sorte au Pape tolérant :

» De l'Inquisition vous accusez le zèle,
Et vous la détruisez ! où serions-nous sans elle ?
Ne vous souvient-il plus que les fiers Albigeois
Refusèrent jadis d'obéir à nos loix ?
Que l'Univers peut-être eût suivi leurs exemples,
Et que, pour le soutien de nos Dieux, de nos Temples,
Le Pontife Innocent (1) créa ce Tribunal,
A l'erreur, en tout temps, comme au crime fatal ?
Ainsi tous vos sujets, indignes réfractaires,
Pourront impunément ne pas croire aux mystères;
Ils pourront imiter l'Albigeois odieux,
Et de nous se moquer ainsi que de nos Dieux.
O malheur tant de fois prédit par le Prophête !
Je sens tous mes cheveux se dresser sur ma tête,
Quand je pense qu'un jour le faible genre humain
Ne croira plus qu'un Dieu se cache sous le pain;
Que de la Trinité, le mystère ineffable,
A ses yeux passera pour une absurde fable,
Et que de tels forfaits resteront impunis !
Non, non, toujours le Peuple à l'Eglise soumis
Croira ce qu'il doit croire, & malheur à tout homme
Qui sur ses droits fondé méconnoît ceux de Rome !

(1) C'est Innocent III, qui fut le fondateur de l'Inquisition; c'est le même qui fit fouetter Raymond, comte de Toulouse, après l'avoir excommunié : il eut beaucoup de ressemblance avec Grégoire VII. Ces deux Papes ont fait plus de mal au monde que les Néron, les Caligula & les Tibères.

Quoi ! saint Père, il faudra que le chef des Chrétiens
Laisse en paix Ariens et Presbytériens,
Et qu'au mépris sur-tout de notre Décalogue,
Des Hébreux rassemblés dans une synagogue,
Invoquent à l'envi le nom de *Jehova !*
Vous souffrirez qu'un Turc à Rome crie : *alla*,
Et que, sans vous payer le tribut ordinaire,
Un bourgeois de Paris épouse sa commère !

Oui, je le souffrirai, dit Benoît en courroux,
Un Pape est infaillible, et j'en sais plus que vous.
A suivre vos avis comptez-vous me résoudre ?
Vous prétendez punir, et je ne veux qu'absoudre,
Et je ne veux régner que par la charité.
Si le glaive de Paul en mes mains est resté,
Je tiens les clefs de Pierre, et, puisqu'il me seconde,
J'ouvre du paradis la porte à tout le monde.
Oui, sur l'heure je mets au nombre des élus
Quiconque aime l'honneur, quiconque a des vertus.
Je n'excommunirai ni Monarques ni Princes,
Et je n'interdirai Royaume ni Provinces :
Pour disposer son ame au suprême bonheur
Je bénis, en un mot, même le Grand-Seigneur.

Et moi, je vous maudis, tout Pape que vous êtes,
Reprend Sacripanti, craignez que les tempêtes,
Que les foudres du Ciel, grondant sur votre front,
Ne nous vengent enfin du plus sanglant affront.
Un Pape devant nous parle de tolérance,
Et des religions prêche l'indifférence !
Tremblez ! tremblez, saint Père ! On sait, depuis long-temps,
Que vous êtes l'ami de tous les mécréans,
Et qu'ils trouvent en vous un appui salutaire.
Avec un scélérat que l'on nomme *Voltaire*

Vous entretenez même un commerce indiscret.
Vous avez, par écrit, loué son *Mahomet* (1),
Infâme tragédie, où démasquant les Prêtres,
L'audacieux Auteur nous peint comme des traîtres,
Et, pour comble d'horreur, vous voulez aujourd'hui,
Renversant des autels le plus solide appui,
De la sainte Hermandad casser le privilège!
Eh bien, je vois ici tout le sacré Collège,
Par un geste éloquent, approuver ma fureur,
Et je vais, en son nom, au grand Inquisiteur
Vous dénoncer vous-même : oui, vous-même saint Père,
Et vous faire punir d'un projet téméraire.
La thiare a le pas sur le large chapeau :
De vos Prêtres pourtant l'impérieux troupeau
A suivre ses avis peut enfin vous réduire,
Et tout comme un autre homme un Pape est bon à cuire;
Tremblez et redoutez un courroux tout-puissant.

Du fier Sacripanti le discours menaçant
Inspire au saint Pontife une frayeur extrême.
La charité, dit-on, commence par soi-même.
Le Pape réfléchit : il s'avoue *in petto*
Qu'il n'eût jamais de goût pour le *san-benito*:
Il lève la séance, et ce fils des Apôtres,
De peur d'être rôti, laissa rôtir les autres.

---

(1) On sait que Voltaire dédia sa Tragédie de Mahomet à Benoît XIV, & l'on connaît la réponse que ce Pontife lui fit. On m'a assuré à Rome que le sacré Collège le blâma d'avoir fait cette réponse.

L'EXEMPLE A SUIVRE,

OU

RÉCIT

De ce qui s'est passé au Cercle Social de Paris, le 6 Avril 1791.

TYRANS qui pâlissez au nom de liberté,
Il est temps de vous dire enfin la vérité :
Sous vos barbares lois elle n'est plus captive ;
Prêtez à mes accens une oreille attentive :
La sainte vérité, reine de l'Univers,
Seule aujourd'hui m'inspire et va dicter mes vers.

Vous savez qu'à Paris elle a choisi son temple :
Là de ses vrais amis l'élite la contemple
Dans le cirque fameux, admirable séjour,
Que destinait Philippe au culte de l'Amour.
Par *la bouche de fer*, le zélé Bonneville (1)
Fait retentir sa voix à la cour, à la ville :
Château-Regnaud (2) l'explique avec simplicité ;
Il est son interprête, et justement cité
L'intrépide Fauchet lui sert de grand vicaire,
Eloquemment la prêche et l'instruit à nous plaire.

(1) Le Cercle social publie un Journal intitulé *la Bouche de fer*, & c'est M. de Bonneville qui le rédige. Voyez le n°. 36 de la troisième année : vous y trouverez en prose ce que j'ai mis ici en vers.

(2) M. Mailli-Château-Regnaud, député à l'Assemblée nationale, est président du Cercle social, & remplit cette place avec autant d'éloquence que de dignité.

Dans ce temple où l'erreur n'a jamais pénétré,
Un Prince philosophe (1) et du peuple adoré,
Frédéric admirait l'auguste Aréopage.
Le Pontife apperçoit l'auditeur noble et sage.
« Dans ce temple, dit-il, si vous êtes admis
» La vérité vous compte au rang de ses amis,
» Prince, répondez-moi. » — Pontife que j'honore,
Que me demandez-vous? Douteriez-vous encore
Que de la vérité mon cœur ne soit épris? —
Puis-je ne pas l'aimer? j'en connais tout le prix; —
Ainsi, dans vos états, vous n'avez plus d'esclaves,
Et votre main, sans doute, a brisé leurs entraves? —
Oui, Pontife, ennemi du despotisme affreux,
De mon peuple et de vous j'ai prévenu les vœux,
Et c'est la liberté pour qui mon cœur soupire,
Qui seule maintenant et m'enflamme et m'inspire:
Un lustre est écoulé depuis que de ses fers
J'ai délivré ce peuple, et puisse l'Univers
Incessamment jouir d'un si doux avantage,
Et d'antiques tyrans n'être plus le partage!
Lorsque la vérité, souveraine des loix,
Aux Français assemblés fit entendre sa voix,
Et renversa des cours la frivole étiquette,
J'ai moi-même servi sous le grand La Fayette,
Et pour la liberté j'ai long-temps combattu;
Sur la terre, sans elle, il n'est point de vertu.
Quoique prince, en un mot, je hais la tyrannie,
Et ce monstre, à ma voix, a fui la Germanie. —

(1) Le prince Frédéric de Salm-Kirbourg. Il fut nommé commandant de bataillon dans la Garde nationale, au commencement de la révolution. Déja on l'avait distingué dans l'ancien régime par sa haine pour les abus, & on le distingua dans le nouveau par son patriotisme.

La Germanie encore a des Princes, des Rois,
Qui de l'homme, dit-on, méconnaissent les droits,
Et quand vous leur donnez l'exemple salutaire,
Qui peut de tout despote, un jour, purger la terre,
Sans doute, avec plaisir, de vos rares bienfaits,
Vous me verrez sur l'heure instruire vos sujets,
Et votre auguste main signera la patente
Qui doit leur garantir .... — Vous comblez mon attente :
Oui, je le signerai ce gage de l'honneur,
Qui peut combler ma gloire et hâter leur bonheur :
Oui, qu'ils ne doutent point de ma sainte promesse,
Et de la vérité que tout haut je professe,
Tonne, tonne la bouche à mon dernier moment,
Si jamais je viole ou fausse mon serment !
Il dit, et mille voix aussitôt l'applaudissent,
Et de cris répétés les voûtes retentissent,
Et le beau nom de Salm dans les cieux est porté
Avec ces mots heureux : Vive la liberté !
Souverains orgueilleux des cercles de l'empire,
Au cercle social la vérité respire :
Le sage Frédéric a reconnu sa voix :
Imitez son exemple et régnez par les lois.

LA MÉPRISE PONTIFICALE
OU
LE *TE DEUM* A CONTRE-TEMPS.

Du grand Lama de Rome écoutez une histoire,
Toute récente encore et difficile à croire (1).
Je ne ressemble point à ces pieux esprits
Dont la Muse timide, en leurs divers écrits
Prodigue à cette idole un encens éphémère.
J'aime sur-tout à rire aux dépens du saint Père.
Pourquoi respecterais-je un Prêtre couronné,
Par qui tout honnête homme est sûr d'être damné?

De Stanislas Auguste on connaît la sagesse;
Ami de la Justice, il l'est peu de la Messe,
Et ce Roi philosophe, en ses projets hardis,
A cru jusqu'à ce jour qu'au divin Paradis
On pouvait arriver sans le secours d'un homme,
Et qu'on plairait à Dieu, quoique maudit par Rome.
Les qu'il a rassemblé, pour leur donner des lois,
Les braves Polonais fameux par leurs exploits,

(1) Le Pape croyant que la nouvelle Constitution Polonaise était très-favorable a la Religion Catholique, a fait chanter le *Te Deum*, en signe de réjouissance, & a accordé de grandes indulgences aux fidèles. Il est pourtant certain que, loin d'accorder aucun privilège à la Religion Catholique, la nouvelle Constitution établit une tolérance illimitée, & laisse a toutes les sectes le libre exercice de leur culte, & la plénitude des droits de Citoyens : il en résulte enfin que la Religion Catholique ne jouit pas de plus grands avantages en Pologne qu'en France. Voyez la *Gazette Universelle*, du Dimanche 17 Juillet 1791.

Glorieux d'imiter le Sénat de la France,
Il a sur-tout admis la douce tolérance,
Au nombre des vertus qu'idolâtrait son cœur,
Et du noir fanatisme il s'est montré vainqueur.

De la religion que professaient nos pères,
Protégeons, a-t-il dit, les ténébreux mystères,
Et quoique mon esprit ne l'ait jamais conçu,
Que du Verbe incarné le dogme soit reçu:
Qu'un Prêtre avec cinq mots ait les talens sublimes
De transformer en Dieux de petits pains azimes,
Et qu'un mortel en croix par lui soit encensé,
Je ne m'oppose point à ce culte insensé:
Mais s'il est beau de plaire à l'Eglise romaine,
Contre l'humanité n'épousons point sa haîne;
Ne persécutons point, et que tous les mortels
Sous mon règne, à leur gré, s'élèvent des autels.
Que du grand Jehova l'adorateur antique
Soit ici toléré, s'il sert la République;
Qu'il y célèbre en paix le nom de Sabaoth,
Et que le Calviniste aux psaumes de Marot,
Prête les ornemens d'une sainte harmonie;
Chaque secte a ses lois, chaque homme a son génie.
Il faut les respecter, leur servir de soutien;
Car on peut être juste, et n'être pas Chrétien.

Ces leçons de vertus dignes qu'on les révère,
Ne sont pas tout-à-fait les dogmes du saint Père.
Il veut qu'à ses autels on se montre assidu,
Et que tout voyageur dans ses états rendu
Aille humblement baiser sa pantoufle sacrée.
Vous savez que du haut de sa chaire adorée,
Il dit qu'un hérétique est fils de Belzébut,
Et que hors de l'Eglise il n'est point de salut.

Des Prêtres en tout temps les lois sont si cruelles!
Croyant légèrement des récits infidèles,
Le Pape toutefois, le superbe Braschi,
Bénit tout haut le nom de Poniatowski;
Et des bienfaits sur-tout dont il comble l'Eglise,
Son ame est enchantée autant qu'elle est surprise.
Aux fidèles soudain tous les temples ouverts,
De *Te Deum* chantés font retentir les airs.
Le corps de l'Homme-Dieu, farineuse fétiche,
Par le Pape lui-même est tiré de sa niche,
Et reçoit pour prison l'image du soleil.
De-là jetant au loin un éclat sans pareil
Sur l'autel de Saint-Pierre avec pompe il s'élève,
Et Braschi pour les clefs abandonnant le glaive;
Et séduit par l'espoir d'un triomphe incertain,
Promet le paradis à tout le genre-humain;
Que dis-je? Tout-à-coup renonçant aux vengeances,
Il verse sur le peuple un torrent d'indulgences,
Et remet amplement tous les péchés commis;
Le Pape enfin pardonne à tous ses ennemis,
Et dans un beau gala qu'au Vatican il donne,
Déposant la fierté de sa triple couronne,
A la santé du Roi qu'il croit de son parti,
Boit un large flacon *de Lachrima Christi.*

O funeste gala! fête prématurée!
Des moines, des prélats quand la troupe sacrée
Joyeusement se livre aux plus doux sentimens,
Que tu vas leur causer de regrets, de tourmens,
Et que tu vas sur eux verser du ridicule!

Un Nonce revenu des bords de la Vistule,
Du banquet tout-à-coup interrompant le cours,
Au Pape se présente et lui tient ce discours:

Que faites-vous, saint Père? et quelle est ma surprise!
Quand les plus grands malheurs ménaçent notre église,
Vous riez, vous chantez, et comme au temps paschal,
Des divertissemens vous donnez le signal!
Le *Te Deum* se chante, et par-tout dans Saint-Pierre
Mes yeux ont lu ces mots : *Indulgence plénière.*
Quelle méprise, ô ciel! pouvez-vous ignorer
Que le Nord semble enfin las de nous honorer?
Et ne savez-vous pas que la Lithuanie
Livrée, en ce moment, au plus mauvais génie,
A peine reconnait votre absolu pouvoir,
Et que le sceptre impie a brisé l'encensoir?
Oui, saint Père, le nom de Stanislas Auguste,
Ce nom que vous ornez du beau titre de juste,
Ce nom plus que jamais doit vous être en horreur.
Loin de persécuter et de punir l'erreur,
Stanislas la tolère et l'encourage même:
Il pardonne aux Hébreux de vivre sans baptême;
Aux hardis Huguenots de mépriser nos Saints:
Sans indignation, il voit leurs fiers dédains,
Foule aux pieds avec eux et la crosse et la mitre.
Il parait peu tenté de croire au libre arbitre,
Et, pour mettre le comble à mon trop juste effroi,
Le sénat Polonais est de l'avis du Roi.
Vous excommuniez le sénat de la France,
Ennemi déclaré de notre intolérance,
Par qui seule des Rois fleurissent les Etats,
Et vos bulles en vain le font rire aux éclats.
Son front cicatrisé, d'une juste censure
Ne dépouillera point la triste flétrissure.
La Pologne l'imite : elle a porté des lois
Que réprouve l'Eglise, et qui blessent nos droits,

Et lorsqu'à vos décrets elle ose être rébelle,
Vous vous réjouissez, et vous vantez son zèle.
Ah! saint Père, est-ce ainsi qu'un pontife Romain
Fait croire à son commerce avec l'esprit divin,
Et lorsque vous tombez dans une erreur sensible,
Comment prétendez-vous passer pour infaillible?

J'AI tort, répond Bràschi. De faux bruits m'ont trompé:
J'ai cru que de mes droits Stanislas occupé,
Les avait affermis au lieu de les détruire:
J'ai cru qu'il me servait lorsqu'il cherche à me nuire,
Et d'une bulle aussi j'aurais dû l'affubler.
De toute part hélas, voudrait-on m'accabler?
Le Pape avait jadis l'empire de la terre.
L'amour, vous le savez, lui ravit l'Angleterre;
Luther, la Germanie: il semble qu'aujourd'hui
La Pologne ait juré de renoncer à lui.
La France enfin, la France, ô comble de l'outrage!
En plein palais Royal a brûlé mon image.
Ah! nous sommes perdus. Il fallait, mes amis,
Au lieu du *Te Deum* chanter *De Profundis*.

L'UTILITÉ
DES VOYAGES.

Conter est des vieillards la plus douce manie :
Ils pensent allonger la trame de leur vie
Par d'amusans *récits*, de joyeux fabliaux,
Et de la parque ainsi détourner les ciseaux.
Peut-on les en blâmer ? L'erreur plaît à tout âge ;
Vous le savez, amis. La vie est un voyage
Aujourd'hui commencé, qu'on achève demain.
De fleurs, pour l'embellir, parsemons le chemin ;
C'est à quoi maintenant ma Muse s'étudie.

Monseigneur Hispinard, baron de Normandie,
Résolut, un beau jour, de quitter ses foyers,
Pour aller, sur les pas des fameux chevaliers,
Secourir noblement quelque Belle opprimée,
Et faire aux Nations chérir sa renommée.
Monseigneur était las d'écraser ses vassaux,
Du poids de son orgueil et du poids des impôts.
Despote féodal, il avait seul l'empire
D'une vaste province, et ne savait pas lire.
Monseigneur, de la gloire avait la passion ;
Un bon Roi veut qu'on l'aime, et fuit un vain renom :
Au baron Hispinard il fallait davantage :
Il veut courir des mers l'un et l'autre rivage,
Pourfendre des géants, couler bas des vaisseaux ;
Et des deux Amadis surpasser les travaux.
Le voilà donc en proie à son bouillant délire,
Qui commande, aussitôt d'équiper un navire :

Le monte, accompagné d'un cortège nombreux
De pages, d'écuyers, de soldats valeureux;
En dirigeant sa course, à l'aide des étoiles,
Vers la rive Indienne il cingle à pleines voiles.
Les Sarrasins alors dominaient sur les mers;
Le bruit de leurs exploits remplissait l'Univers:
Ils avaient asservi l'Egypte, la Syrie,
Et soumis à leurs lois l'une et l'autre Arabie.
Monseigneur le baron, un peu brutalement
Est bientôt assailli par un chef Musulman;
Il se défend d'abord, et même avec courage:
Le Turc poursuit l'attaque et vient à l'abordage.
A l'aspect de la croix qui flotte au haut des mâts,
Une sainte fureur anime les soldats;
Les Chrétiens, à leurs yeux, sont de vils infidèles;
La superstition rend leurs ames cruelles;
Sur les guerriers Normands ils fondent en courroux,
Et, maîtres de leurs bords, ils les égorgent tous,
Exceptez Monseigneur qui, malgré sa vaillance,
Dans un esquif léger rapidemment s'élance,
Et contre eux, un moment, trouve un fragile appui,
Suivi d'un écuyer non moins heureux que lui.
Les ondes, tout-à-coup par la tempête émues,
S'agitent en grondant, et vont frapper les nues!
Vers des rochers couverts les navires poussés
S'entr'ouvrent, et bientôt à grand bruit fracassés
Courent s'ensevelir dans la plaine liquide.
Des vainqueurs, des vaincus un même instant décide,
Et l'on voit seulement sur les sanglantes eaux,
Pêle-mêle flotter leurs étendards rivaux:
Chrétiens et Musulmans, tout a perdu la vie.

MONSEIGNEUR cependant brave l'onde en furie,

Graces à l'écuyer qui, la rame à la main,
Vers une île voisine a tourné son chemin;
C'est l'île des Pêcheurs inconnue à Danville,
Et qu'on ne trouve point dans Bellin (1) ni de Lille.
Le peuple qui l'habite est simple dans ses mœurs;
Au poisson (2) Oannès il rend de grands honneurs;
Ce poisson est son Dieu, jadis à Babylone
Prêchant presqu'aussi bien qu'un docteur de Sorbonne,
On sait que de la mer il sortait, chaque jour,
Pour venir haranguer et la Ville et la Cour,
Et que rentrant le soir dans sa retraite humide,
Il y contait fleurette à quelque Néréïde:
Chez les Ondins, ce peuple était ainsi nommé.
Monseigneur Hispinard, encor tout alarmé,
Débarque heureusement, et trouve un sûr asyle.
Un usage pourtant, consacré dans cette île,
Voulait que, chaque jour, tout mortel étranger,
D'une mer en courroux affrontant le danger,
Aux habitans des eaux allât porter la guerre,
Les chargeât de liens, et revînt sur la terre
Déposer ses captifs aux pieds des saints autels:
Le peuple au Dieu poisson, dans les jours solemnels,
Les présentait bientôt entourés de guirlandes;
Le poisson Oannès aimait fort ces offrandes.

---

(1) M. Bellin a fait d'excellentes Cartes marines, & tout le monde connait les ouvrages géographiques de M. de Lille.

(2) Oannès était un poisson qui avait, dit-on, la voix d'un homme: il sortait de la mer Rouge tous les matins, & venait converser avec les habitans de Babylone jusqu'au coucher du Soleil; il rentrait alors dans la mer. Les peuples de Chaldée & de Babylone lui rendaient les honneurs divins. L'Isle des Pêcheurs ne doit pas être loin de ces contrées.

Du pêcheur malheureux, si, trompant les souhaits,
La race qui frétille avait fuit les filets,
Deux robustes Dervis, armés de saintes gaules,
En appliquaient soudain cent coups sur ses épaules,
Et même le forçaient de baiser saintement
La vigoureuse main, auteur de son tourment.
Hispinard et Clarin, des amis le modèle,
Furent soumis tous deux à cette loi cruelle.
Monseigneur était gauche, et le peuple poisson
Agitait dans sa main le tremblant hameçon,
En dérobait l'appas, mais sans se laisser prendre.
Monseigneur à la loi fût forcé de se rendre :
Il s'emporta, maudit le poisson Oannès.
L'écuyer, plus habile à tendre des filets,
Evita le supplice, et plus d'une fois même,
Généreux par instinct, bien plus que par système,
Il parla pour son maître, et sauva du bâton
Tout prêt à le frapper monseigneur le baron.
Aux yeux du peuple Ondin, nation simple, agreste,
Le talent de la pêche était un don céleste,
Qui des Dieux immortels annonçait la faveur :
Au trône, chaque année, il plaçait un pêcheur.
Clarin, par ses vertus, par son heureuse adresse,
Attire ses regards, le touche, l'intéresse,
Et pour régner d'ailleurs l'oracle la nommé.
D'une commune voix le voilà proclamé,
Tandis que Monseigneur, maudissant la fortune,
Languit seul, ignoré dans la foule commune.
Monseigneur s'étonnait qu'un mortel sans appui,
Qu'un très-simple écuyer l'eût emporté sur lui,
Et tout haut quelquefois en disait sa pensée
Aux Ondins, qui riaient de sa morgue insensée.

Ce peuple, de nos mœurs déplorant les abus,
Croyait que, pour régner, il fallait des vertus,
Et toujours au plus digne il donnait la couronne.
La naissance et l'orgueil étaient sans droits au trône.
Clarin au plus haut rang est à peine monté,
Qu'il *renonce* à la *force*, et fait par sa bonté
A *ses moindres sujets révérer son empire.*
Les malheureux Normands ne cessaient de maudire
Monseigneur Hispinard; et tout le peuple Ondin
Ne cesse d'adorer et de bénir Clarin.
Sous le titre de roi Clarin gouverne en père,
Et l'âge d'or renait sous son règne prospère.
Monseigneur en enrage; il ne peut s'empêcher
D'assister cependant à son petit coucher.
Un soir il y rencontre une jolie Ondine,
D'une humeur enjouée, agréable et badine,
Qui bravant l'étiquette, et l'on saura pourquoi,
Venait au coin du feu causer avec le Roi.
Le farouche Hispinard la convoite, et son ame
Est brûlée aussitôt d'une très-vive flamme.
Il l'attend au passage, et lui parle en ces mots:

« Vos charmes, bel objet, ont troublé mon repos;
» A des Divinités moi qui pouvait prétendre,
» Sachez que jusqu'à vous j'ai bien voulu descendre,
» Et connaissez mon rang, mes titres et mon nom!
» Je m'appelle *Hispinard*; je suis duc et baron;
» Je règne en Normandie où le destin propice,
» En naissant m'accorda haute et basse-justice,
» Où mes grands officiers, assidus courtisans,
» Viennent, à mon lever, me parfumer d'encens;
» Où je puis, en un mot, faire battre monnoie.
» J'ai le vol du chapon, et je fais tirer l'oie.

» Quand je veux me donner un passe-tems plus doux,
» De mes très-chers vassaux je fais serrer les cous
» Au haut d'une potence, et ris de la grimace,
» Qui de ces pauvres gens allonge alors la face.
» Voir pendre est, je l'avoue, un plaisir ravissant;
» C'est un joli supplice, et tout-à-fait décent:
» Rien n'y blesse les yeux. Le comble de la gloire
» Est d'avoir, en tout temps, le noble droit de foire.
» Venez dans mes états, et recevez ma main...»

L'ONDINE avait l'esprit un tant soit peu malin;
« Monseigneur, lui dit-elle avec un fin sourire,
» Votre pouvoir est vaste, et certes je l'admire;
» Être duc et baron, régner sur les Normands,
» Faire battre monnoie, avoir des courtisans,
» Que de titres, bon Dieu! c'est trop pour une Ondine;
» Et je ne pense pas que le ciel me destine
» A jamais partager avec vous ces honneurs.
» Rien ne manque à mes voeux dans l'île des Pêcheurs.
» J'aime votre écuyer: il m'a tourné la tête;
» Par sa bonté sur-tout il a fait ma conquête;
» Vous m'offrez des honneurs, un titre fastueux:
» Clarin m'en offre autant; mais il est vertueux;
» Et qu'est-ce qu'un empire, un sceptre, une couronne,
» Si l'on n'estime point le mortel qui les donne?
» Clarin, incessamment, par les noeuds les plus doux,
» A son sort doit m'unir. Demeurez parmi nous:
» La paix n'y souffre point de sanglantes querelles,
» Vous y renoncerez aux passions cruelles,
» Aux mouvemens secrets d'ambition, d'orgueil,
» Qui des fiers Conquérans tôt ou tard sont l'écueil,
» Et qui vous rendent même un tant soit peu féroce.
» Croyez-moi, Monseigneur, assistez à ma noce,

» Et soupez avec nous en petit comité. «

» M'ABAISSER à ce point, dit le Duc irrité,
» Avec des roturiers, moi qui jamais ne soupe,
» Et qui de mes valets rélègue au loin la troupe!
» Y pensez-vous? « Il rentre, et va trouver Clarin:
» Monarque d'un moment, je suis ton Souverain, «
Lui dit l'altier Baron. « J'adore Zophilette;
» Elle est appétissante, et, malgré l'étiquette,
» Qui ne me permet pas de l'admettre en mon lit,
» Je la veux épouser, tu m'entends, il suffit;
» Cède-moi cet objet; qu'un navire sur l'heure
» Nous conduise tous deux dans ma noble demeure;
» Tu pourras avec nous fuir ce bord étranger,
» Et sous mes douces loix de nouveau te ranger.
» Il vaut mieux me servir qu'être Roi dans cette Isle.
» Seigneur, lui dit Clarin, je trouve ici l'utile
» A l'agréable uni; chez messieurs les Normands,
» Grace à vos douces loix, j'ai mal passé mon tems.
» Et je suis affligé de ne pouvoir vous suivre,
» Dans l'Isle des Pêcheurs il vaut cent fois mieux vivre;
» Puisque vous désirez de revoir vos états,
» Sans peine j'y consens, et mon dessein n'est pas
» Que, malgré vous, ici mon peuple vous arrête.
» Il vous faut un vaisseau, je consens qu'on l'apprête;
» Qu'en France il vous conduise, et puisse le malheur,
» Ce grand maître des Rois, adoucir votre cœur!
» Ne m'enviez donc plus la main de Zophilette!
» Partez, soyez heureux, et ma joie est complette. »
A de pareils discours que réplique-t-on? Rien.
Ils sont victorieux. Le Tyran Neustrien
Est surpris toutefois qu'à ce point on le brave,
Et dans le nouveau Roi voit toujours son esclave.

Il se tait, non sans peine, et le sage Clarin
Le suit jusques au port où, dès le lendemain,
Un navire tout prêt à voguer vers la France,
Dans ses états Normands conduit son Excellence.

On ne peut voyager, sans beaucoup réfléchir;
C'est un besoin de l'ame, et souvent un plaisir.
Hispinard, en chemin se disait à soi-même:
» Que Clarin est heureux! On me déteste; on l'aime:
» A peine débarqués dans l'Isle des Pêcheurs,
» On m'ignore, on m'oublie: on l'y comble d'honneurs:
» Il reçoit la couronne, et moi, la bastonnade,
» Zophilette l'adore, et me trouve maussade.
» Le serais-je en effet? hélas! j'en ai grand peur:
» Chassons de mon palais ce peuple adulateur,
» Dont le perfide essaim autour de moi bourdonne:
» Profitons des conseils que le malheur me donne:
» De l'honnête Clarin imitons les vertus:
» Ne rions plus au nez des malheureux pendus;
» Et quoique né Baron d'une vaste province,
» Soyons homme sur-tout, avant que d'être Prince. »

RIEN DE TROP.

O Tems fameux des Grecs, beaux jours que j'idolâtre!
Tems où, dans le Lycée, au Portique, au Théâtre,
Les Sciences, les Arts et les talens divers
Enchantaient des mortels, maîtres de l'Univers!
Age illustre où nâquit la noble Poésie!
Age des Périclès, de Platon, d'Aspasie!
Vous avez vu sur-tout fleurir la Liberté.
La Liberté des Grecs fut la Divinité;
Est-il pour les Humains quelque bonheur sans elle?
Peuple heureux, les François vous ont pris pour modèle,
Nous aimons, comme vous, les arts et la raison;
Et la Philosophie a sur notre horison
Fait descendre par fois une utile lumière:
Mais cette Liberté, des biens source première,
Cette Nymphe adorable, au regard fier et doux,
Viendra-t-elle bientôt habiter parmi nous?
Oui, je la vois déjà qui plane sur nos têtes,
A travers les éclairs, à travers les tempêtes.
Elle arrive; la paix a marché sur ses pas;
Et nos tyrans, plongés dans la nuit du trépas,
N'étouffent plus la voix de nos Muses timides;
Sur nos luts enhardis que nos doigts plus rapides
Célèbrent à l'envi cette fille des cieux;
Soyons libres pourtant et non licencieux.
Ah! si l'indépendance est le trésor du Sage,
Ne le profanons point par un coupable usage.
Qui veut la conserver, en jouit sobrement.
La Fontaine est sans doute un narrateur charmant.

Mais il a des tableaux voisins de la licence,
Puissé-je l'imiter sans blesser la décence !

DANS Athènes jadis né d'illustres parens,
Hyppias les perdit à la fleur de ses ans,
Et se livrant aux goûts d'une folle jeunesse,
Bientôt dans son palais, graces à sa richesse,
Vit en foule accourir d'aimables libertins;
Des Belles aux doux yeux, aux charmes enfantins,
Des Epicuriens a face rebondie,
Tous gens que nous nommons la *bonne Compagnie*;
Ces Messieurs, chaque jour, à ses festins admis,
Tout en buvant son vin se disaient ses amis,
Empruntaient son argent pour lui prouver leur zèle,
Et les Dames sur-tout d'humeur très-peu cruelle,
Minaudant, souriant à ses moindres discours,
L'enivraient à longs traits du poison des Amours.
Tout au bon Hyppias, plongé dans ces délices,
Paraissait annoncer des jours longs et propices.
Rien n'est stable pourtant, et le sort des Humains,
Comme celui des Dieux, change au gré des Destins.
Hyppias s'endetta; c'est la suite ordinaire
Des désordres, des jeux. L'Aréopage austère,
Tribunal si fameux chez les Athéniens,
Du prodigue Hyppias fit saisir tous les biens,
Et messieurs ses amis soudain l'abandonnèrent,
Se moquèrent de lui, même le chansonnèrent.
Les Dames, à leur tour, firent à leurs faveurs
Succéder les mépris et sur-tout les rigueurs.
Tant qu'au jeune Hyppias il resta des richesses,
Il eut des complaisans, des flatteurs, des maitresses.
La Fortune s'envole; adieu ce vain concours.
Tel le Zéphir léger fuit avec les beaux jours.

UNE

UNE maison aux champs, voisine de la ville,
Est tout ce qu'il possède; il y cherche un asyle,
Et là dans un loisir morne et silencieux,
Maudissant à la fois les hommes et les Dieux,
Il s'abreuve du fiel de la mysantropie.
Platon l'avait instruit dans la Philosophie;
Mais Platon des Mortels pardonnant les erreurs,
De la haine jamais ne sentit les fureurs:
Sa sagesse n'avait rien d'âpre, de farouche,
Et le miel, en tout tems, distillait de sa bouche.
Le disciple, indulgent dans la prospérité,
Devint altier, chagrin dans la calamité;
Il interpréta mal les leçons de son maître:
Il avait vu pourtant dans son réduit champêtre
Un certain Artapherne accompagner ses pas,
Autre sage manqué; cet ami d'Hyppias,
Abhorrait les Humains, les croyait tous perfides,
Méchans, fourbes, cruels, intéressés, avides,
Ne les peignait jamais que de noires couleurs,
Pleurait de leurs succès, riait de leurs malheurs;
Les appelait brigands, loups ravisseurs, infâmes,
Et se plaisait sur-tout à décrier les femmes.
Il avait, d'Hyppias entretenant l'humeur,
Rembruni son esprit et desséché son cœur.
Un jour qu'assis auprès d'une table frugale,
Ils s'escrimaient ensemble à parler de morale,
Hyppias voit venir dans son humble séjour
Deux Beautés qu'on prendrait pour les sœurs de l'Amour.
Il se lève, il accourt, reconnait Théonelle,
Qu'escortait Lycoris son esclave fidelle;
Hyppias est saisi d'un doux étonnement:
Jadis pour Théonelle un tendre sentiment

A brûlé dans son ame ; et quel bonheur suprême,
Quand on est malheureux, de revoir ce qu'on aime!
Dans un bosquet champêtre il la conduit soudain.
L'aspect de cette Belle a calmé son chagrin;
L'air en devient plus pur, la rose plus vermeille;
Lui-même s'emparant d'une simple corbeille,
Va cueillir à l'instant les fruits de la saison,
Les offre à Théonelle, et sur un vert gazon
Tranquillement assise, aux bords d'une onde pure,
Elle jouit en paix des dons de la Nature.
Théonelle en son coeur roule un dessein caché;
Par son ordre déjà Lycoris a marché
Sous les toits d'Hyppias, où le sombre Artapherne,
Tel que le noir Cerbère, aux portes de l'Averne,
Abboye incessamment contre l'Humanité.
Artapherne, à l'aspect de la jeune Beauté,
Sent de son front hideux fuir les nuages sombres,
Et la prend pour Vénus descendant chez les Ombres.
Laissons-les un moment, et rentrons au bosquet.
Théonelle déjà, pour remplir son projet,
Au sensible Hyppias adressait ce langage:
Qu'aux Nymphes répétaient les échos du rivage.

» HYPPIAS, écoutez : lorsqu'à tous vos désirs
Souriait la fortune, et que dans les plaisirs,
Comme un songe léger, fuyait votre jeunesse;
Vous m'avez fait l'aveu qu'une vive tendresse,
Pour moi, depuis long-tems, régnait dans votre coeur;
J'y parus insensible, et cachant mon ardeur,
Avec soin, à vos yeux, je l'empêchai d'éclore:
Je vous aimais pourtant, et je vous aime encore;
Ce n'était point à moi de vous en informer;
J'aurais dû contenir, j'aurais dû renfermer

Ce secret qui m'échappe, et dont la connaissance
Me fera par la Grèce accuser d'imprudence,
J'en rougirai long-tems; mais sachez qu'en ces lieux
Je ne viens aujourd'hui que par l'ordre des Dieux.
Vous savez quels honneurs Athènes rend aux Grâces;
Des vastes champs de l'air franchissant les espaces,
Elles m'ont apparu dans l'ombre de la nuit,
Et daigné, par ces mots, éclairer mon esprit. «

» Nous t'aimons, Théonelle; avec reconnaissance
Nous recevons tes voeux, quand ta main nous encense:
Nous savons qu'Hyppias a des charmes pour toi,
Et nous te promettons et sa main et sa foi,
Pour te récompenser de tes pieux hommages.
Il a cru tout à coup monter au rang des Sages,
En fuyant les humains, que sans cesse il maudit;
Va dissiper soudain l'erreur qui le séduit,
Qu'il rentre dans les murs de la superbe Athènes,
Où l'Amour, de nouveau, lui veut donner des chaînes,
Et qu'imitant sur-tout le reste des mortels,
De festons & de fleurs il pare nos autels.
Qu'aux Grâces, en un mot, Hyppias sacrifie.
Jusques à ce moment, un malheureux Génie,
Offrant à ses regards un phosphore trompeur,
L'a conduit aux plaisirs & non pas au bonheur.
Nous le détromperons: notre vive lumière,
D'un éclat tout nouveau frappera sa paupière:
Digne de Théonelle, & digne enfin de nous;
Que sa félicité va faire de jaloux! »

» A peine ce discours a frappé mon oreille,
Qu'étonnée & tremblante, en sur-saut je m'éveille,
Et reconnais bientôt les trois célestes Sœurs.
Ne convenez-vous pas de toutes vos erreurs?

O mon cher Hyppias ! d'Alcibiade émule,
Libertin comme lui, la flamme qui vous brûle,
Vous égara d'abord, & sur mille Beautés
Promena tour-à-tour vos regards enchantés ;
D'un excès, tout-à-coup, vous tombez dans un autre.
De l'Amour inconstant jadis ardent Apôtre,
Vous prêchez aujourd'hui l'insensibilité ;
Vous fuyez les plaisirs & de la Volupté,
Vous repoussez au loin la coupe enchanteresse.
Votre affabilité s'est changée en rudesse,
Que dis-je ? avec horreur, vous voyez les Humains :
Votre cœur les déteste, & des plus fiers dédains,
Vous ne rougissez pas d'accabler les Grecs même,
Ce Peuple généreux qui vous plaint & vous aime.
Mais en ces lieux, dit-on, vous avez un ami,
Des humains, comme vous, implacable ennemi ;
Un certain Artapherne, espèce de sauvage,
Qui n'est que Misanthrope, & qui se croit un Sage.
Quel est cet insensé ? que fait-il avec vous ?
Ce faux Sage, à coup sûr, digne de mon courroux,
N'est qu'un vil charlatan, échappé du portique.
La Raison n'eut jamais ce zèle fanatique.
Oui, mon cher Hyppias, je ne sais quel démon
A placé près de vous ce singe de Timon.
S'il blâme les plaisirs de l'aimable Jeunesse,
Ce n'est que par envie, & jamais la Sagesse
N'affecta ces dehors farouches & bourrus ;
Sans la douce Indulgence, il n'est point de vertus.
Regardez Périclès, Epicure, Aspasie,
Et Socrate, sur-tout le Dieu de la Patrie.
Les voit-on condamner l'Amour, la Volupté,
Et d'austères atours couvrir la Vérité ?

Des Grâces, de Vénus, adorateurs fidèles,
A tout ce qui veut plaire, ils servent de modèles,
Et la Vertu, la Gloire ont consacré leurs noms;
Imitez leur exemple & suivez leurs leçons.
On n'est heureux & grand qu'en marchant sur leurs traces
Venez, venez, comme eux, sacrifier aux Grâces:
Leur temple n'est pas loin; ne le voyez-vous pas
Dans les airs s'élever? J'y conduirai vos pas.
Venez, sur leurs autels déposant des guirlandes,
Nous leur présenterons nos deux cœurs pour offrandes. »

Que l'éloquence est forte, alors qu'elle a recours,
Pour mieux persuader, au charme des Amours.
Du sensible Hyppias l'ame est déja blessée.
Malgré l'éloignement, présente à sa pensée,
Théonelle autrefois a régné sur son cœur,
Et de ses vains projets ce discours est vainqueur;
N'écoutant plus alors que sa vive tendresse,
Le Misanthrope altier cède à l'enchanteresse;
Il tombe à ses genoux. Changé, dès ce moment,
De la suivre par-tout, il lui fait le serment:
Son sort de la Beauté va désormais dépendre.

Vers le réduit modeste, il est temps de se rendre.
Ils quittent le bosquet, & se donnant la main,
Tous les deux aussi-tôt en prennent le chemin:
Mais à peine arrivés, ô bizarre spectacle!
Artapherne déja triomphant de l'obstacle,
Qu'oppose à ses désirs la Pudeur aux abois,
De l'hospitalité viole tous les droits,
Et donne à Lycoris des leçons de sagesse,
Comme n'en donnaient point les sages de la Grèce.
Hyppias indigné, des mains du ravisseur,
Malgré tous ses efforts, l'arrache avec fureur,

De sa maison le chasse, & pleurant son injure,
La Belle dans un coin rajuſte sa coëffure.
-- Eh bien ! était-ce en vain que j'avais des soupçons ?
Et d'Artapherne encore suivrez-vous les leçons ?
Je vous suis, lui répond l'Athénien senſible ;
Vous triomphez de moi par un charme invincible :
Les Grâces elles-mêmes ont dicté vos discours ;
Je m'entends appeler dans leur temple, & j'y cours.
Théonelle, à ces mots, de Lycoris suivie,
A travers les sentiers d'une vaſte prairie,
Le conduit dans le temple où les Sœurs de l'Amour,
Par l'ordre de Vénus ont fixé leur séjour.
L'Oracle eſt consulté. Prompte à les satisſaire,
Une voix leur répond du ſond du sanctuaire,
Et des tours ambigus ſuyant l'obſcurité,
S'exprime sans emphase, & parle avec clarté ».

» C'EST nous, jeune Hyppias, qui, par un noble zèle,
Avons dans ta retraite envoyé Théonelle ;
Tu cherches le bonheur : épouse-là soudain,
Et cesse de haïr le pauvre Genre-Humain.
Le ſarouche Artapherne égara ta jeunesse :
Il ne faut rien outrer, pas même la Sageſſe ».

CES mots, pour Hyppias, sont un ordre des Cieux,
Et de nouveaux rayons viennent frapper ses yeux.
Avant son infortune, aux Grâces innocentes,
Il avait follement préféré les Bacchantes :
Il changea de conduite : indulgent, modéré,
Les syſtêmes trompeurs qui l'avaient égaré,
Ne le rendirent plus au sentiment rebelle,
Que dis-je, il se hâta d'épouser Théonelle,
Sçut entre les excès prendre un juſte milieu,
Et ne fut, en un mot, *trop* ſage ni *trop* peu.

LES DANGERS DU MENSONGE,

CONTE MORAL.

J'AIME beaucoup ces Rois, qui, fermes sur le Trône,
D'une vaillante main, défendent leur couronne,
Qui règnent par eux-même, & qui, dans leurs Etats,
Font fleurir l'industrie au retour des combats,
Encouragent les Arts, & grands par la victoire,
Doivent à leurs vertus une nouvelle gloire.
Tel fut cet Edouard estimé de l'Anglais,
Qui subjugua trois fois le superbe Ecossais,
Et rendit, quoique Roi, son peuple heureux & libre.
Il tenta le premier d'établir l'équilibre,
Entre les trois pouvoirs, l'un de l'autre rivaux
Par qui les citoyens deviennent tous égaux,
Et qui, se combattant sans jamais se détruire,
Du Monarque lui-même affermissent l'Empire.

POURQUOI cet Edouard, à bon droit respecté,
Manqua-t-il si souvent de générosité?
Pourquoi fut-il cruel? La soif de la vengeance,
Ne lui permit jamais de pardonner l'offense,
Et si l'on n'est clément, a-t-on droit de régner?
Edouard par l'Amour se laissa gouverner.
L'amour des plus grands Rois fit la honte ou la gloire.
Et, pour s'en assurer, qu'on parcoure l'histoire.
Le récit qu'on va lire (1) est par elle attesté.

Au temps de ce Monarque, une jeune Beauté

---

(1) C'est au Roi Edgard qu'est arrivé l'événement qu'on va lire; mais on a cru devoir le placer sous le règne d'Edouard I, parce que ce Prince jetta un plus grand éclat, & que d'ailleurs tous les Historiens l'accusent d'avoir été enclin à la vengeance.

Règnait par les appas sur toutes ses rivales,
Et telle que Cypris ne trouvait point d'égales.
Sous les yeux paternels, au château de Nevon,
Elle coulait sa vie ; Elfride était son nom,
Et d'Edouard à peine il a frappé l'oreille,
Qu'il brûle d'admirer cette rare merveille,
Que de l'épouser même, il conçoit le dessein.
La fille de Nevon, au jeune Souverain
Peut apporter en dot une province entière:
D'une Maison puissante elle est seule héritière,
Et pour le rendre heureux jusqu'à son dernier jour,
La Politique enfin s'accorde avec l'Amour.

Il mande Thénelgard, favori de son Maître ;
Thénelgard à ses yeux se hâte de paraître.
» Ami, lui dit le Roi, vous connaissez mon cœur:
Vous savez que toujours, par un charme vainqueur
La Beauté le soumit & lui donna des chaînes.
Tout Roi paye un tribut aux faiblesses humaines ;
La mienne, en ce moment, je l'avouerai tout bas,
Est d'aimer un objet que je ne connais pas.
D'Elfride, m'a-t-on dit, rien n'égale les charmes:
Jamais je ne l'ai vue, & je lui rends les armes,
Et je brûle en secret de lui donner la main ;
Du château de Nevon prenez donc le chemin :
Allez trouver Elfride, & Ministre fidèle,
S'il est vrai qu'en effet elle soit la plus belle
Des femmes de ma Cour & de tous mes Etats,
Dites-lui, qu'enflammé pour ses divins appas,
Je dépose à ses pieds mon sceptre & ma couronne,
Et veux à mes côtés la placer sur le Trône.
Pour traiter cet hymen dans mon cœur résolu,
Je ne cède qu'à vous mon pouvoir absolu ;

Partez, je vous devrai le repos de ma vie ».

THÉNELGARD obéit, & son ame est ravie
De pouvoir concourir au bonheur de son Roi.
Il l'aime, & le servir est sa première loi ;
Au château de Nevon, il se fait introduire ;
Elfride se présente, & bientôt il l'admire.
Sur les Monts Ecossais, près les champs de Lena,
Telle parut jadis la belle Malvina,
Quand du Barde Ossian, Chantre des morts célèbres,
Sa harpe répétait les cantiques funèbres ;
Elfride est sa rivale en attraits, en talens :
Ses regards aussi doux, & non pas moins brillans,
Embrâsent Thénelgard d'une ardeur immortelle.
Au désir du Monarque il devient infidèle :
Il ose d'un ami tromper le doux espoir :
L'Amour en fait un traître : oubliant son devoir,
Au comte de Nevon l'Ambassadeur perfide
Demande, et pour soi-même obtient la main d'Elfride.
C'est un manque de foi qui la met dans ses bras.
Si d'Elfride à demi j'ai tracé les appas ;
De Thénelgard sans doute avec plus de faiblesse
Je peindrais les transports & la brûlante ivresse ;
Et sur ses deux époux je tire le rideau :
Qu'un plus habile artiste achève le tableau.

THÉNELGARD cependant au sein du bonheur même,
Thénelgard aux genoux de l'épouse qu'il aime,
Du remords dans son cœur a senti le poignard ;
Il a trahi les vœux du sensible Edouard,
Et par le souvenir de cette perfidie,
Sa flamme est traversée & peut-être attiédie.
Edouard le rappelle, et plein d'un juste effroi,
» J'ai rempli, lui dit-il, les ordres de mon Roi. »

Je viens de voir Elfride, elle est assez aimable:
Mais, Sire, sa beauté qu'on disait admirable,
Ses traits qu'on vous a peints si doux, si gracieux,
Et ses divers appas n'ont rien de merveilleux;
Son oeil est bien fendu; mais elle est un peu louche:
L'incarnat de la rose éclate sur sa bouche;
Mais son sourire est triste, et quelquefois niais.
Ses cheveux sur son front forment un voile épais;
Mais le ciel leur donna cette couleur étrange
Dont n'usèrent jamais Rubens ni Michel-Ange.
Elle a presque la taille et le port de Junon,
Et le pied de Psyché n'était pas plus mignon;
Mais je crois, entre nous, qu'elle marche en cadence,
Qu'elle est un peu boiteuse; et cette confidence,
Je ne la fais qu'à vous, de peur de l'affliger.
Me préserve le Ciel de la désobliger!
Le beau sexe toujours eut droit à mon hommage.
Si, pour vous captiver, il suffit d'être sage,
Elfride l'est, Seigneur, et l'est même à l'excès. »

Ce discours refroidit le Souverain Anglais;
Sans doute la vertu vaut bien qu'on la respecte:
Mais, quand elle est outrée, un mari la suspecte;
Et l'on a guères vu réussir à la Cour
Les Dames Honesta qui font peur à l'Amour.
Edouard ne croit plus à la beauté d'Elfride:
Sans peine il y renonce, et son coeur se décide
A faire promptement un plus aimable choix.
Le même objet long-temps ne peut plaire à des Rois;
Ils sont, ainsi que nous, inconstans ou volages.

De la Tamise alors parcourant les rivages,
Un Peintre d'Italie y traçait les contours
De ces traits délicats formés par les Amours,

Qui diſtinguent ſur-tout les Angloiſes naïves,
Et fixait ſur l'émail leurs grâces ſugitives ;
Déjà, l'œil enchanté, ſous ſon mâle crayon,
A cru voir reſpirer la fille de Nevon.
Elfride eſt ſon chef-d'œuvre, & par ce bel ouvrage,
Des plus fins connaiſſeurs il ravit le ſuffrage.
Le Monarque l'apprend, il brûle de la voir :
Il a mandé l'Artiſte, & l'on peut concevoir
De quel treſſaillement ſon âme eſt agitée,
A l'aſpect de l'image à ſes yeux préſentée.
Thénelgard était là, qui rempli de terreur,
Dévorait en ſecret ſa honte & ſa douleur.
» Quelle eſt cette Beauté » dit au moderne Apelle
Le Monarque embrâſé d'une flamme nouvelle ?
» Elfride » répond-il avec timidité ;
» L'image eſt au-deſſous de la réalité. »
Thénelgard, à ces mots, ſe croit réduit en poudre :
Ils produiſent ſur lui les effets de la foudre ;
Une pâleur ſubite enveloppe ſon front ;
Edouard cependant, trop ſûr de ſon affront,
Accable de mépris l'auteur de l'impoſture,
Et pour ſe mieux venger, gardant la mignature,
Il l'achète à l'inſtant, & l'achète à prix d'or,
Au Peintre bien payé qui la regrette encor.
Thénelgard interdit, ne ſachant que répondre,
Humblement ſe retire, & ſoudain part de Londres ;
A Nevon ſe tranſporte, où l'œil baigné de pleurs,
Il conte en même temps ſa faute & ſes malheurs ;
A ſa femme ſurpriſe, encor moins qu'indignée,
Sans cette faute Elfride eût été couronnée,
Elle apperçoit ſoudain tout ce qu'elle a perdu,
Le Dépit la Dévore & malgré ſa vertu,

Elle sent pour le Roi certaine bienveillance,
Plus semblable à l'Amour qu'à la reconnaissance ;
Elle regrette même & sa main & sa foi.
C'eft l'effet que toujours produit un jeune Roi,
Quel Monarque jamais fut maltraité des Belles ?
Elles aiment l'Empire : il eft bien fait pour elles.
Thénelgard l'éprouva. » Pour contenir les feux
Du Monarque puissant dont vous tentez les vœux, »
Dit-il à fon Epouse, » écartez de vos charmes,
Et l'art de la toilette & ses perfides armes :
Il faudrait plus encor : J'ai fait de vos appas
Un portrait peu flatteur, & je ne voudrais pas
Que le Roi de nouveau m'accusât d'un mensonge ;
Il eft né violent. Je frémis quand je songe
Aux malheurs qui naîtraient de son jufte courroux.
Prétendez-vous sauver la vie à votre Epoux ?
Défendez à vos yeux ce regard doux & tendre,
Dont le plus froid mortel ne saurait se défendre.
Votre teint a l'éclat de la reine des fleurs :
Il faudrait l'obscurcir, l'éteindre dans les pleurs ;
Ne sourire jamais pour avoir l'air farouche,
Et pour cacher vos dents ne point ouvrir la bouche.
Il serait même bon de clopiner un peu :
Ce qui du Roi sur-tout peut augmenter le feu,
C'eft votre taille svelte, élancée & légère ;
Vous ressemblez par elle à la jeune Bergère
Qui courait sur les fleurs & ne les courbait pas ;
Ayez l'air de tomber, de cheoir à chaque pas ;
Daignez-vous enlaidir : que tout en vous rappelle,
Non l'adorable Hébé, moins l'antique Cybèle ;
Pour me plaire, en un mot, soyez à faire peur. »

Elfride à ce discours sourit d'assez bon cœur.

Conseiller de la sorte une femme jolie,
C'est à certains Auteurs prêcher la modestie;
C'est vouloir qu'un Prélat soit sans ambition,
Et sur l'économie haranguer un garçon.
En Angleterre, en France, une femme est la même,
Paraître jeune & belle, est son bonheur suprême.

TANDIS que Thénelgard se désole à Nevon,
Edouard veut savoir si le Peintre a raison;
Si d'Elfride, en effet, l'image est ressemblante.
La curiosité le presse, le tourmente;
Et ne pouvant la vaincre, il se rend au château
Où peut-être, à son tour, l'objet d'un feu nouveau,
Avec la même ardeur souhaite sa présence,
Il arrive, sans peine il obtient audience;
L'imprudent Thénelgard, tombant à ses genoux,
D'Elfride, au même instant, se déclare l'Epoux.
Il croit par cet aveu, qui n'est que trop sincère,
Du superbe Monarque appaiser la colère:
Mais quelle est son erreur! Edouard furieux
N'apperçoit plus en lui qu'un rival odieux;
Et feignant d'oublier sa criminelle audace,
Il lui dit aussi-tôt de le suivre à la chasse,
N'exhale aucune plainte, & cache adroitement
Le projet qu'il médite en ce fatal moment.

ILS arrivent bientôt dans une forêt sombre
Où les rayons du jour combattent avec l'ombre,
Et là le jeune Roi, fondant sur Thénelgard,
Par l'amour égaré le perce d'un poignard,
Et revient triomphant où cet amour le guide,
S'applaudir à Nevon de la mort d'un perfide.

ELFRIDE en fut touchée & plaignit ses malheurs;
Ses yeux même, dit-on, versèrent quelques pleurs:

Mais ce fut par décence. On prétend que les Belles
Font grâce quelquefois aux Amans infidèles;
Mais rivales des Dieux, il est certains forfaits (1)
Que leur juste courroux ne pardonne jamais,
Et de ces mêmes Dieux les Rois suivent l'exemple.
J'en ai fourni, je crois, une preuve assez ample;
Profitez-en sur-tout, messieurs les Courtisans,
Vous mentez quelquefois pour vous rendre amusans.
Craignez de Théaelgard la triste destinée :
Je vous laisse y rêver; ma leçon est donnée. (2)

---

(1) Allusion à deux vers de la Tragédie de *Sémiramis*.

(2) Ce conte, qui a paru il y a deux ans, dans les *Etrennes du Parnasse*, a fourni le sujet d'une pièce jouée avec succès au Théâtre Italien, et intitulée : *Elfride*. Il avait paru aussi dans le Journal intéressant, intitulé, *Esprit des Journaux*.

LE VOYAGEUR
ET
L'INSULAIRE,
DIALOGUE,
Composé en Mars 1789.

LE VOYAGEUR.

Pour la première fois j'aborde dans votre Isle,
Dont le peuple a, dit-on, l'humeur douce et facile.
Le bonheur à mes vœux a toujours échappé,
Le trouverai-je ici ? ne m'a-t-on point trompé ?

L'INSULAIRE.

Soyez le bien venu. L'agile Renommée,
Par des bruits imposteurs souvent mal informée,
L'est fort bien cette fois. Nous sommes bons, humains.
Une âpre fermeté distingua les Romains.
Ce peuple fut long-temps moins poli que sauvage :
Nous ne l'imitons pas. Les Grecs sont notre image:
Nous cultivons les arts, nous aimons les talens,
Auprès de nos Laïs, moins tendres que galans,
Gaiment nous les trompons, et par ces infidelles
Trompés à notre tour, nous les trouvons plus belles.
Hospitaliers comme eux, aux hardis voyageurs
Qui traversent les mers, pour voir de près nos moeurs,
Et pour étudier nos goûts, nos caractères,
Nous ouvrons nos palais, nous les traitons en frères:

A la Ville, à la Cour vous serez bien reçu.

LE VOYAGEUR.

Que je me sais bon gré du plan que j'ai conçu!
Un voyageur ici n'arrive point sans peine.
Je ne m'en plaindrai pas:

L'INSULAIRE.

Dès ce soir chez la Reine
Vous pouvez être admis à souper, et demain
Chasser, avec le Roi, le sanglier, le daim.
Les Grands, les Financiers vous donneront des fêtes,
Et de mille Beautés vous tournerez les têtes.

LE VOYAGEUR.

Rien n'est plus gracieux. Dites-moi cependant
Si, pour les visiter, il n'est pas imprudent
De garder la moustache et l'habit que je porte.

L'INSULAIRE.

Qu'apperçois-je? L'Huissier vous fermerait la porte,
Si vous la conserviez. La Mode est dans ces lieux,
Depuis un siècle au moins, le premier de nos Dieux,
La Vanité légère, et le Luxe frivole
Ont conduit parmi nous cette fille d'Eole
Sur un char que traînaient d'agiles papillons.
Elle nous tyrannise, et nous la respectons.
Se montrer à la Cour avec une moustache!
Quand elle est si velue, il faut que l'on se cache.
Je vais vous envoyer mon barbier, mon tailleur...
Mais, vous n'écoutez pas, vous avez l'air rêveur:
Un objet vous occupe, et semble vous distraire:
Vos yeux au loin fixés....

LE VOYAGEUR.

Quel est cet Insulaire

Qui,

Qui, pâle et tout courbé sous le poids des douleurs,
Tend la main aux passans peu touchés de ses pleurs?

L'INSULAIRE.

C'est un pauvre.

LE VOYAGEUR.

Qu'entends-je? Un pauvre dans votre Isle.

L'INSULAIRE.

Un pauvre, dites-vous? Il en est plus de mille.

LE VOYAGEUR.

Quoi! plus de mille ainsi tendent par fois la main?
Et vous osez vous dire un peuple doux, humain;
Ah! vous m'avez trompé; votre chère Patrie
N'est pas bien gouvernée; et tenez, je parie
Qu'il règne en ce séjour d'innombrables abus.
Nous sommes seuls, causons un moment là-dessus.
Je fus toujours discret: parlez en assurance,
Et de tous vos malheurs faites-moi confidence.

L'INSULAIRE.

Vous le voulez, hélas! j'y consens à regret:
De mes concitoyens achevons le portrait;
Ils sont, quoique légers, d'un commerce agréable:
Déjà je vous l'ai dit; mais ici rien n'est stable;
Mais leur gouvernement les rend si malheureux,
Que, malgré moi, souvent je m'attendris sur eux.
Un pauvre vous surprend; nous avons des esclaves
Que des Moines cruels ont surchargé d'entraves.

LE VOYAGEUR.

Des esclaves, bon-dieu! chez un peuple éclairé!
Je frémis.

L'INSULAIRE.

Par la haine, un Ministre égaré,

De votre liberté peut vous priver vous-même;
Vainement on résiste à son pouvoir suprême.
Le plus sage souvent est pris au trébuchet,
De ce qu'on nomme ici des *Lettres de cachet*.
Des bureaux d'un Visir ces lettres émanées,
Dans le fond d'un cachot vous tiennent vingt années;
Et, par l'ordre du Roi, qui souvent n'en sait rien,
Vous enterrent vivant, le tout pour votre bien.
La plainte au prisonnier n'est pas même permise.

LE VOYAGEUR.

O crime! à chaque mot augmente ma surprise.

L'INSULAIRE.

Et l'aveu que je fais m'expose à des dangers,
Si . . . . .

LE VOYAGEUR.

Je comprends: passons. J'aime à voir vos bergers
Mollement reposer sur les herbes naissantes,
Et garder en chantant leurs brebis innocentes;
Ce terrein est fertile. Ici, de tout côté,
Flore semble promettre un fructueux Eté,
Et déja dans les fleurs dont elle se couronne,
L'œil découvre à demi les présens de l'Automne.
Où les champs sont féconds, le peuple est fortuné,
Et le vôtre à jouir par le sort destiné
Doit connaître des biens plus doux que l'espérance:
Il est heureux sans doute & vit dans l'abondance.

L'INSULAIRE.

Nous tenons tout de lui. Dans les quatre Saisons
C'est lui qui nous fait vivre, & nous le méprisons;
Que dis-je? à des travaux dont rougit la Nature
Nous avons asservi la noble Agriculture.

L'habitant des hameaux, de ses robustes mains
Est forcé d'applanir de fastueux chemins,
Et de laisser languir les champs héréditaires.
Il chante cependant : l'excès de ses misères
N'a pu détruire encor sa native gaité ;
Le plaisir est souvent fils de la pauvreté.

LE VOYAGEUR.

J'AI voyagé beaucoup ; le démon de la guerre
Ensanglante sans cesse & divise la terre ;
Il secoue en tous lieux son funeste flambeau :
Vous n'avez pu sans doute éviter ce fléau.
C'est un mal nécessaire & dont rien ne dispense ;
Vous avez des soldats, quelle est leur récompense ?

L'INSULAIRE.

Des coups de plats de sabre, & quatre sols par jour.

LE VOYAGEUR.

Quoi! pour prix de leur sang! . . . Je quitte ce séjour.

L'INSULAIRE.

Arrêtez : pourrions-nous leur donner davantage ?
Nous faisons de notre or le plus sublime usage :
Il enfle, tous les ans, le trésor du Muphti,
Qui noblement nous paye en beaux *Agnus Dei*,
Et qui de l'admirer quand le désir nous brûle,
Aux fidèles permet d'aller baiser sa mule.

LE VOYAGEUR.

Puisque vous cultivez les talens de l'esprit,
Contre de tels abus on a sans doute écrit ?

L'INSULAIRE.

Oui, la Philosophie à bon droit indignée,
Souvent au pied de l'arbre a porté la coignée :

Mais l'arbre a tenu bon. Tel que les vieux ormeaux,
Qui lancent jusqu'aux cieux leurs superbes rameaux,
Quand le préjugé règne & qu'il a pris racine,
Des Sages vainement s'arment pour sa ruine.
Lorsqu'un de ces Messieurs que l'on nomme *Penseurs*,
Soit en vers, soit en prose, à l'insu des Censeurs,
S'avise d'éclairer un vulgaire crédule,
Dans la cour du Sérail aussi-tôt on le brûle;
Et même, après sa mort, des Prêtres ignorans
Le condamnent encore à des feux dévorans.

LE VOYAGEUR.

Ne soyez pas surpris si toujours je m'étonne.
Je sais depuis long-temps qu'à Goa, qu'à Lisbonne,
La très-sainte Hermandad hait fort les beaux-esprits,
Et les brûle souvent, ainsi que leurs écrits;
Mais je vous supposais une ame plus sensée.
Travailler sottement à tuer la pensée,
Et d'un usage affreux faire une sainte loi,
Le joli passe-temps!.... Vous vivez sous un Roi!
Un Roi de ses sujets doit être seul le maître;
Et comment souffre-t-il qu'un Ministre, qu'un Prêtre,
Chaque jour de la sorte abusent de ses droits,
Que de la conscience ils étouffent la voix,
Qu'ils enchaînent les corps et qu'ils damnent les ames,
Ne saurait-il changer ces coutumes infames?
Abolir ces fet-fa (1) qui, dans une prison,
Font gémir les amans de la saine raison,
Et les rendent martyrs de la Philosophie?

L'INSULAIRE.

Oh! ne l'accusez point, quand tout le justifie.

---

(1) *Fet-fa* est un mot Turc qui signifie *Lettre de cachet*.

Notre Monarque est juste, et sur-tout vertueux:
Il est humain, sensible, et, pour nous rendre heureux,
Est-il rien qu'il ne tente, et rien qu'il n'exécute?
D'un florissant empire il a prévu la chûte,
Et, pour nous délivrer d'innombrables fléaux,
Il doit tenir demain ses Etats-Généraux.

LE VOYAGEUR.

Demain, je resterai; cette assemblée auguste
Fera de vos tyrans cesser l'empire injuste;
Elle rétablira l'ordre, l'égalité,
Vous rendra le repos, sur-tout la liberté,
Et si d'un peuple esclave on y brise la chaîne,
J'aurai plus de plaisir à souper chez la Reine.

ÉPITRE (*)

A M. DE BARRUEL-BEAUVERT,

En lui envoyant une Comédie, intitulée,

LE FAUX AVARE.

Décembre 1788.

Ami, dont le talent me fut toujours utile,
Qui cent fois réprimas les écarts de mon style,
Et qui, mieux que Boileau par tes sages leçons,
M'enseignas à rimer de folâtres chansons;
Ce Boileau que je hais autant que je l'admire,
Sur ses nombreux rivaux régna par la Satyre:
Par-tout il te fit craindre, & tu le fais aimer;
Il eut jusqu'au tombeau la fureur de blâmer,
Et, dans ta jeune main, l'arme de la Censure,
Jamais, sans la guérir, ne fit une blessure.
Si, dans un faible ouvrage, éclatent de bons vers,
Aux beautés, aux défauts également ouverts,
Tes yeux en sont frappés, & ton noble suffrage,
Quand Despréaux l'éteint, ranime mon courage.
Où sont-ils à présent ces chefs-d'œuvres nombreux,
Que du plus grand des Rois vit naître l'âge heureux?
Et quels auteurs rivaux des Cygnes de l'Attique
Sont dignes en effet d'exercer ta critique?
Hélas! il est passé le siècle des Beaux-Arts;
Louis qui fut long-temps l'émule des Césars,

(*) Elle avait déja paru dans l'Almanach des Muses, sous le titre d'Épitre sur *le Déclin de la Poesie*.

Du Génie épuisa les pompeuses merveilles :
Nous lui devons Molière, & l'aîné des Corneilles.
Autre temps, autre goût : les enfans d'Apollon
S'élancent à l'envi sur les pas de Solon,
Et chaque Citoyen tranchant du politique,
S'érige en défenseur de la cause publique ;
Ce ne sont que pamphlets sur le Peuple et les Rois.
La Poésie expire : Apollon aux abois
Ne voit autour de lui que Lycurgues imberbes,
Dans leur obscurité modestement superbes,
De l'utile réforme arborer l'étendard,
Et charger de leurs noms les presses de Moutard.
Linguet veut que, s'ouvrant une nouvelle route,
Le plus juste des Rois nous fasse banqueroute ;
Mirabeau vend sa plume à qui veut l'acheter :
Il est pour, il est contre : en vain, pour le dompter,
Rougemont fit jeûner sa fougueuse éloquence.
Tous les quais sont semés d'écrits sur la finance.
Pour l'austère Mabli l'on a quitté Chaulieu,
Et jusque chez Laïs on cite Montesquieu.
Rivarol dont la Muse au Parnasse honnie,
Avec art toutefois mania l'Ironie :
Rivarol sous Brienne (1) a donné des édits.
Nos Auteurs ne sont plus ce qu'ils étaient jadis :
Ils ont fait succéder à l'humeur tracassière
Des pesans Bourvalais la morgue financière ;
Que te dirai-je encor ? mille Sullis nouveaux
Assistent en idée aux Etats-Généraux ;
Déja pour abolir les abus innombrables,
Les projets vont en foule assaillir les Notables,

---

(1) M. de Rivarol, auteur du petit Almanach de nos grands hommes, a fait les préambules de plusieurs Édits de M. de Brienne, lorsque celui-ci était principal Ministre.

Et tel réformateur, pillé par ses valets,
Aux voleurs de l'Etat fait déja le procès.

Quelle absurde manie! autrefois un Poëte
Réglait-il la dépense, ainsi que la recette?
La Fontaine, pour vivre, eût-il agioté?
Et par l'appas du gain Corneille tourmenté,
Descendant tout-à-coup de la hauteur Romaine,
Eût-il fait le métier d'un commis du Domaine?
Pour soulager nos maux n'est-il qu'un seul moyen?

Ce n'est pas que je blâme un Auteur citoyen,
Qui, pour la liberté, brûlant d'un noble zèle,
Abaisse des tyrans l'audace criminelle,
Aux peuples asservis rappelle tous leurs droits,
Les met tous à couvert sous l'égide des lois,
Et du commun bonheur rétablit l'édifice.
J'aime la liberté, j'adore la justice.
Target & Cérutti (*) dans de hardis Essais,
Ont sagement plaidé pour le peuple Français,
Et Necker, s'immolant au bonheur populaire,
De la France, à mes yeux, est le Dieu tutélaire.
Je désire ardemment qu'un bel ordre du Roi
Ne vienne plus, le soir, m'arrachant de chez moi,
Dans un vilain château noblement me conduire.
J'aime à penser tout haut, à librement écrire,
Et puissé-je bientôt voir tomber les cizeaux
De la main des Censeurs que l'on nomme Royaux!
Ces heureux changemens nous couvriront de gloire.
Mais faut-il, insultant les Filles de mémoire,

(1) MM. Target & Cérutti ont fait d'excellens Mémoires sur les Etats-Généraux.

Fermer toujours l'oreille à leurs accens divins ?
Faut-il les dédaigner & briser dans leurs mains
L'équerre & le pinceau, le compas & la lyre ?
Faut-il que le Poëte, abjurant son délire,
Ne chante plus enfin les Belles ni l'Amour ?

Temps heureux où régnaient Louis & Pompadour,
Temps où, pour conquérir une fière Maîtresse,
Des prélats même en vers exprimaient leur tendresse (1),
Où Voltaire enchantait les cœurs & les esprits,
Où l'on se demandait par quels nouveaux écrits
Il devait achever d'illustrer sa carrière :
Temps où s'enrichissait la scène de Molière
Des chefs-d'œuvre divers de Collé, de Piron,
Où l'on courait en foule admirer au Sallon
Des gracieux Vanloo les peintures vivantes,
Où l'on vit soins des mains actives & savantes
L'arbre encyclopédique élever ses rameaux ;
Et, tel que le Soleil, nous lancer par faisceaux
D'un jour utile & doux les rayons salutaires ;
Temps des illusions, des brillantes chimères,
Qui pourriez des Beaux-Arts retarder le déclin !
C'en est donc fait, hélas ! je vous rappelle en vain ;
Vous ne reviendrez plus. Philosophes, Poëtes,
Vous qui, de la Raison, fûtes les interprètes,
Et qui, chargeant son front d'atours ingénieux,
L'avez rendue aimable & belle à tous les yeux ;
Votre règne est passé. Plus de chansons légères,
Plus de vers amoureux pour les jeunes Bergères.
Bernard, Pezai, Dorat, de nos boudoirs chassés,
Par des calculateurs, sont déja remplacés,

(1) Allusion aux poësies de M. le cardinal de Bernis.

Et l'art d'aimer s'oublie, ainsi que l'art d'écrire.

Que ne peut mon exemple arrêter ce délire !
Je pourrais, comme un autre, aux plus fiers Potentats,
Adresser des leçons pour régler leurs Etats,
Et me faire siffler en sifflant leurs Ministres.
Que me reviendrait-il de ces penchans sinistres ?
Platon perdit sa peine à conseiller Denys.
Les Monarques d'ailleurs de certains Beaux-Esprits,
Un peu brutalement repoussent les censures :
Le temps seul les corrige, & non pas les brochures :
Et ne vaut-il pas mieux, tranquille passager (1),
Sur la nef de l'Etat doucement voyager,
Et laisser au pilote, instruit par les naufrages,
Le soin de la conduire à travers les orages ?
Si l'on n'est ignoré, peut-on se croire heureux ?

Tu m'imites, Beauvert ; modeste dans tes vœux,
Je te vois aux genoux d'une épouse adorée
Rappeler les beaux jours de Saturne & de Rhée,
Cultiver l'art des vers, & sur ton front guerrier,
Enlacer à la fois le myrthe & le laurier.
Laisse à nos Beaux-Esprits leur délire bisarre :
Jouis de ton bonheur, & lis mon *Faux Avare*.
Montre-moi ses défauts : docile à tes arrêts,
S'il n'est point ressemblant, je changerai ses traits :
Je suivrai tes conseils, & dût le monde en rire,
J'aime mieux réformer un Drame qu'un Empire.

---

(1) Cette morale est celle d'un paresseux : j'avoue que je le suis beaucoup, & quel Poëte ne l'est pas ? Il ne faudrait pas en conclure que je suis un mauvais citoyen ; j'ai vu avec transport, avec une joie indicible les Etats-Généraux travailler à une Constitution. J'applaudis d'avance à toutes les opérations de l'Assemblée nationale, & je suis plein de respect & de reconnaissance pour tous les membres qui la composent. (*Note de l'Auteur.*)

VERS

A M. MAYET,

Directeur des Fabriques du Roi de Prusse, de l'Académie de Lyon, en lui renvoyant un recueil de Poésies qu'il m'avait prié d'examiner.

Oui, j'aime vos talens, ô Chantre de Belnie (1)!
Que vos vers où la grâce à la force est unie;
Enchantent à la fois mon esprit & mon cœur;
Tel du Pinde Français le glorieux vainqueur,
Tel autrefois Voltaire aux rives de la Sprée
Charmait de Frédéric la vieillesse honorée.
Ce Frédéric lui-même adora les beaux vers:
Poëte & conquérant aux yeux de l'Univers;
Il offrit le spectacle unique dans l'Histoire
D'un Roi qui sait combattre & chanter sa victoire.
La Silésie a vu ses exploits éclatans,
Et ses nobles écrits vivront dans tous les temps.
Que dis-je? il soumit tout à son vaste génie,
Et parcourant des Arts la carrière infinie,
Il fit plus. L'or, dit-on, est le nerf des combats:
Point d'argent, point de Suisse, & partant de soldats,
Ce métal est leur Dieu. Les héros d'ordinaire
En empruntent beaucoup, mais ils n'en prêtent guère;
Et Frédéric pourtant vint à votre secours (2);
Quel bonheur est le vôtre! Au printemps de vos jours,

(1) Poëme de M. Mayet.

(2) Le Roi de Prusse, Frédéric II, a prêté de l'argent à M. Mayet, que celui-ci lui a rendu fidèlement.

Vous l'avez vu lassé des travaux de la guerre,
Par amour pour la paix s'armer de son tonnerre,
Le tenir suspendu sur la tête des Rois,
Rendre le calme au monde en défendant ses droits,
Et d'un Dieu protecteur lui présenter l'image.

Quel Poète, à ces traits de bonté, de courage,
D'un luth mélodieux n'armerait point ses mains,
Et ne chanterait point le plus grand des Humains?
Ah! que n'ai-je le vôtre & la douce harmonie
Que mêle à tous vos airs la tendre Polymnie?
Je peindrais Frédéric non parmi les hasards,
Marchant environné de Pandours, de Hussards,
Et dans la Germanie apportant l'épouvante!
Dans son art meurtrier ma Muse est peu savante;
Ma main lancerait mal des foudres, des carreaux,
Sans beaucoup les aimer, j'admire les Héros:
Leur belliqueuse ardeur jamais ne me travaille;
Un souper, entre nous, vaut mieux qu'une bataille,
Et rarement Bellone eut des charmes pour moi.

Je peindrais Frédéric, quand cessant d'être Roi,
A table avec d'Argens, Voltaire & Lamettrie,
Il répandait le sel de la plaisanterie,
Sur les sots préjugés & les vieilles erreurs
Qui si long-temps du monde ont causé les malheurs,
Ou lorsqu'à Thiriot, son courtier littéraire,
Il envoyait des vers retouchés par Voltaire,
Que Voltaire souvent n'eût point désavoués,
Et par Aliboron très-rarement loués.

Je peindrais Frédéric dans une autre carrière
Avec Algarotti disséquant la lumière,
Ou suivant Maupertuis, dans son vol glorieux,
Et pesant avec lui les astres radieux;

Je le peindrais quittant les immenses espaces,
Et bientôt pour Voltaire écrivant des Préfaces (1).

Je le peindrais enfin.... Mais que fais-je, insensé?
Je ne dis rien ici que vous n'ayez pensé.
Borde vous a légué son luth facile & tendre!
Borde renaît en vous : je me tais pour l'entendre. (2)

---

(1) On sait que Frédéric a fait une Préface pour la Henriade.

(2) M. Borde était l'ami de M. Mayet & le mien, il était notre confrère à l'Académie de Lyon, & aussi recommandable par ses vertus que par ses talens. Il est mort à Lyon sa Patrie en 1781. La collection de ses œuvres a paru dans cette même Ville en quatre volumes *in-8°*, chez FAUCHEUX; elle est précédée d'un Discours intéressant de l'abbé Castillon.

ÉPITRE
A M. DE CHOISY,
*En lui renvoyant l'*ALMANACH DES MUSES *de l'année* 1788.

Vous dites vrai, Choisy; les bons mots, les bons vers,
Et les vôtres sur-tout sont les fleurs (1) des hivers:
Lorsque Zéphyr dort, il faut qu'Apollon veille:
Il faut que des Beaux-Arts la riante Merveille
De nos jardins flétris rappelle les attraits
Par d'heureux Madrigaux, poëtiques bouquets,
Et qu'ils soient présentés à nos Saphos nouvelles.
Aux champêtres Iris, aux blondes Pastourelles,
Peut-être, je l'avoue, elles ressemblent peu.
Qu'importe? Leurs regards en ont-ils moins de feu?
Et les aimons-nous moins, parce qu'à leur toilette,
Entre leurs doigts légers n'erre point la houlette?

Du Printemps, comme vous, j'admire les beautés.
Sur les bords des ruisseaux de grands arbres plantés
M'inspirent, comme à vous, de douces rêveries,
Et j'aime à parcourir les bois et les prairies;
Mais répondez de grace avec sincérité,
L'éclat majestueux d'une vaste Cité,
Ces palais, ces jardins, et ces quais magnifiques,
De la Seine enfermant les ondes pacifiques,
Et les divers travaux d'un peuple industrieux,
Et ces chars à grand bruit traînant des Demi-Dieux,

(1) Allusion à une pièce de vers de M. de Choisy, intitulée: *Le Retour du Printemps*, & insérée dans l'*Almanach des Muses*.

Tout ce noble appareil du luxe, de l'aisance,
Ne doit-il pas souvent avoir la préférence?
Vantez moins des ruisseaux le limpide crystal :
Dans un champêtre asyle on soupe seul et mal,
Et les plaisirs du soir, lorsqu'au feu des bougies
Commencent de Paris les piquantes orgies,
Valent bien un repas où, sur un verd gazon,
Folâtrent pesamment Guillot, Pierre, Alyson,
Que dis-je? on n'est heureux qu'en bonne compagnie.

Nous hantons, vous et moi, l'auteur de *Stéphanie*,
Auprès d'elle passés les jours sont des momens ;
N'en conviendrez-vous pas? La Beauté, les Talens
Font les honneurs chez elle, et président à table ;
L'homme le plus sensé n'y sait être qu'aimable ;
On n'y voit point l'Envie au regard de travers
Ambigûment louer notre prose et nos vers.
Là, Matthon (1), déposant son austère sagesse,
Du vieillard de Théos vante l'heureuse ivresse ;
Une gaîté décente anime ses bons mots,
Là, juge impartial (2) de nos Zeuxis nouveaux,
Stanislas, que des Arts l'amour sublime enflâme,
Distribue avec grâce et l'éloge et le blâme.
Assis à ses côtés, Bitaubé, Rochefort (3)
Jusques à leur Auteur s'élèvent sans effort.

---

(1) M. Matthon de la Cour, de l'Académie de Lyon, auteur de plusieurs ouvrages, & entr'autres d'une Dissertation sur les lois de Lycurgue, qui a remporté le prix à l'Académie des Inscriptions, & du Testament du fortuné Ricard.

(2) M. le comte Stanislas de Potoski, auteur de plusieurs ouvrages agréables & solides, & entr'autres de la Lettre d'un étranger sur le sallon de l'année 1788.

(3) Tous les deux ont traduit Homère ; M. de Rochefort en vers, & M. Bitaubé en prose.

Bailli nous y fait voir dans un savant modeste
Un esprit dirigé par une ame céleste.
La Touraille y rappelle et la Fare et Chaulieu;
Le vertueux Mercier (1), rival de Montesquieu,
Y prêche la raison, mais avec indulgence;
Et sur son noble front siége la Tolérance.
Là, mille esprits divers, l'un l'autre se heurtant,
S'électrisent l'un l'autre, et s'éclairent d'autant;
La Vérité jaillit du choc de leurs idées,
Et le plaisir, du fond des bouteilles vidées,
Voilà le véritable. Aux champs on est heureux?
Je le crois, ce bonheur ne tente point mes vœux:
Voltaire aima le luxe et même la mollesse;
Il l'a dit en beaux vers: mes vers, avec faiblesse
Viennent renouveller des principes si doux:
Il le faut imiter dans ses vers, dans ses goûts.
Il connut l'art de vivre autant que l'art d'écrire.

Que Théocrite, Pope, et celui dont la lyre
Célébra les amours de la belle Didon,
Et les goûts moins décens du berger Corydon;
Que ces rivaux enfin, dans la rustique Idylle,
Embellissent les champs aux dépens de la Ville;
La ville m'intéresse; elle offre à mes regards
Le spectacle imposant des talens et des arts:
Le Lycée est leur temple. Assis près d'une Belle,
On y puise du beau la science immortelle.
Les Grâces, le Génie y règnent confondus
Et Platon y raisonne à côté de Vénus.

---

(1) M. Mercier vient de publier un livre très-profond, intitulé: *Notions claires sur les Gouvernemens.*

Rousseau, me direz-vous, a, d'une main hardie,
Renversé les autels des Grâces, du Génie:
Il veut que dans les bois nous allions habiter;
Rousseau fut éloquent, mais prompt à s'exalter.
J'admire ses écrits encor qu'un peu sauvages,
Et jamais je n'irai, malgré ses beaux ouvrages,
Etablir ma demeure au fond de Kamchatka:
En le défiant, tout Paris s'en mocqua.
Sans la société priserait-on la vie!

Quand Borée, escorté de la froide Orithie,
Sur les murs de Paris vient souffler les frimats,
Je ne vais point chercher dans de plus doux climats
Des Zéphirs amoureux l'haleine tempérée.
Je reste dans Paris; ma rapide soirée
S'écoule à parcourir ces almanachs nouveaux,
Où la rose par fois, à côté des pavots,
Exhale son odeur suave, enchanteresse:
Ils charment mes loisirs et sur-tout ma paresse.
Monsieur Sautreau (1) jadis à mes versiculets
De son recueil chéri livrait quelques feuillets,
Et, peut-être, mon nom valait celui d'un autre.
Mon plaisir à présent est d'y lire le vôtre;
Le vôtre est immortel; sans aller dans les champs,
J'ai vu, graces à vous, renaître le Printemps.

---

(1) M. Sautreau de Marsi est, depuis fort long-temps, rédacteur de l'*Almanach des Muses*: non-seulement il choisit bien les vers de son Recueil, mais souvent il en fait lui-même de fort jolis.

ÉPITRE

A M. LE COMTE D'HARTIG,

CHAMBELLAN DE L'EMPEREUR.

Sur la mort de M. de Buffon, arrivée en 1788.

Tandis que député par le fils des Césars,
Qui du fier Ottoman menace les remparts,
Vous portez aux Saxons (1) la pacifique olive,
Ami, vous le savez, sur sa tranquille rive
La Seine a vu tomber le Pline de nos jours.
Il n'est plus : l'art en vain prodiguant ses secours,
A voulu prolonger sa vie et non sa gloire.
Il n'est plus !.... Qu'ai-je dit ? au temple de mémoire
Son nom avec respect sera toujours cité :
La mort pour le grand-Homme est l'immortalité.

Quel autre a mérité plus d'encens et d'hommages ?
La Grèce eût-elle même adoré ses images ;
La Grèce qui vit naître Aristote et Platon,
Grande par ses exploits autant que par leur nom ;
La Grèce eût de Buffon admiré le génie,
Et son style où la force à la grace est unie.
J'ai vu Necker, attentif à ses doctes leçons,
Se ranger noblement parmi ses nourrissons,

(1) M. le Comte d'Hartig venait d'être nommé par l'Empereur, Envoyé extraordinaire à la Cour Électorale de Saxe.

Et se former sous lui dans le grand art d'écrire.
Necker (1), si digne encor du timon de l'Empire
A mes regrets obscurs vient de mêler ses pleurs,
Et sa tendre Compagne a répandu des fleurs
Sur l'urne où d'un ami va reposer la cendre,
O Buffon! s'il est vrai que tu puisses m'entendre,
Pardonne à mes accens, pardonne à ma douleur:
Ils peignent faiblement notre commun malheur:
Mais ta bonté pour moi fut presque paternelle,
Et la reconnaissance en doit être éternelle.

Un jour, il m'en souvient, du Cygne harmonieux
Il me lisait l'histoire; on voyait dans ses yeux
D'un talent créateur resplendir la lumière:
Mais il devait bientôt terminer sa carrière,
Et déjà sous ses pieds s'ouvrait le monument.
Hélas! qui me l'eût dit qu'en ce fatal moment,
La mort n'était pas loin, et que, Cygne lui-même,
L'infortuné touchait à son heure suprême.

Vous le pleurez aussi: vous aimiez à le voir,
Du Dieu qui le créa révélant le pouvoir,
Raconter et décrire avec magnificence
L'ordre de l'Univers ainsi que sa naissance,
Des trois règnes nombrer les miracles divers,
Classer les habitans de la terre et des airs,
Et nommer l'homme enfin le roi de la Nature.
Vous avez dévoré la savante peinture
Où des cieux il mesure et sonde la hauteur,
Et nous montre le globe enflé sous l'Equateur.
Quel feu dans ses tableaux! sous sa touche hardie,
La Nature si belle est encor embellie.

---

(1) M. Necker n'entra, pour la seconde fois dans le Ministère, que six mois après la publication de cette Épître.

Rival de Prométhée, il étonna les cieux.
Nous peint-il le lion superbe, audacieux?
Du roi des animaux son style a la noblesse.
Comme il sait de ce roi descendre sans bassesse
Jusqu'au timide insecte! et comme avec grandeur
De l'éléphant bientôt il atteint la hauteur!
Comme au milieu des airs il suit le volatile,
Comme il erre à l'entour des replis du reptile;
Comme il en développe et compte les anneaux!
Avec le poisson même il nage sous les eaux.
Quel éclat enchanteur, s'il nous décrit la rose!
On croit la voir. Quels vers, de sa sublime prose,
Peuvent, à nos regards, remplacer les couleurs?
Les plus beaux fruits toujours s'y cachent sous les fleurs.

Oh! pourquoi n'est-il plus? De la mort inflexible
Pourquoi l'affreuse main, portant le coup terrible,
A-t-elle suspendu l'écrit ingénieux (1),
Où Buffon couronnant ses travaux glorieux,
Etablissait du Beau les règles immortelles,
Et joignait le précepte à ses nombreux modèles?
Du sort qui nous poursuit tel fut donc le décret:
Buffon a dans la tombe emporté son secret.

Mais devant la vertu disparait le Génie,
Et celle de Buffon aux talens fut unie.
Satisfait de sa gloire, on ne le vit jamais,
D'un peuple de rivaux envier les succès,
Et pour les rabaisser employer la satyre.
Il aima de Piron l'ingénieux délire:
Crébillon le remplit d'une noble terreur,
Et pour la vérité, quand Rousseau prit l'erreur,

(1) M. de Buffon avait commencé, durant sa dernière maladie, une Dissertation sur le style, que la mort l'a empêché d'achever.

Quand il se confessa devant l'Europe entière,
Et se dit criminel d'une voix humble et fière,
Buffon ne cessa point d'admirer ses talens.
Que de fois je l'ai vu, malgré le poids des ans,
De la Beauté sensible enviant le suffrage,
Venir à Beauharnais offrir un pur hommage,
Et daigner applaudir, avec un doux souris,
A des vers faits par elle, ou pour elle entrepris!

Je ne veux point ici d'une main téméraire,
Pour exalter Buffon, calomnier Voltaire:
Je révère l'Auteur d'Alzire et de Brutus,
Et ses talens sur-tout qui ne renaîtront plus.
Mais Voltaire, on le sait, eut souvent la manie
D'ébranler la statue élevée au Génie.
Il provoque Buffon, et veut, léger soldat,
Avec son Général engager le combat.
Il s'arme du stilet de la plaisanterie,
Et l'aiguise déja d'une main aguerrie.
Plus ami de la paix, sur-tout plus généreux,
Buffon rit de l'attaque, et trompant tous ses vœux,
Lui répond seulement par un noble silence.
Sur les pas de Voltaire un champion s'élance,
Champion s'escrimant du pied non de la main:
Buffon le voit à peine, et poursuit son chemin.
Contre le vieux lion que peut l'âne (1) en furie?

Ainsi, lorsque les fils de la froide Orithie,
Sur l'onde se heurtant, s'efforcent à grand bruit,
De plonger un vaisseau dans la profonde nuit;
L'habile Nautonnier, qui craint peu les naufrages,
L'amène dans le port à travers les orages.

(1) L'Abbé Royou, Zoïle de Buffon, & le plus acharné de ses détracteurs.

Nommerai-je à présent les nombreux ennemis
Qu'étonna son génie, et qu'il n'a point soumis;
Ceux qui traitent d'erreurs ses sublimes systêmes?
Je crois les voir pareils à des Vampires blêmes,
Dans l'ombre de la nuit se traîner à pas lens,
Et s'asseoir sur la tombe où dorment ses talens.
Détracteurs acharnés, quel Démon vous possède?
Quand la vérité brille, il faut que tout lui cède.
Je la préfère à tout; mais qui peut assurer
Qu'à ses yeux cette Vierge ait daigné se montrer,
Telle qu'aux Immortels, sans voile, sans parure?
Quel flambeau peut percer la nuit de la Nature?
Si Buffon quelquefois nous apprend à douter,
S'il est vrai qu'il s'égare, il faut le respecter.
Ainsi pense d'Hartig. Les serpens de l'Envie,
De leur souffle empesté ne troublent point sa vie.
Il coule en paix ses jours dans le sein des beaux Arts,
Et mariant le myrte aux palmes des Césars,
En vers harmonieux il chante sa Maîtresse:
Jeune encor il unit l'Amour et la Sagesse,
Voyage en Philosophe (1), et dessine à grands traits
Du monde qu'il a vu les sublimes portraits.
Il fait plus: de Buffon imitateur fidèle,
Dans ses tableaux souvent il l'a pris pour modèle,
Chaque jour avec lui cherchant la vérité,
Noble amant de la gloire et cher à la Beauté.

(1) M. le Comte d'Hartig a publié des Lettres fort intéressantes sur l'Italie, la France & l'Angleterre, quelques ouvrages d'Histoire naturelle, &, en dernier lieu, un volume intitulé: *Mélange de vers & de prose.*

L'OPTIMISTE (*)

JE fus riche autrefois, j'eus de puissans amis :
Aux petits cabinets je fus souvent admis :
Le Roi me distinguait, et la faveur du Prince,
M'a fait long-temps régner sur toute une Province.
Les Dames de la Cour m'ont assez bien traité,
Et fixant la Fortune ainsi que la Beauté,
Volages toutes deux, toutes deux infidelles,
J'ai passé mon printemps sans trouver de cruelles.
Que pour moi tout-à-coup le destin a changé !
Délaissé, pauvre, obscur, et par-tout assiégé
Des fléaux oppresseurs de l'humaine Nature,
J'ai le corps et l'esprit sans cesse à la torture.

Tout malheureux pourtant peut être consolé ;
Loin de moi pour toujours l'Amour s'est envolé ;
Je n'ai plus de Maîtresse, et dans mon sort funeste,
A peine, je l'avoue, un seul ami me reste.
Mais l'Amour est trompeur ; mais il vend ses bienfaits :
Mais ses plus doux plaisirs sont mêlés de regrets :
Mais l'Amitié souvent à son frère est semblable,
Et leur temple fragile est bâti sur le sable.
A ces Divinités n'offrant plus mon encens,
Si j'ai moins de bonheur, j'aurai moins de tourmens.

De la Cour exilé par l'Amour et l'Envie,
Du Monarque à jamais la faveur m'est ravie :

(*) M. Dorat-Cubières, en faisant cette petite pièce, n'a point prétendu lutter avec l'Auteur de *l'Optimiste ou l'Homme content de tout* : il l'a composée long-temps avant que M. Collin eût donné sa charmante Comédie, & l'on verra d'ailleurs qu'il n'y a aucune ressemblance entre l'ouvrage de M. Collin & cette bagatelle.

J'ai tout perdu, mon rang, mon crédit, mon éclat;
Est ce un si grand malheur? J'ai fait plus d'un ingrat:
Ceux qui m'ont dû leurs biens et leur magnificence,
Se moquaient en secret de ma munificence,
Et de les obliger je n'aurai plus l'honneur;
Mais l'oubli des bienfaits est affreux pour mon cœur,
Et dénué de tout, avec délicatesse,
Si quelque main discrète allège ma détresse,
Je ferai succéder, ferme dans mon devoir,
Au plaisir de donner celui de recevoir.

Je suis borgne et boiteux; ce sont deux maux sans doute:
Mais il me reste un œil; j'aurais pu ne voir goute;
Je vois, on ne peut mieux, et je sens qu'il est doux
De rendre un Quinze-Vingt de mon bonheur jaloux.
N'est pas borgne qui veut. Homère eût voulu l'être:
Il suffit, pour bien voir, d'une seule fenêtre.

Je boite en cheminant; et tombe à chaque pas;
Mais ne pouvant courir, je ne m'ésouffle pas.
A fendre l'air trop vite, on attrappe la fièvre,
Et la tortue (1) au but arrive avant le lièvre.

---

(1) On connit la Tortue & le Lievre, une des plus jolies Fables de La Fontaine.

LA MORT
DE MIRABEAU,
POÈME,

Lu au Lycée du Palais Royal, le 11 Avril 1791, avec une Préface, & des notes renfermant des anecdotes qui lui sont relatives.

Le tombeau d'un Grand-Homme est son premier autel.
ROUCHER, Poëme des Mois,

PRÉFACE. (*)

Le jour même que je lus au Lycée du Palais-Royal, le Poème que je mets au jour, plusieurs personnes éclairées qui l'entendirent, & qui s'intéressaient autant que moi à la mémoire de Mirabeau, me donnèrent non-seulement de très-sages conseils pour perfectionner mon ouvrage ; mais des anecdotes particulières, relatives à cet homme célèbre, qu'elles me permirent de publier, & d'autres me communiquèrent des manuscrits & des lettres de Mirabeau lui-même. J'ai fait également usage & des manuscrits & des conseils ; on s'en appercevra en lisant mon Poème ; on

(*) Ce Poème, les Notes et la Préface qui l'accompagnent, parurent peu de jours après la mort de Mirabeau, dans un recueil, intitulé : *Mirabeau jugé par ses amis et par ses ennemis*. Le Poème reparut seul dans *l'Almanach des Muses* de cette année, et j'ai vu avec plaisir que la plupart des Auteurs qui, depuis ont écrit sur Mirabeau, n'ont pas dédaigné de mettre à contribution mes Notes et ma Préface. M. Manuel, entr'autres, m'a fait cet honneur, dans la Préface qu'il a mise lui-même à la tête des Lettres originales de Mirabeau, et j'ai été charmé de me rencontrer avec lui dans l'opinion que j'ai toujours eu de ce grand homme. Je n'ai jamais cru qu'il fût né vicieux, j'ai cherché à prouver même qu'il avait plus de dispositions à la vertu, qu'on ne l'a cru communément : eh qui pourrait encore en douter, après avoir lu la Préface de M. Manuel, et sur-tout les *Lettres originales* ?

s'en appercevra sur-tout en lisant cette Préface. Je voulais d'abord intituler cette dernière : *Précis historique sur la vie & les ouvrages de Mirabeau ;* & je l'aurais pu, sans doute, puisqu'elle est consacrée à parler de ses ouvrages & de sa vie : mais j'ai craint que ce titre ne parût ambitieux, & il vaut mieux promettre moins & donner davantage, que de donner peu & promettre beaucoup. J'ai d'ailleurs mis peu d'ordre dans cette Préface. Les jugemens & les faits y sont épars, & ma plume les laisse tomber négligemment plutôt qu'elle ne les arrange. Un précis historique doit être en même temps & méthodique & chronologique. Je suis brouillé depuis long-temps avec la chronologie & la méthode, & dût-on se scandaliser de mes opinions, je pense qu'il est plus aisé de symétriser des vers que de toiser des périodes. Cependant, grace aux secours que j'ai reçus, on trouvera dans cette Préface des anecdotes curieuses qui n'étaient point connues, & quelques lettres de Mirabeau, qui jusqu'à ce moment, n'ont pas été imprimées ailleurs. La lettre suivante est de ce nombre : elle a été adressée à M. Bérenger dont M. Mirabeau était le compatriote & l'ami ; c'est de M. Bérenger lui-même que je la tiens, & je la crois bien digne d'occuper ici la première place.

LETTRE

De M. de Mirabeau à M. Bérenger, écrite en 1783.

» Je vous dois de tendres remercîmens, mon chér Compatriote ; non pas pour la lettre charmante que vous m'avez écrite, & que je suis obligé de regarder d'un oeil sévère, de peur qu'elle n'imprime dans mon ame l'illusion trop décevante de la louange, adressée par un homme d'un grand mérite & d'un beau talent, mais pour la marque de souvenir que vous me donnez & la connaissance de M. Pastoret que vous me procurez.

» Il y a long-temps que je vous aurais prévenu, si j'avais su comment découvrir votre adresse certaine en Provence, & si je n'avais pas craint que ma lettre se croisât avec vous, dont j'attendais impatiemment le retour ; j'espérais qu'il vous ramènerait au moins en passant à Paris ; & certainement, si j'avais été averti à temps de votre passage à Briare, comme j'étais alors à Fontainebleau, j'aurais été vous embrasser & vous féliciter sur le meilleur état de votre santé dont M. Pastoret m'a dit du bien. . . . .

» J'ai été bien touché du sentiment qui vous a fait me l'adresser : votre estime pour lui m'est garant que je ne vous devrais pas ce bienfait, si vous m'en croyez indigne. Pour moi, je suis content de voir un jeune Magistrat aimer les Lettres, croire qu'elles seules peuvent, sinon procurer, du moins embellir & rendre vraiment dignes de l'homme tous les genres de gloire ; chercher dans la Philosophie les vertus & les lumières de son état, & penser que l'hermine & la toge ne peuvent plus recevoir de lustre, ou plutôt recouvrer une vraie, grande & durable considération, que par la double association des Muses & de la Philosophie. Je suis si content de cela, si attendri de l'espoir que me donnent les intentions, les principes & les projets de cet aimable jeune homme, que je l'ai remercié d'être Marseillois, & qu'au bout de quelques minutes, j'ai été aussi à mon aise avec lui que si je l'eusse connu toute ma vie.

» Quant aux Barthe, il faut qu'il soit bien doux de vous être agréable ; car ils m'ont remercié déja plusieurs fois & avec la chaleur candide que vous leur connaissez, de l'heureuse idée de vous avoir adressé à eux. Voyez donc comme j'ai été heureux en me faisant plaisir ; mon étoile ne m'a pas toujours si bien servi, & il fallait que je vous rencontrasse à Saint-Vallier pour changer les chances de la fortune.

» Je ne suis pas étonné, mon cher Compatriote, que votre ame noble & sensible ait été touchée de l'émotion vraiment assez forte que les injustices que j'ai éprouvées en Provence, & la manière dont je les ai soutenues y ont produite. La bienveillance publique a couronné mes malheurs, & il est plus doux de souffrir ainsi, que de triompher par l'indifférence des moyens & l'impudence des manoeuvres. Mais je serais bien fâché que vous jugeassiez mes défenses par ce qui a été imprimé. Incorrection, précipitation, réticences, tout y est contre moi. Mes plaidoyers qui ne sont & ne seront probablement jamais publics, sont tout autrement oratoires ; mais qu'est-ce que l'éloquence appliquée à des causes litigieuses & particulières ? & quel odieux polémique ! quelle triste existence que celle de consumer tout son temps, toutes ses forces & le peu qu'on a reçu de la Nature, à gagner ou perdre des batailles dans un jour ! quelle situation déplorable que de se voir forcé à des apologies, à démontrer qu'on n'a pas cessé d'être estimable, & sur-tout qu'on n'a pas cessé d'être malheureux & déchiré par ceux dont on devait attendre son bonheur! Ah! s'ils n'avaient pas en quelque sorte lié mon honneur à ce procès, comme je l'abandonnerais! comme je n'opposerais à la calomnie que le silence, & à mes malheurs domestiques, que la patience & la noble vengeance des procédés qu'ils ne m'ôteront pas! Mais telle n'est point ma destinée. La Nature semble m'avoir voué aux outrages. Heureux, si, après bien des fautes, & j'ose le dire, plus de revers, je trouve le port! heureux, si mon étrange famille me permet de la sauver en me sauvant, & ne me réduit pas au blasphême que le désespoir arrachait à Brutus! Heureux sur-tout, & ceci j'ose me le promettre, si je ne cesse pas de mériter l'estime des hommes qui, tels que vous, ont des droits à celle de tous les êtres pensans, & ne jugent ni sur les évènemens, ni sur les perfides *on dit*, ni sur les vaines clameurs!... N'oubliez jamais que j'attends de vous cette justice. Quelque jour, je causerai avec vous sur l'histoire de ma vie entière; vous ne comprendrez pas, & ne pourrez croire ce dont vous serez pourtant convaincu.

Je dois vous parler du *Voyage de Provence* que je tiens de votre bonté. J'y ai trouvé, vous n'en doutez pas, de la prose charmante &

en

en vérité, de très-beaux vers de tous genres, sensibilité douce & pénétrante, talent descriptif, style pittoresque, imposante harmonie. La Nature vous a fait Poète, & si vous avez le courage d'être difficile à vous-même, si vous respectez, autant que vous le devez, le grand talent qu'elle vous a donné, vous irez loin, très-loin.

» Mais, mon cher Compatriote, permettez une observation qui vous prouvera mon amitié & mon estime, & sera le digne prix de vos louanges exagérées. Vous pouvez être à une si grande hauteur du bel-esprit, de la manière, de l'afféterie, que vous seriez inexcusable, si vous y tombiez, & j'ai cru voir quelquefois un peu de recherches dans votre prose. Ah! seriez-vous donc assez bête pour avoir peur de n'avoir pas assez d'esprit? Laissez, laissez couler votre verve, & soyez sûr que vous aurez toujours bien mieux que de l'esprit. Écrivez avec votre ame, mon cher Compatriote, & je vous assure qu'avec quelque profusion que le soleil des Troubadours ait versé sur vous ses étincelles, vous serez beaucoup plus nerveux & beaucoup plus grand que vous ne sauriez l'être avec toutes les fusées méridionales. Voyez votre treizième lettre, où la grandeur du sujet, la beauté du spectacle ne vous a permis que d'être peintre, & vous a fait oublier que M. Bérenger passe pour avoir beaucoup d'esprit. Comme elle est éloquente : comme elle est fièrement dessinée & superbement coloriée ! .... *Il a bien de l'esprit ce monsieur Bérenger !* ..... J'aimerais autant qu'on me battît, quand on me dit cela. L'homme véritablement éloquent, véritablement sensible, l'homme poète est au-dessous de lui-même, quand il n'a que de l'esprit, & sur-tout quand il a l'air de le chercher. Que je ne vous y surprenne donc plus, & pour me récompenser de ma loyauté, envoyez-moi le *porte-feuille d'un Troubadour* que vous m'avez promis, & que je veux tenir de vous.

Adieu, mon très-aimable Compatriote, je n'ai nul droit à vos *respects :* je tâcherai de mériter votre amitié, & je tiendrai à honneur, toute ma vie, d'avoir pu vous en inspirer. »

Je ne suis pas étonné, mon cher Compatriote, que votre ame noble & sensible ait été touchée de l'émotion vraiment assez forte que les injustices que j'ai éprouvées en Provence, & la manière dont je les ai soutenues, y ont produite. Il y a de l'incorrection & de la négligence dans cette phrase, & ces défauts sont assez communs dans les ouvrages de Mirabeau : il mettait, en général, plus de profondeur dans sa pensée, que de grace dans son style : mais qu'il règne un abandon touchant dans cette lettre à M. Bérenger ; & que l'expression de la sensibilité y rachète bien les fautes contre la Grammaire. L'éloge qu'y fait Mirabeau de MM. Pastoret & Bérenger, est d'autant plus juste, que l'un & l'autre l'ont confirmé depuis, par leurs ouvrages & leur patriotisme, & cette lettre n'est pas le seul ouvrage de Mirabeau où l'on trouve des prophéties que les évènemens ont vérifiées. Mirabeau, le plus communément, a écrit comme les prophêtes : il avait leur chaleur sombre, leur obscurité, leur force ténébreuse, si je puis me servir de ce terme, & c'est presque toujours à travers les nuages que brillaient le trait de son éloquence & le feu de son expression. Ce jugement est applicable à la plupart des ouvrages qu'il a publiés avant la révolution ; il suffit de les lire pour s'en convaincre. Il a fait imprimer, avant la révolution, un *Essai sur le Despotisme*, les *Inconvéniens des Lettres-de-cachet*, des *Considérations sur l'Ordre de Cincinnatus*, des *Considérations sur la Banque de Saint-Charles*, une *Lettre à Frédéric-Guillaume, Roi de Prusse*, qu'il a présentée lui-même à Frédéric-Guillaume ; une *Lettre aux Bataves sur le Stathoudérat*, *l'Histoire de la Monarchie Prussienne*, *Dénonciation de l'agiotage*, plusieurs *Mémoires* & autres *Lettres*, &c. La plupart de ces ouvrages, il faut le dire, sont déparés par le néologisme & par une sorte d'âpreté & de rudesse dans le style, qu'il a l'air de prendre quelquefois pour la profondeur & pour la force. La prose de Mirabeau ne ressemble ni à celle de J. Jacques Rousseau, ni à celle de Buffon, ni sur-tout à celle de Voltaire. La prose de ces grands Écrivains est faite pour servir de modèle, & celle de Mirabeau n'en servira pas; mais ce ne sont pas les mots qu'il faut chercher dans les ouvrages de Mirabeau, ce sont les choses, & certes il y en a dans les ouvrages de Mirabeau; & certes il faut dire aussi qu'il n'est rien sorti de sa plume, qui n'ait servi son pays, & ne pourrait-on pas ajouter que, bourreau de l'agréable, il n'a jamais visé qu'à l'utile? le titre seul de son *Essai sur le Despotisme*, annonce quel en est le but. Un des premiers moteurs de la Révolution française ne pouvait pas aimer le despotisme, & ce livre est loin de le faire aimer : ses *Lettres-de-cachet* le font détester encore davantage, & ce livre n'a peut-être pas moins contribué à renverser la Bastille que le canon des Assiégeans. Les *Considérations sur l'Ordre de Cincinnatus*, ont, pour ainsi dire, servi de Préface à la Déclaration des droits de l'Homme, & tout homme sensé, après avoir lu ce livre, doit être bien honteux, s'il porte une décoration. J'ignore comment s'est trouvée la *Banque de Saint-Charles*, du livre dont elle lui a fourni le sujet; mais je ne serais pas étonné qu'une révolution prochaine ne la fît changer de face. La *Dénonciation de l'agiotage* n'a pas en vain menacé les agioteurs, & le décret qui supprime les agens de change, n'est peut-être qu'une suite de cet ouvrage. Quant aux Bataves, il est clair que Mirabeau a voulu les rendre libres, en leur adressant un volume sur la liberté; & la *Lettre à Frédéric-Guillaume* & la *Monarchie Prussienne* renferment des conseils que Frédéric-Guillaume aurait dû suivre, & dont peut-être, un jour, il se repentira de n'avoir pas profité. Tous ces écrits, enfin, s'ils n'ont pas fait entièrement la Révolution, l'ont accélérée sans doute : ils ont éveillé l'opinion publique sur les objets d'administration : ils ont dévoilé des secrets qu'il était important de connaître : ils nous ont familiarisés avec les grandes idées d'indépendance, de tolérance & d'égalité, sans lesquelles il est impossible qu'un peuple devienne libre, & voilà, sans contredit, ce qui les rend dignes de nos éloges. Plusieurs de ces ouvrages cependant, & voici encore un aveu que je dois faire, parce qu'il m'est arraché par la vérité, plusieurs de ces ouvrages ne sont pas de Mirabeau, & ce n'est pas lui qui mérite exclusivement notre admiration & notre reconnaissance. Mirabeau lui-même avait trop de grandeur d'âme & trop de délicatesse pour vouloir usurper l'un ou l'autre de ces sentimens, ou tous les deux à la fois, & il convient loyalement dans la Préface de l'*Histoire de la Monarchie Prussienne*, qu'il n'a pas composé cette histoire tout seul, & qu'il n'a pu la conduire à sa fin qu'à l'aide d'un collaborateur (1) intelligent & habile. Il en est de même de ses écrits sur l'agiotage, ou plutôt, c'est M. Clavière qui a fait presqu'en entier la *Dénonciation de l'agiotage*, celui de tous qui a eu le plus de succès. *Vous êtes tout d'une pièce*, disait Mirabeau à M. Clavière. Il s'est emparé de ce bloc de marbre, & l'a taillé à son gré, ou plutôt il a trouvé la statue

(1) Il y a même inséré plusieurs Mémoires qui sont de différentes mains ; un entr'autres de M. Mayet, Directeur des Manufactures du Roi de Prusse, sur les Manufactures de la Prusse, & Mirabeau convient par apostille, à la fin de ce Mémoire, qu'il lui a été fourni par une personne très-éclairée dans cette partie.

toute faite, & n'a eu que la peine de mettre son nom au bas.

Quant aux ouvrages que Mirabeau a publiés depuis que nous avons une Assemblée Nationale, quant aux différens rapports & adresses qu'il a prononcés avec tant d'éclat à la tribune, il paraît certain à présent que ces rapports & adresses ne sont pas de lui, & qu'ils lui ont été fournis par différens hommes d'État & hommes de Lettres. Le beau discours sur la constitution civile du Clergé est de M. Lamourette, Evêque de Lyon, & l'on a dû trouver dans ses papiers un *rapport* fort éloquent *sur les Académies* que lui avait confié M. de Champfort, pour qu'il le rendît plus éloquent encore par la force de son débit & la pantomime énergique de son éloquence. M. de champfort va faire imprimer ce rapport avec son nom, & il prouvera, en le signant, que je n'avance rien sans preuves. Faudrait-il conclure de ces faits, que Mirabeau était un plagiaire? & faudrait-il le comparer au Geai de la fable, qui se pare des plumes d'autrui? Non, assurément, & mon intention n'est pas, en révélant ces anecdotes, de porter atteinte à sa gloire : sa gloire est d'autant plus pure, que lui-même se plaisait à révéler ces anecdotes avant moi,

& qu'il rendait à chaque Auteur, par son indiscrétion, ce que chaque Auteur lui offrait par intérêt pour la chose publique. Lorsque M. de Champfort lui donna ce rapport sur les Académies, il le pria de garder le secret, & de ne ne dire à personne de qui il était, & Mirabeau, le jour même, le dit à M. Garat, le dit à M. Suard qui le dit à cinq ou six autres personnes. Ainsi M. de Champfort, qui voulait se cacher au public, fut initié dans son propre secret par le public lui-même. C'était peu pour Mirabeau que de rendre à chacun ce qui lui appartenoit, il plaisantait souvent avec assez de grace sur ces dépôts de gloire & de talent que venaient faire entre ses mains des hommes plus épris de l'amour du bien public que de celui de la gloire. Le discours sur la Constitution civile du Clergé n'est pas de vous, lui disait-on un jour. — Cela est vrai, répondit-il en souriant : il est du temps où je ne faisais plus mes ouvrages. Et les inconvéniens des Lettres-de-cachet ? .... Oh ! pour celui-là, ajouta-t-il, il est du temps où je faisais mes ouvrages.

Ce qui justifie l'adoption que faisait Mirabeau de plusieurs ouvrages qui n'étaient pas de lui, c'est qu'il était digne & sur-tout capable de les faire. Ce n'étaient pas les facultés qui lui manquaient ; c'était le temps, & d'ailleurs il se pénétrait si bien du suc étranger qu'on lui fournissait, qu'il le transformait, pour ainsi dire, en sa propre substance. Un homme ordinaire qui aurait prononcé à la tribune un discours de M. de Champfort ou de M. Lamourette, n'aurait pas su répondre aux objections qu'on lui aurait faites sur-le-champ ; il n'aurait pas su prévenir les attaques & préparer une défense. Mirabeau ayant d'avance considéré la question sous tous ses aspects suppléait à tout ce que l'auteur de la question n'avait pas pu dire. Coupait-on le fil de son opinion par une interlocution brusque & imprévue ? il le renouait aussitôt par une réplique savante & qu'il tirait du fond du sujet même. L'auteur de la question ne lui avait fourni le plus souvent qu'une moitié ou qu'une foible partie de la matière, & possédant la matière à fond, par le coup-d'oeil d'aigle qu'il y avait jeté, il se l'appropriait en la défendant avec autant d'adresse que de promptitude, & ne pourrait-on pas dire que le bien d'autrui devenait ainsi son propre bien ?

Livré à des passions ardentes qui l'avaient saisi dès le berceau, & qui le suivirent jusqu'à sa mort, Mirabeau donnait à ces passions une grande partie de la journée. Ces passions dévoraient à-la-fois son temps & sa santé, & ne lui laissaient guères qu'une partie de la nuit pour se livrer aux travaux du cabinet : il assistait d'ailleurs très-exactement aux séances de l'Assemblée Nationale, qui lui prenaient la plus grande partie de sa matinée, & souvent à celles des Amis de la Constitution, qui se tiennent l'après-midi. Comment aurait-il pu, menant une vie active & toujours occupée, comment aurait-il pu composer seul les ouvrages nombreux qui portent son nom ? & comment sa plume, oisive durant les plus longs intervalles, aurait-elle pu tracer, même matériellement, les innombrables caractères qu'on lui attribue. !

Mirabeau a dû composer plus d'ouvrages avant la tenue des Etats-généraux, que durant leur tenue ; & l'on aura peu de peine à le comprendre. Livré à la solitude des cachots, il avait plus le temps de réfléchir, de penser & d'écrire, & il avait de moins les tâches honorables que lui imposait l'Assemblée Nationale ; ce qui étonnera peut-être, c'est qu'il a composé quelques vers avant que cette Assemblée nationale fût debout ; & que cet esprit, tout livré aux vastes & hautes conceptions de la politique & de l'administration des Etats, n'a point dédaigné de descendre jusqu'aux

Muses. Un de ses amis (1) lui ayant envoyé un Recueil de vers de sa composition, dans un temps qu'il était malade, voici ce qu'il lui répondit :

A M. DE LA FERTÉ.

Maître Apollon, si nous croyons Ovide,
Inspirait Esculape, & dictait les bons vers.
La Maladie au teint pâle & livide
Respectait, à sa voix, notre pauvre Univers.

Ovide avait raison sans doute.
Le triste *moi* fortement tourmenté
Perdait en gémissant, cette heureuse Santé,
Le seul bonheur réel que l'Humanité goûte.
» Oh! oh! dit Apollon, n'est-il pas amateur?
» Il est mon protégé; j'ai des droits sur sa vie. »

Admirez le pouvoir de la belle Harmonie,
Muni de jolis vers mon Apollon parait ;
La Maladie à l'instant disparait.

Toute hyperbole de poète à part, je me trouve un peu mieux. Je compte cependant me faire saigner, ce matin, pour arrêter le crachement de sang.

(1) Cet ami est M. de la Ferté, Homme de Loi, demeurant rue du Jardinet, près la rue de l'Eperon, chez lequel on trouvera la lettre de Mirabeau, si on veut la consulter.

Grand merci de vos jolis vers : mon Rondeau n'est pas le moins bon morceau de votre Recueil.

J'ai l'honneur d'être avec toute la reconnaissance possible,

Monsieur, votre &c.

Mirabeau dans ces vers fait rimer le simple avec le composé ; ce qui est une faute contre les règles : ils sont faibles d'ailleurs, quoique d'un ſtyle aisé & naturel, & certes ils n'ajoutent rien à la gloire de cet homme extraordinaire ; mais ils prouvent qu'aucun genre de littérature ne lui était étranger, & que l'homme d'état aurait pu n'être qu'un bel-esprit, s'il avait voulu l'être. Le *Biblia Eroticon* le prouve encore mieux ; mais il le prouve malheureusement d'une manière peu favorable à sa gloire. Cet ouvrage qui, très-certainement est de Mirabeau, est rempli de peintures obscènes, qui ressemblent un peu trop à celles de la trop célèbre *Aloïsia*, & cette ressemblance lui attirera long-temps le blâme des personnes honnêtes. On assure qu'il a fait plus d'un autre ouvrage dans ce genre, & l'on dit pour l'excuser, que la nécessité le força à ravaler ainsi son génie jusqu'à la turpitude des Halles. La nécessité ne doit point obliger un homme à se manquer de respect à soi-même, & ce n'est pas du poison qu'il faut vendre pour avoir du pain. Mirabeau aurait dû laisser le voile qu'a mis la sage Nature sur ses mystères, & ce que je dois faire *moi*, c'est de tirer promptement le voile sur ces erreurs de sa jeunesse : sa jeunesse, selon moi, l'excuse plus que la nécessité. Il est si facile, à un certain âge, de confondre l'amour & la volupté, la galanterie & le libertinage !

L'ouvrage de Mirabeau, qui a fait le plus de bruit dans le temps, est sa *Correspondance* secrète de Berlin, livre en forme de lettres, où, sous le nom & le manteau d'un voyageur supposé, il raconte une grande quantité de faits aussi curieux que véritables ; & trace des portraits que les originaux n'ont pas dû voir sans un peu de honte. Il faut convenir que, malgré ses défauts, ce livre est rempli de beautés du premier ordre, & qu'en donnant la clef de plusieurs intrigues de la Cour de Berlin, il a pu ne pas être inutile aux négociateurs Français, qui déja ourdissaient en silence les trames déliées de la révolution française. Les portraits sur-tout, renfermés dans cet ouvrage, ont des traits qui rappellent souvent l'énergie, la précision & la profondeur de Tacite : mais si Mirabeau a eu de fortes raisons pour écrire ces lettres, est-il excusable de les avoir publiées ? Le Roi de Prusse actuellement régnant, le prince Henri, le comte de Hertzberg ; & plusieurs autres personnes nommées dans la *Correspondance*, l'avaient reçu avec amitié, avec cordialité, avec admiration même ; ils avaient mis tous leurs soins à lui rendre le séjour de Berlin aussi utile qu'agréable, & c'est pour les récompenser de ces nombreux services, que Mirabeau les diffame & fait imprimer contre eux tous un abominable libelle. Est-ce ainsi que se conduit un honnête homme ; & la voix de la reconnaissance ne doit-elle pas être quelquefois plus forte que l'amour pour la vérité ? Le tort de Mirabeau, dans cette circonstance, a été grand sans doute, & il me sera difficile de l'excuser. Il est cependant plusieurs faits (1) particuliers

(1) M. de Luchet connait ces faits mieux que personne : il a été intimement lié pendant une vingtaine d'années avec M. Mirabeau : il l'a vu à Berlin, à Paris & en Provence ; il l'a vu dans la prospérité & dans l'infortune. Aucune des nuances de ce grand caractère n'est échappée à sa pénétrante sagacité, & l'on a pu en juger par le *Précis historique* qu'il a lu au Lycée du Palais-Royal, le jour même que j'y ai lu mon Poëme. Le public apprendra, sans doute, avec plaisir que cet Écrivain distingué & observateur, travaille en ce moment à un grand ouvrage sur Mirabeau, où rien ne sera omis de ce qui peut

qui peuvent contribuer à le rendre moins coupable, & je me garderai bien de les omettre.

Une maison de commerce, à laquelle il avait des obligations, était prête à faire faillite. La personne qui conduisait cette maison, le supplia de lui céder cette *correspondance* qu'il ne destinait point au grand jour de l'impression : il résista long-temps aux sollicitations et aux prières. La personne insista et employa tous les moyens imaginables pour triompher de sa répugnance. Eh bien ! dit-il avec une sorte de désespoir, prenez mon honneur ; le voilà : je me perds en vous livrant cet aliment de la curiosité ; je me perds, mais je vous sauve.

Il ne fut pas long-temps sans éprouver l'effet de cette prédiction terrible. La correspondance secrète de Berlin fut à peine publiée, qu'elle lui attira une foule d'ennemis puissans qui réclamèrent contre son indiscrétion, et l'accusèrent hautement d'ingratitude. Il aurait sup-

---

jeter le plut grand jour sur la vie, les ouvrages & la conduite morale & politique de ce grand Homme. Cet ouvrage où M. de Luchet doit fondre son *Précis historique*, sera intitulé *Considérations historiques*, & rappellera, sans doute, les belles *Considérations* de Saint-Réal sur *Lucullus* & *Antoine*, & même les admirables vies de Plutarque.

porté leurs clameurs sans beaucoup d'inquiétudes peut-être, et le plaisir d'avoir dit la vérité l'aurait peut-être enhardi à braver la haîne universelle : mais un ami vertueux et cher était compromis dans cette correspondance, et cet ami, rompant tout commerce avec Mirabeau, resta, dit-on, trois ans sans lui parler, quoiqu'il le rencontrât souvent à l'Assemblée nationale. Cet ami était M. de Talleyrand, ci-devant évêque d'Autun. Mirabeau, ayant toujours eu pour lui une estime vraie et profonde, ne put jamais se consoler de l'avoir offensé. Il eut avec lui une explication qui dura six heures, quelques jours avant sa dernière maladie. Les raisons qu'il donna furent si satisfaisantes, qu'elles désarmèrent M. de Talleyrand, et peu content d'être rentré en grâce avec lui, Mirabeau seize heures avant sa mort, eut encore une explication avec M. de Talleyrand pour rentrer en grâce avec soi-même : celle-ci fut des plus vives et des plus touchantes. Oppressé du poids de ses remords, plus encore que de celui de ses souffrances, Mirabeau versa des torrens de larmes dans le sein de son ami qui les essuya avec délicatesse, et ne put s'empêcher de tout pardonner de nouveau en faveur du plus sincère et du plus

naïf

naïf repentir. Mirabeau étouffait cependant, il était prêt à rendre l'ame, et sentant qu'il ne pouvait pas continuer de parler; ah! s'écria-t-il en sanglottant, j'étoufferais bien davantage sans cette dernière explication.

Ces paroles admirables ne prouvent-elles pas clairement que Mirabeau connaissait toute la laideur du vice, et que c'était presque toujours à son corps défendant qu'il s'écartait de la vertu?

Mirabeau a fait long-temps le *Journal de Provence*, et je n'en parlerai pas, ayant déja parlé de ses autres ouvrages. On les y trouve fondus et rassemblés en partie; on y trouve sur-tout les différens rapports et adresses qu'il avait lus à l'Assemblée Nationale. Que n'a-t-il achevé l'histoire de la révolution qu'il avait, dit-on, commencée? Cet ouvrage aurait mis, sans doute, le sceau à sa réputation, et nous aurions vraisemblablement un morceau historique comparable à ce que les anciens nous ont laissé de plus parfait dans ce genre.

Il résulte de cet apperçu rapide sur les ouvrages de Mirabeau, qu'il a fait peu de bien aux Lettres comme écrivain, mais qu'il en a fait beaucoup à son pays comme homme d'État, ou comme homme public, et voilà pourquoi je le considère comme homme public, et non comme homme de lettres, dans le poëme que je donne à sa louange; et voilà pourquoi j'ai parlé beaucoup de ses actions et presque point de ses ouvrages. Ne pourrait-on pas dire cependant qu'en influant immédiatement sur la révolution, il a médiatement influé sur la Littérature, et que la liberté de la presse & la liberté des théâtres qui lui doivent beaucoup, feront fleurir plus que jamais en France et l'art dramatique et l'art de la pensée? Je n'en doute nullement, et voilà peut-être ce que j aurais dû faire dire à mes vers, si des vers avaient la permission de tout dire.

Mais, pourquoi, me diront les ennemis de Mirabeau, pourquoi avoir loué un homme qui était, il y a trois ou quatre ans, l'exécration de tout Paris? un homme qu'on a accusé de vol, de rapt, de séduction, d'assassinat et d'empoisonnement même (1)? Un homme dont l'immoralité était, pour ainsi dire, passée en proverbe, et qu'en bonne police il aurait fallu faire périr en place de Grève sur un gibet ou sur un échafaud? L'Auteur du Journal de Paris, qui, l'un des premiers,

(1) On l'a accusé, sans preuves, d'avoir empoisonné le Geolier d'une prison où il était renfermé par lettre-de-cachet.

a loué Mirabeau, a déja répondu à cet injuste et insidieux reproche ; et voici les propres paroles de ce Journaliste Philosophe.

» Parmi les acclamations qui accompa-
» gnaient son nom, depuis deux ans, de
» graves inculpations, il est vrai, se faisaient
» aussi entendre ; mais les premières étaient
» méritées par des talens & des services dont
» on ne pouvait contester l'éclat : les se-
» condes, environnées, pour ses ennemis
» mêmes, des ténèbres de l'incertitude jus-
» qu'à ce qu'elles fussent prouvées avec évi-
» dence, devaient être regardées comme les
» vengeances du parti qui a succombé, ou
» des envieux que Mirabeau désolait autant
» que les aristocrates. »

On pourrait ajouter une autre réponse à celle du Journaliste, et la voici en peu de mots. L'accusation la plus souvent renouvelée contre Mirabeau est celle de poltronnerie : or il est prouvé par une foule de faits authentiques, que Mirabeau n'était point un poltron. Voici une lettre écrite au moment où toutes les haînes se taisent, pour ne laisser parler que la vérité, c'est-à-dire, après sa mort ; elle est tirée d'un Journal qui n'est point menteur, et signée par un citoyen connu et honnête, M. Desprès de Walmont.

LETTRE

Aux Auteurs du Mercure Universel,
11 *Avril* 1791.

» RIEN n'est à négliger de ce qui est relatif au Grand-Homme que la mort vient d'enlever à la France, et je me regarderais comme un mauvais citoyen, si je ne donnais pas, en ce moment, un démenti formel à ceux des detracteurs de M. de Mirabeau, qui ont voulu le faire passer pour poltron.

Pendant le cours du procès qu'il eut avec son épouse, vivement offensé des propos insultans de trois ci-devant nobles, il les défia sur le champ, et se battit, le même jour, contre eux. Quoique témoin de ces différens combats, je n'ai pas d'expression pour peindre la manière dont il mena l'un d'entre eux et le dernier des trois champions qu'il força d'entrer en lice. Tout ce que je puis dire, et ce qu'attesteront avec moi plusieurs citoyens très-connus de la ville d'Aix où cette scène a eu lieu, c'est que je n'ai jamais vu, pas même chez nos brétailleurs de profession, mener son adversaire avec plus de courage et de fermeté. Le fait que j'atteste sur mon honneur, me paraît sans réplique, et il ajoute d'autant plus à la gloire de M. Mirabeau, que, pendant le cours de ses pénibles travaux, il a été assez grand pour ne pas exposer ses jours au glaive d'un spadassin, et qu'il a réservé son courage pour combattre jusqu'au dernier soupir les ennemis de la félicité publique ».

Signé DESPRÉS DE WALMONT.

S'il est évidemment prouvé par cette lettre que Mirabeau n'était pas un poltron, et si on l'a accusé de lâcheté sans raison, n'est-il pas à présumer qu'on l'a de même accusé, sans raison, de plusieurs autres turpitudes, ou qu'on a du moins exagéré prodigieusement les fautes de sa jeunesse; que dis-je? il a commis des fautes, sans doute : lui-même en a fait l'aveu plus d'une fois : mais des fautes ne sont pas des crimes, et combien y a-t-il eu de grands seigneurs, dans l'ancien régime, dont la jeunesse a été souillée de tous les forfaits, et qui, ne les ayant jamais réparés par de grands services rendus à l'état, n'ont pas eu, comme Mirabeau, la grande excuse du génie! sans doute le génie est plus admirable, lorsqu'il marche toujours environné de la vertu, et que, semblable au soleil, il sort pur du milieu des nuages : mais cet astre en est-il moins le soleil, parce qu'on remarque quelques taches dans son orbite ?

Mirabeau a aimé les femmes, je ne dis pas avec passion, mais avec fureur : elles lui ont souvent ôté la raison et par conséquent la sagesse : mais quel est celui de nous qui n'a pas éprouvé, plus ou moins, le même empire de la part du sexe ? et quel est celui de nous qui oserait s'estimer plus que Mirabeau ? Toutes les erreurs de Mirabeau étaient brûlantes ; toutes ou presque toutes étaient l'ouvrage du délire et de l'emportement ; et qu'on me pardonne ce que je vais dire en faveur du délire que Mirabeau m'inspire lui-même en cet instant. Peut-être n'y a-t-il que les crimes commis froidement qui soient véritablement des crimes ; Mirabeau d'ailleurs a avoué ses fautes, comme déja je l'ai dit, et comme on a pu le voir dans sa lettre à M. Bérenger, que je viens de transcrire, et un pareil aveu n'est-il pas une sorte d'expiation ? Qu'il est heureux pour Mirabeau, qui a eu tant de rapports avec J. Jacques, d'avoir eu sur-tout avec lui celui de se repentir ! J. Jacques a eu des torts graves dans sa jeunesse, et s'en est lavé par ses confessions, quoiqu'en puissent dire ses détracteurs. Mirabeau n'avait point encore écrit ses confessions quand il est mort ;

mais comme sa conduite commençait à démentir toute sa vie passée. Ah ! les noms de Mirabeau et de J. Jacques arriveront sûrement tout chargés de gloire à la postérité, et l'ignomie ne sera que pour ceux qui les blasphêment encore. La postérité dira : leur midi a brillé de tout l'éclat des grands talens. Que m'importe si leur aurore a été un peu nébuleuse, et si d'indomptables passions les ont quelquefois asservis ? Ils ont été esclaves de la beauté ; mais ils ont brisé les chaînes de la tyrannie.

Que ne puis-je placer ici tous les mots qui sont échappés à Mirabeau, et qui prouvent cette haîne profonde que la tyrannie lui avait inspirée ! Plusieurs ne peuvent pas être insérés dans cette Préface : en voici un du moins qui ne doit pas m'échapper. Mirabeau, étant à Berlin, allait voir souvent M. Mayet, homme de lettres distingué, et directeur des manufactures du roi de Prusse ; se trouvant chez lui un jour qu'il y avait plusieurs jolies femmes rassemblées, une d'elles lui dit, en plaisantant, qu'il n'était sans doute venu à Berlin que pour y séduire quelques Belles. « Madame, lui répondit-il, il est vrai que j'aime beaucoup » les femmes, il est vrai que mon bonheur est » de leur plaire, de les servir et de les adorer :

» mais il est une maîtresse que je leur préfère,
» et cette maîtresse, c'est ma Patrie. Je don-
» nerais mille fois ma vie pour la rendre heu-
» reuse, en lui procurant la liberté». M. Mayet
a entendu ce mot, et c'est lui qui m'a engagé
à le publier.

J'ignore si Mirabeau a été fidèle en amour, et s'il a eu de bons ou de mauvais procédés pour ses maîtresses. Ce que je sais bien certainement, c'est qu'en amitié il a été un vrai modèle, et que personne n'a eu et n'a mérité plus d'amis, et n'est-ce rien que de sentir le prix de l'amitié, et d'observer religieusement le culte de cette Déesse? Les gens qui lui reprochent tant de vices, se gardent bien de lui faire honneur de cette vertu, et combien ses actions, ses lettres et ses discours prouvent cependant que cette vertu était née avec lui et ne l'a point quitté même dans ses derniers momens: tout les papiers publics ont cité le mot (1) charmant qu'il a dit à M. Cabanis son médecin, quelques heures avant sa mort. On le tourmentait pour voir M. Petit. » Eh! pourquoi, dit-il à M. Cabanis » faire venir M. Petit? s'il me

(1) Je rapporte ce mot tel qu'il a été inséré dans quelques papiers publics. Il peut se faire que Mirabeau n'ait pas exactement prononcé les mêmes paroles, mais en voilà exactement le sens.

» guérit de ma maladie, c'est vous qui en » aurez le mérite, et lui seul en aura toute » la gloire. » Peut-on se montrer plus soigneux de la réputation d'un ami au moment où l'on va tout perdre, et ne dirait-on pas que Mirabeau la préférait à sa vie même ? Quelque tendresse délicate qu'il y ait dans ce mot, et quelque généreuse sollicitude qu'il renferme, j'en sais un qui ne fait pas moins d'honneur à Mirabeau, et qui, n'étant point connu, mérite bien que je le publie. Mirabeau, en 1786, était presque réduit à la misère : il touchait à cette infortune qui est souvent le partage des talens, mais qui ne les décourage pas. Mirabeau, ayant épuisé presque toutes les ressources, s'adresse avec une noble confiance à M. de C...... (je ne dois pas le nommer pour beaucoup de raisons à moi connues) qui, depuis très-long-temps, était son ami, et lui écrit un billet dans lequel il le prie de lui envoyer dix louis dont il a le plus grand besoin. M. de C.... met aussitôt les dix louis dans une petite boîte, et, pour boucher les interstices qui restaient, il déchire le billet de Mirabeau en quatre ou cinq morceaux, et les plaçant adroitement entre les pièces d'or et le couvercle de la boîte, il envoie le tout à son ami. Mirabeau était alors avec une dame de ses amies, madame de Néra; celle-ci reçoit la petite boîte, elle s'empresse de l'ouvrir, et jettant machinalement les yeux sur les morceaux de papier, elle reconnaît l'écriture de Mirabeau. Eh quoi! dit-elle avec surprise et une sorte d'affliction, un ami qui déchire un de vos billets! Pardonnons-lui, ajoute vivement Mirabeau; je gage que c'est le seul de moi qu'il ait déchiré; et le jour même il va conter à tout le monde que M. de C..... lui avait prêté dix louis et avait déchiré son billet.

Cette grace, cette délicatesse et cette chaleur d'amitié que Mirabeau mettait dans ses discours, il la mettait sur-tout dans ses lettres particulières. La lettre à M. Bérenger qu'on vient de lire, en est la preuve, et la suivante, adressée à M. de la Ferté, ne le prouve pas moins.

Au Bignon, 26 Novembre 1771.

» Des ordres de la Cour m'ont privé, » mon bien cher ami, du plaisir que je me » promettais de vous voir dans le courant » du mois, et me font partir pour une tour- » née désagréable dans cette saison, mais » essentielle et agréable par son objet; elle » ne me tiendra, à ce que j'espère, que

» jusques au mois de Janvier, où je serai » bien empressé de venir épancher mon coeur » dans le vôtre, et jouir des agrémens de » votre esprit.

» Je ne sais si je dois m'affliger ou me ré» jouir de la révolution arrivée dans votre » sort : vous m'en dites trop ou trop peu. En » tout je sourcille quand j'ouvre une lettre de » vous, qui n'a que trois pages. Si vous vous » imaginiez être autorisé par mon exemple, » vous auriez tort. L'arrangement de mes » affaires domestiques, dont mon père m'a» bandonne absolument la manutention, me » surchage d'autant plus, que j'ai moins de » temps à leur donner, et que je désire da» vantage répondre à sa confiance. Forcé » par mes liaisons, mon état, mes goûts, » mon genre d'études, à une immense cor» respondance, je me trouve bien souvent » obligé de renfermer dans mon coeur tout » ce que le souvenir de mes amis y excite; » mais le dévouement de ce coeur qui est » tout entier à eux, mériterait qu'ils cher» chassent à me consoler, à me distraire de la » triste et journalière fatigue de lutter contre » ce qu'on désire.

» Je vous avais demandé des vers : pourquoi » ne jouiriez-vous pas de ce talent dans le

» seul âge où on l'exerce avec facilité et
» succès ? Adressez-moi, mon cher et bon
» ami, toutes vos lettres désormais à Aix-
» en-Provence, où l'on saura toujours à
» quel endroit il faut me les envoyer ; je
» dis *toutes* ; car, encore une fois, je les
» demande fréquentes et longues.

» Madame votre mère m'oublie, et je vous
» prie seulement de lui dire que cet exemple
» ne sera pas contagieux pour mon coeur.
» Adieu, mon bon ami ; aimez-moi ; car
» je vis en vous ».

Personne, dans le commerce intime de la vie n'avait plus de séduction que M. de Mirabeau, et ne déployait plus que lui, non pas cette froide amabilité qui consiste à briller dans les cercles et à capter les suffrages de quelques beaux-esprits ; mais cette bienveillance forte et animée qui gagne tous les coeurs à la ronde, et les tient, pour ainsi dire, suspendus autour d'elle comme de petites aiguilles autour de l'aiman ; et le charme inné de cette séduction victorieuse, il l'envoyait par la poste dans ses moindres écrits, lorsqu'il ne pouvait le développer en présence des objets mêmes. Une lettre de lui, en un mot, était un talisman auquel on ne pouvait guères plus résister qu'à son impérieuse éloquence. La plûpart des hommes ne sont unis entre eux que par de légers fils de soie, et il aurait voulu que l'amitié lui ourdît des cables.

Il s'était mis dans une très-grande colère, lorsqu'on lui proposa de consulter M. Petit. Forcé pourtant de céder sur ce point au voeu de toutes les personnes qui l'entouraient, et à celui de M. Cabanis lui-même, voici à peu près les paroles qu'il adressa à M. Petit, en lui montrant M. Cabanis, paroles qui prouvent la haute idée qu'il avait de l'amitié, et combien il mettait ce sentiment au-dessus de tous les autres :

» J'ai toujours cru qu'on ne devait avoir
» pour médecin que son ami. Voilà mon ami
» et mon médecin : il a ma confiance entière
» et exclusive : mais il est plein d'estime pour
» vos lumières, et de respect pour votre ca-
» ractère moral. Il m'a cité de vous des mots
» qui contiennent en quelque sorte, toute la
» révolution ; et des traits qui prouvent qu'au
» milieu des institutions sociales, et malgré
» la culture peu commune que vous avez
» donnée à votre esprit, vous êtes encore
» resté l'homme de la Nature ; j'ai donc pensé
» qu'un pareil homme, si j'avais eu le bon-

» heur de le rencontrer, serait devenu mon » ami, et voilà, Monsieur, ce qui m'a déter» miné à vous voir. Voyez, disait-il dans un » autre moment à M. Petit, voyez toutes les » personnes qui m'entourent; elles me soi» gnent comme des serviteurs, et ce sont mes » amis. Il est permis d'aimer et de regretter » la vie, quand on laisse après soi de pa» reilles richesses ».

M. de la Marck, ayant mérité son amitié par les procédés les plus délicats et les plus nobles, il lui recommanda, en mourant, M. Frochot qui était aussi son ami, et prenant les deux mains de celui-ci, dont il mit l'une dans celle de M. de la Marck, et l'autre dans celle de M. Cabanis, » je vous lègue, » leur dit-il, mon ami Frochot. Vous avez » vu son tendre attachement pour moi, il » mérite le vôtre ». Il les appelle ensuite chacun par son nom, les rassemble auprès de lui, au moment de son agonie, et expire en reprenant leurs mains et les tenant dans ses mains glacées.

P. S. J'avais à peine achevé cette Préface, que j'ai entendu au Lycée du Palais Royal la lecture du Journal que M. Cabanis a fait de la maladie et de la mort de Mirabeau. Ce

Journal, rédigé par un témoin oculaire, est rempli de faits curieux et intéressans, et leur simple récit a extrêmement attaché tous les auditeurs. On verra, lorsqu'il sera imprimé, que si, pour le fonds, il a quelque ressemblance avec cette Préface, il n'en a aucune pour la forme. M. Cabanis cherche, ainsi que moi, à disculper Mirabeau des erreurs de sa jeunesse, et sans doute il met dans son apologie plus de talent que je n'en ai mis dans la mienne; cependant nos deux résultats sont à peu-près les mêmes. M. Cabanis termine son Journal en disant que Mirabeau est mort irréprochable envers la Patrie et l'Amitié, et pourrais-je avoir l'intention de prouver autre chose en écrivant cette Préface.

J'étais à côté de mademoiselle Dionis, lorsque M. Grouvelle, qui lisait pour M. Cabanis, eût cessé de se faire entendre. Croyez-vous, dis-je à cette Demoiselle, que Mirabeau qu'on dit irréprochable envers l'Amitié, l'ait été envers l'Amour? Ah! sans doute il l'aurait été, me répondit-elle, s'il n'était pas mort en France. Ce mot m'a paru charmant; et je le cite avec d'autant plus de plaisir, que si la fidélité en amour est une vertu, il ajoute à la gloire de Mirabeau, et devient le complément de son éloge. M. Lemierre-d'Argi qui était voisin, ainsi que moi, de mademoiselle Dionis, attestera que ce mot n'est pas controuvé, et qu'il a été réellement dit par une femme.

LA MORT

DE MIRABEAU,

POÈME,

Lu au Licée du Palais-Royal, le 11 Avril 1791, & adressé aux Citoyens de mon Département.

O REGRETS ! ô douleur ! il n'est plus le Grand-Homme
Par qui la France enfin, digne émule de Rome,
De ses nombreux tyrans a terrassé l'orgueil !
Muets et consternés autour de son cercueil,
Nous l'ornons de cyprès, nous l'arrosons de larmes;
Et chaque citoyen, plongé dans les alarmes,
Croit voir la Liberté toucher à son déclin;
Mirabeau ne vit plus : le peuple est orphelin,
Et pour ce peuple, hélas ! quel coup était plus rude ?

Des obscurs souterrains cherchant la solitude,
Démosthènes, dit-on, pour se mieux recueillir,
Allait dans ces tombeaux vivant s'ensevelir,
Et là, de son pays la Liberté mourante
Le voyait, aux lueurs d'une lampe expirante,
Forger ces traits brûlans et ces mâles discours
Qui de la tyrannie abrégèrent le cours,

Mais de cet Orateur l'exil fut volontaire,
Il courait librement s'enfermer sous la terre;
Et le soleil à peine éclairait Mirabeau,
Que privé tout-à-coup du céleste flambeau;
Par l'ordre du Monarque, au sein de l'esclavage;
Il coula malgré lui, le printems de son âge.
Le voyez-vous errer de cachots en cachots (1),
Et dévorant ses pleurs, étouffant ses sanglots,
Commander en idée aux tyrans de la France,
Et, tout chargé de fers, rêver l'indépendance !
O prodige en tout tems digne d'être cité!
D'une prison pour nous sortit la Liberté.

Né d'antiques aïeux, et dans un Ordre illustre,
Il ne voulut qu'à soi devoir son plus beau lustre,
Et dépouillant l'éclat qu'il recevait d'autrui,
Il monta jusqu'au peuple en lui servant d'appui;
Que dis-je? il détruisit par sa mâle éloquence
Des rangs et des états l'odieuse distance (2);
Et prompt à rassembler les divers citoyens,
Il les réunit tous dans les mêmes liens;
Le premier, il dompta l'hydre du ministère (3);
Et dans chaque Français, le Français vit un frère.
Ami de la justice, ami de la raison,
Mirabeau des erreurs ignora le poison;
Et dédaignant toujours d'user de violence,
D'une main ferme et sûre il tenait la balance;
Il fit plus, et d'un Roi digne par ses vertus
De rappeler un jour Marc-Aurèle et Titus,
D'un Roi que nous aimons, il affermit le trône;
Et sur son front tremblant enfonça la couronne (4).
Des abus féodaux courageux destructeur,
Et doublant les trésors du simple Agriculteur;

Nos vergers lui devront leur nouvelle parure;
Pomone, plus de fruits, Flore, plus de verdure.
Déjà même versé par un tube vengeur (5)
Fume le sang impur de l'animal rongeur.

Aux tyrans des Français pourquoi fit-il la guerre?
Pour déclarer la paix au reste de la terre (6).
Vous ne l'ignorez pas, et l'Anglais, le Germain;
Le Russe belliqueux, fléau du genre humain,
Dont les foudres grondaient et menaçaient nos têtes;
N'osent plus jusqu'à nous étendre leurs conquêtes.
Quels seraient leurs projets? Délivré de ses fers,
Le Français libre a dit aux Rois de l'Univers;
De vos caprices vains je ne veux plus dépendre:
Je n'attaquerai plus, mais je veux me défendre;
Et si vous m'insultez, je soutiendrai mes droits.
La guerre doit finir où fleurissent les lois.

Les lois doivent régner sur l'autel et le trône;
Sur la triple thiare et la simple couronne.
Mirabeau nous l'apprit. Des Prêtres factieux
Ont voulu nous combattre en l'honneur de leurs Dieux:
Mirabeau; d'une main et courageuse et fière,
A ces Titans sacrés fit mordre la poussière (7),
Et j'entends sous l'Ethna leurs bras retentissans
Forger contre nos lois des carreaux impuissans.
De ces Géans vaincus Rohan est l'Encelade (8);
Et je le vois tomber des cieux qu'il escalade.
Qu'il tremble! l'or jadis suffisait aux soldats;
C'était l'or qui sur-tout les guidait aux combats:
Le fer est dans leurs mains: la fortune publique
Allait céder aux coups du pouvoir despotique,
Armés par Mirabeau, de nombreux citoyens;
Au sein de l'anarchie, ont conservé leurs biens.

Il les mit à couvert des noirs projets du crime,
Et de la banqueroute il a fermé l'abîme,

Je l'ai vu ce Grand-Homme, à l'instant où sa voix
Tonnant dans la tribune en faveur de nos lois (9),
Les faisait triompher des piéges, des obstacles,
Et les interprétait ainsi que des oracles,
Sur tous ses traits alors quel éclat répandu
Frappait tous les esprits d'un jour inattendu!
Et de quel feu divin rayonnait son visage!
Telle on voit du Soleil étinceler l'image,
Quand tout-à-coup offert à ce flambeau des Cieux;
Le magique miroir qu'explique Desparcieux,
De son disque rassemble et double la lumière.
Quel éclair jaillissant du fond de sa paupière,
Du fier Aristocrate humiliait l'orgueil!
Lorsque de la tribune il s'élance au fauteuil (10);
Quel subit changement! comme ferme, tranquille,
Il assouplit ensemble et sa voix et son style!
Et comme son regard brillant de majesté,
Du bel azur des cieux peint la sérénité!

Vous souvient-il du jour où d'une Cour inique
Brézé vint apporter le firman despotique
Au Sénat réuni dans le Temple des Lois?
Usant de son pouvoir pour la dernière fois,
Elle crut, cette Cour, aux forfaits aguerrie
Disperser sans retour les Dieux de la Patrie.
De quels mots prononcés avec force et grandeur (11)
Mirabeau salua le noble Ambassadeur!
Ecrits en lettres d'or au bas de sa statue,
Puissent-ils des tyrans frapper toujours la vue
Et graver dans leurs coeurs la honte et le remords!

Je l'ai vu ce Grand-Homme, à l'instant où la mort;

Le front tout rayonnant d'une barbare joie,
Assise, l'attendait, prête à saisir sa proie.

Le sage Talleyrand, Pontife-citoyen (12);
De la foi, de la loi respectable soutien,
Debout à ses côtés, ranimait son courage;
Et d'un doux avenir lui présentant l'image
Retenait son esprit sur ses lèvres errant.
Ah! qu'il est beau d'offrir au mortel expirant,
Au lieu d'un Dieu vengeur prêché par la Sorbonne,
Le consolant espoir d'un père qui pardonne!
Dans ce culte de paix Talleyrand affermi,
N'a point déshonoré le trépas d'un ami.
Il veut que, secouant le joug de nos ancêtres,
Nous mourions désormais sans le secours des Prêtres;
Et Mirabeau lui-même, en vrai législateur,
S'est joint sans fanatisme à son divin auteur.
Rendu libre par lui, comme avec violence
Tout le peuple enchainait, dans un profond silence,
Et ses naïfs sanglots et ses vives douleurs!
Comme ses yeux baissés cachaient en vain leurs pleurs!
Et des soldats créés par Mirabeau lui-même,
Comme le front peignait cette tristesse extrême
Qui saisit tous les coeurs au trépas des héros!
Comme le sombre éclat des armes, des flambeaux (13),
Se mêlant, se croisant au milieu des ténèbres,
Rendait plus effrayans les cantiques funèbres!
D'un Roi surnommé *Grand* et du peuple ennemi
L'orgueilleuse statue en a, dit-on, frémi,
Et sur le bronze antique où renait son visage
Les regards ont cru voir couler des pleurs de rage.

Mais voyez s'avancer le funèbre convoi
Vers l'enceinte sacrée, et suivez-le avec moi.

Ce temple où de Paris, sur un paisible trône,
A long-tems reposé la divine Patrone,
Aux civiques vertus vient d'être consacré.
C'est là que Mirabeau, du peuple révéré,
Dans son dernier asyle, où ne meurt point la gloire,
Entendra le Français honorer sa mémoire:
C'est-là que Mirabeau, notre plus ferme appui,
Verra Voltaire, un jour, s'asseoir auprès de lui;
Clovis y vit encore, et Descarte y respire.
Sur des monceaux de morts, Clovis fonda l'Empire:
Son ombre, appercevant le sage Mirabeau,
S'est honteuse cachée au fond de son tombeau,
Et celle de Descarte, en France rappelée,
D'un si doux voisinage a paru consolée.

O sublime décret par des Sages porté (14),
Qui, transmettant les noms à la postérité,
Va parmi les Français doués d'une grande ame,
De l'émulation ressusciter la flamme!
O Loi! qui des vertus nous faites un devoir!
Obtenez sur les coeurs un absolu pouvoir!
C'est Mirabeau sur-tout qui vous a fait éclore;
Ainsi, par son trépas, il fut utile encore,
Et sa vie et sa mort, servant la Liberté,
N'a t-il pas tous les droits à l'immortalité?
Pour le peuple il vécut; fâché de lui survivre,
Jusqu'au tombeau le peuple a brûlé de le suivre.
Déjà, vous partagez son respect, son amour,
Et les bords adorés (*) où j'ai reçu le jour,
Où le Rhône, en grondant, roule ses claires ondes,
Vous verront à l'envi, dans vos douleurs profondes,

(*) L'auteur de ce Poème est né dans une petite ville du bas-Languedoc, nommée Rocquemaure, et située sur la rive occidentale du Rhône.

Dresser à Mirabeau de champêtres autels ;
Et chanter en son nom des hymnes immortels.
Concitoyens, amis, prolongez votre hommage :
Et de fleurs, de cyprès couronnant son image....
Mais n'ai-je pas assez, par de lugubres chants
Excité dans les coeurs des souvenirs touchans?
Hélas ! j'entends des cris autour de ma demeure,
Et le Sénat, le Roi, le Peuple encor le pleure.
Vainement j'ai voulu, terminant mes regrets,
Suspendre enfin ma lyre aux funèbres cyprès :
Voici les derniers mots qu'une douleur trop juste
Dicte au Peuple, au Monarque, à l'Assemblée auguste.

LE PEUPLE.

Je perds mon défenseur, en perdant Mirabeau,

LE ROI.

Il était mon soutien.

LE CORPS LÉGISLATIF.

Il était mon flambeau.

NOTES.

(1) *Le voyez-vous errer de cachots en cachots?* On prétend que le père d'Honoré Mirabeau, l'auteur de l'*Ami des Hommes*, obtint une douzaine de lettres-de-cachet contre son fils, et le fit enfermer successivement dans plusieurs prisons d'Etat. C'est là vraisemblablement qu'Honoré Mirabeau conçut cette haine profonde qu'il a toujours montrée pour le despotisme, & qu'il y couva lentement sa vengeance. Il est certain, du moins, qu'il y travailla à son livre contre les lettres-de-cachet, un de ses premiers et de ses plus beaux ouvrages: il y travaillait encore après avoir recouvré sa liberté, et passant un jour devant la Bastille, il dit à un de ses amis qui l'accompagnait, ces mots sublimes et prophétiques: *Je la détruirai cette affreuse Bastille; oh! oui, je la détruirai!* & s'arrêtant tout-à-coup en la regardant avec horreur, il ajouta: *Je la détruis.* Quelle leçon en effet, ou plutôt quelle école pour un amant de la liberté, que les cachots de l'ancien ministère!

(2) *Des rangs et des Etats, l'odieuse distance.* Honoré Mirabeau fut un des premiers qui chercha à réunir la noblesse avec ce qu'on appelait alors le *tiers-état*, et l'on sait qu'après cette réunion, la révolution a été faite. Voilà sans doute pourquoi il disait si éloquemment après cette réunion: *La révolution est faite, et ceux qui s'y opposent ne peuvent plus que l'ensanglanter.* Cette prédiction terrible n'a été que trop véritable.

(3) *L'hydre du ministère.* On se rappelle la dénonciation que fit Mirabeau de M. Guignard-de-Saint-Priest, et toutes celles qui l'ont suivie. On prétendit alors que Mirabeau le dénonçait pour avoir sa place; mais il était si supérieur à tous les ministres! il exerçait si bien le ministère du génie!

(4) *Et sur son front tremblant enfonça la couronne.* Allusion aux mots suivans qu'on a entendu dire à Mirabeau: *J'ai voulu guérir les Français de la superstition de la monarchie, et y substituer son culte.*

(5) *Déja même versé par un tube vengeur.* J'ai demandé à plusieurs Fermiers, à plusieurs Laboureurs quel était de tous les décrets de l'assemblée nationale celui qui leur plaisait le plus? *Le décret sur la chasse*, m'ont-ils répondu presque tous. Les lièvres, les lapins nous faisaient une guerre continuelle, et depuis que nous avons le droit de leur faire la guerre à notre tour, nos terres et nos vignes nous donnent de plus belles récoltes; et le meilleur moyen de faire fleurir l'agriculture, était de permettre la chasse à tout le monde. Mirabeau est un de ceux qui a le plus fortement appuyé ce décret, et sur quel décret n'a-t-il pas eu la plus grande influence?

(6 *Pour déclarer la paix au reste de la terre.* Quel admirable travail que celui de Mirabeau sur le droit de paix et de guerre! Si, jusqu'à ce moment, les Puissances étrangères n'ont pas osé nous attaquer, c'est à Mirabeau que nous le devons; et le décret qu'il a fait porter à ce sujet semble nous assurer une paix perpétuelle. Tout ce qu'a fait Mirabeau comme membre du comité diplomatique, est marqué au coin de la raison, de la modération et du génie. C'est sur-tout dans la diplomatie que Mirabeau excellait, et le nom de *Cocher de l'Europe* qu'on donnait au ministre Choiseul, c'est Mirabeau qui l'aurait mérité, s'il eût été ministre des affaires étrangères.

(7) *A ces Titans sacrés fit mordre la poussière.* C'est Mirabeau qui a fait mettre les biens du Clergé *à la disposition de la nation.* C'est Mirabeau qui, par ce moyen, nous a sauvés de la banqueroute et de la guerre civile. Il a porté le dernier coup aux prêtres fanatiques, par son beau discours sur la constitution civile du Clergé, & quoique ce discours ne soit pas entièrement de lui, le bien qu'il a fait n'en sera pas moins durable.

(8) *De ces géans vaincus Rohan est l'Encelade.* Quel rôle pitoyable et odieux a joué M. le Cardinal de Rohan dans toute la révolution de France; cet homme que la Cour avait opprimé de tant de manières, a l'air de regretter l'ancienne oppression: cet homme qu'on avait mis injustement à la Bastille, voudrait voir rétablir la Bastille; cet homme enfin que des patriotes aimaient, se met à la tête d'une armée pour combattre les patriotes! Qui l'eût dit? qui l'eût cru?..

(9) *Tonnant dans la tribune en faveur de nos lois.* Qui n'a point vu Mirabeau, disputant à la tribune, contre le côté droit de l'assemblée, n'a point vu un des plus beaux spectacles que puisse présenter l'Univers; celui de la philosophie et des lumières aux prises avec tous les préjugés, et en triomphant presque toujours. Que sa voix était sonore, mâle et harmonieuse! Quelle expression profonde régnait sur tous ses traits, et comme ses regards lançaient à la fois les éclairs et la foudre! Le Néologisme, à la vérité, déparoît souvent son énergique et brûlante éloquence : mais comme la richesse des idées suppléait à l'incorrection et à la barbarie de quelques mots impropres! on voyait que Mirabeau tendait à créer une nouvelle langue, comme il avait créé une constitution nouvelle, et les chaînes de l'Académie française lui étaient aussi insupportables que celle des tyrans. Semblable au salpêtre renfermé entre des rochers, Mirabeau faisait éclater de toutes parts les obstacles qu'on opposait à son génie.

(10) *Lorsque de la tribune il s'élança au fauteuil.* La présidence de Mirabeau à l'assemblée nationale, a été, sans contredit, une des plus belles époques de sa vie; et peut-être le complément de sa gloire. Comme il rappelait avec majesté et précision à l'ordre du jour ceux qui s'en écartaient, soit par inadvertance, soit par malice : comme il résumait et analysait les plus difficiles questions! Il est, je pense, le premier qui, du haut de ce trône auguste, ait décoché des sarcasmes contre les ennemis du bien public : mais ces sarcasmes venaient si à propos, étaient si bien appliqués et si justes, qu'on les lui pardonna, et la plaisanterie dans sa bouche avait un air de grandeur, et, pour ainsi dire, de moralité, qu'il est impossible de ne pas l'admirer, même avec le sourire sur ses lèvres.

(11) *De quels mots prononcés avec force et grandeur.* Ces mots sont connus de tout le monde : *allez dire à ceux qui vous envoient*, dit Mirabeau à M. de Brezé, *que nous sommes ici par le voeu du peuple, et que nous n'en sortirons que par la puissance des baïonnettes.* La société des Amis de la Constitution s'assembla, le lendemain de la mort de de Mirabeau, et il y fut décidé unanimement que ces mots sublimes seraient écrits au bas de sa statue. Quel homme célèbre

eût jamais en France une plus belle inscription ? On a fait beaucoup d'inscriptions, beaucoup d'épitaphes pour être mises au bas de la gravure du portrait, ou sur la tombe de Mirabeau. La suivante est de M. Destournelles, officier des grenadiers volontaires de la garde nationale, et comme c'est la seule qui nous a paru renfermer au plus haut dégré le mérite du style lapidaire, c'est la seule que nous citerons :

Dieu ! quelle immense proie enferme ce tombeau !
Fut-il rien de plus grand à Rome et dans Athènes ?
L'impitoyable mort dans le seul Mirabeau
Nous a ravi Solon, Tacite et Démosthènes.

Il y eut une éclipse de soleil le lendemain de la mort de Mirabeau, et cette éclipse a fourni au même M. Destournelles le sujet d'une autre pièce de vers très-agréable. Que n'auraient point dit là-dessus des Poëtes fameux du temps d'Auguste ? quels présages n'auraient-ils point tirés de cette éclipse ? quelles comparaisons n'auraient-ils pas faites ? Nous ne sommes point superstitieux, et nous l'avouerons cependant, il nous a été impossible de ne pas remarquer cette éclipse comme une chose très-singulière dans cette circonstance.

(12) *Le sage Talleyrand, pontife-citoyen.* C'est M. de Talleyrand, ancien évêque d'Autun, et M. Lamourette, évêque de Lyon, qui ont assisté Mirabeau dans ses derniers momens, et certes, il était bien juste que le défenseur de la Patrie mourût entre deux patriotes. Aucun autre prêtre n'est venu, avec ses huiles prétendues saintes, empoisonner et souiller le lit de mort de Mirabeau ; Talleyrand et Lamourette ne l'auraient point souffert. Ils ont dépouillé sagement la religion de toutes les formes superstitieuses et barbares : leurs écrits la présentent dans toute sa pureté évangélique : ils ont servi sur-tout la révolution par leurs lumières ; et la conduite de ces prêtres philosophes sera à jamais la honte et le supplice de ceux qui ne le sont pas.

Un des mots les plus heureux de Mirabeau est celui qu'il a dit à M. de Talleyrand, en lui remettant son ouvrage sur les testamens, et le priant de le lire à la tribune. *Il sera piquant de lire à l'Assemblée un ouvrage contre les testamens, venant de la part d'un homme qui, ce matin, a fait son testament.* Quelle grace philosophique il y a dans ces paroles! et comme elles annoncent que Mirabeau, oubliant les souffrances auxquelles il était livré en ce moment, ne s'occupa, jusqu'à son dernier soupir, que du bonheur de la Nation. Il n'y a qu'un homme de génie qui plaisante de la sorte, et qu'un homme de beaucoup d'esprit qui fasse de pareils rapprochemens. Il a dit une foule d'autres mots qui ont été recueillis par-tout, et qu'on ne répétera point dans ces notes. Tous ces mots, hélas! prouvent que Mirabeau joignait beaucoup de sensibilité à un grand caractère, et ne font qu'ajouter à nos regrets, et aggraver la perte que nous avons faite.

(13) *Comme le sombre éclat des armes, des flambeaux.* Jamais la maladie d'un homme n'a intéressé plus de monde que celle de Mirabeau, & jamais convoi n'a été plus imposant, plus magnifique, &, pour ainsi dire, plus national que le sien. Il n'est personne ou presque personne, durant sa maladie, qui n'ait envoyé vingt fois à sa porte, pour savoir de ses nouvelles, & les bulletins, une fois dictés par les Médecins, il s'en distribuait dans Paris des milliers de copies qui, selon qu'ils étaient conçus, portaient dans les ames l'espérance ou la crainte, & les agitaient en tous sens. L'Assemblée Nationale, le Directoire du Département, tous les Ministres, excepté un ou deux qui étaient malades, la Municipalité, les Electeurs, les Présidens des 48 Sections & leurs Commissaires, des Députés de tous les états & de tous les Ordres, douze mille Soldats de la Garde Nationale, & deux ou trois cent mille Citoyens ont assisté à l'enterrement de Mirabeau. Toutes les routes, toutes les fenêtres, les arbres des Boulevards, les toits mêmes étaient bordés de spectateurs qui, venus là pour voir passer le cortége, se sont mêlés avec lui, & ont suivi les restes de Mirabeau jusques dans leur dernier asile. Les cloches ont été mises en branle à l'instant de sa mort, & n'ont pas discontinué de sonner: les Spectacles ont été fermés par-tout & durant toute la journée. Le convoi arrivé à St. Eustache, les Soldats ont tout à la fois déchargé les armes sur le cercueil, & M. Cérutti a prononcé une Oraison funèbre que les oreilles ont mal-entendue, mais que toutes les ames ont recueillie, & qui, publiée le lendemain, par le

voie de l'impression, a mis au jour un des plus beaux monumens de la douleur & de l'éloquence patriotique.

Mêlé parmi le peuple, je suivais tristement son ami qui n'était plus, & que les honneurs qu'il lui rendait, faisaient, pour ainsi dire, revivre, lorsque j'apperçois à côté de moi un jeune homme d'environ quatorze ans, revêtu d'un habit d'Officier, suant à grosses gouttes, et ployant sous le faix de ses armes. Monsieur, lui dis-je, vous me paraissez bien fatigué. « *Est-ce qu'on sent* » *la fatigue* » me répondit-il « *lorsqu'il s'agit d'ho-* » *norer un Grand Homme? marchons.* » Quels mots touchans & sublimes! J'avais, jusqu'à ce moment, versé des larmes de douleur, & j'en versai d'admiration. Qu'ils sont différens ces mots énergiques & tendres de l'espèce d'oraison funèbre que M. Malouet (1) a faite en donnant sa démission de suppléant de Mirabeau au comité diplomatique. Après avoir rendu au Grand-Homme un hommage pénible que lui arrache le génie, après avoir paru presqu'indigné des honneurs qu'on lui décerne, M. Malouet ajoute : *lorsque ses passions & les circonstances l'ont dominé, il a fait beaucoup de mal, & le bien auquel il a concouru dans les résultats utiles de la révolution, se serait opéré sans lui.* Dire que Mirabeau a fait du mal dans la révolution, & que le bien qui en résulte, n'est pas de lui, quel blasphême, ou plutôt quel sacrilège! Peut-on souiller plus indignement la cendre d'un mort, & la cendre d'un mort qui est encore fumante? Pourquoi, me dira-t-on peut-être, avoir rapproché ainsi de la phrase du vieux Malouet le mot du jeune Garde National? Pour faire connaître la génération qui commence & la génération qui finit. Voilà vos Tersites, braves Citoyens, & voilà vos Achilles; voilà vos craintes & vos espérances. On attribue à une femme un autre mot rempli de sensibilité, & qui ne doit point être oublié ici. Il y avait beaucoup de poussière sur le boulevard, le jour qu'on enterra Mirabeau. Plusieurs personnes qui en étaient incommodées, se plaignirent de ce que la Municipalité n'avait pas fait arroser. *Hélas!* dit cette femme *elle a compté sur nos pleurs.*

---

(1) Lisez la partie politique du Mercure de France, 9 avril 1791, vous y trouverez cette oraison funèbre de Mirabeau, par M. Malouet.

(14) *O sublime décret par des Sages porté!*

Aux Grands Hommes
La Patrie reconnoissante.

C'est M. de Pastoret qui a fourni cette belle inscription pour l'église de Sainte-Geneviève, & M. Domergue, auteur de l'excellent *Journal de la Langue Française*; & M. Domergue, aussi distingué par son patriotisme que par son talent, voudrait qu'on ajoutât l'article suivant aux décrets de l'Assemblée Nationale, qui font de l'église de Sainte-Geneviève un Panthéon pour les Grands-Hommes.

» Un concours sera ouvert aux Orateurs & aux » Poètes pour célébrer le Grand-Homme que la Nation » voudra honorer. Le discours, la pièce de vers, qui » auront été trouvés les meilleurs par six hommes de » lettres, nommés par l'Assemblée législative, hors de » son sein, seront prononcés solemnellement dans l'é» glise de Sainte-Geneviève, en présence de l'Assem» blée Nationale, du Roi, des Corps civiques & des » Citoyens. Le prix du Vainqueur sera une médaille » d'or avec cette inscription: *Il a été jugé par la* » *Nation, digne de célébrer un Grand-Homme* »

C'est dans son N°. du 9 Avril 1791, que M. Domergue a consigné cette idée: je la crois très-digne d'être mise à exécution. Ces prix donnés par la Nation, vaudraient bien les prix décernés par nos Académies.

La première édition de ce *Poème sur Mirabeau* avait à peine paru, que M. de la Ferté, le même à qui j'ai dû quelques lettres insérées dans cette Préface, a retrouvé dans ses papiers un ouvrage bien intéressant, et qui n'a jamais été publié. C'est une réponse que fit Mirabeau à un prêtre qui lui avait envoyé un livre contre les philosophes. Il règne dans cette *réponse* une maturité de talent d'autant plus extraordinaire que Mirabeau alors était seulement âgé de 19 ans; elle annonce en partie tout ce qu'il devait être un jour, et je crois faire au public un véritable présent que de l'insérer ici. L'original, écrit de la main de Mirabeau, est resté entre les mains, et chez M. de la Ferté, où les curieux pourront le voir.

LETTRE

DE MIRABEAU A MONSIEUR ***.

FLATTÉ autant que je le dois de la déférence honnête de l'auteur ancien de la réfutation de l'Encyclopédie, je me crois obligé de lui représenter combien de sujets il doit avoir de me récuser, loin de s'en rapporter à ma décision. Sans parler des raisons d'insuffisance qu'il doit trouver dans un jeune homme qui n'a pour lui que la plus grande envie d'apprendre et de connaître la vérité. J'avoue que je serais dans ce genre le plus partial des juges.

La critique qu'on a bien voulu me confier, tombe sur Loke, Bayle, MM. Helvétius, d'Alembert, tous hommes pour qui je suis pénétré de la plus haute estime et de la vénération la plus profonde --- Loke m'a toujours paru être après Newton, le philosophe qui faisait le plus d'honneur à l'humanité : son procédé toujours analytique et toujours conséquent, la sagacité toujours prudente de sa méthaphysique profonde, sa modestie, son rare, son grand, son inestimable mérite de savoir douter, lui ont élevé des trônes dans mon esprit et dans mon coeur : il m'a semblé qu'on ne lui objectait que des choses bién générales, il m'a semblé qu'on attaquait avec trop de mots le philosophe de Tours, qui a dit le plus de choses. On tombe sur son entendement humain ; il m'a toujours paru, et je ne suis pas le seul de cet avis que cette ingénieuse et profonde dissection de nos sensations, de nos pensées, du méchanisme énigmatique de notre conception, remplissait parfaitement son but ; il m'a paru que cet ouvrage était unique dans son espèce et le plus épuré d'erreurs qu'il était possible, en traitant un sujet aussi profond, en suivant une route aussi peu frayée.

Il me paraît bien difficile que Locke, qui fut toujours pénétré de l'existence d'un Dieu, qui n'a même raisonné que d'après cette première notion, sans laquelle un système de philosophie ne peut se soutenir quatre pas dans la route de la vérité, soit le fondateur d'une société qu'on prétend être imbue de l'athéïsme. On reproche à Locke d'avoir soutenu que nous devons toutes nos connaissances à nos sens. Il est vrai que Locke a avancé et évidemment démontré que l'ame est une *Tabula raza*, qui n'a d'idées et d'impressions qu'à l'aide des sensations. Si l'on veut rétablir ce systême des idées innées, on aura tout ce

qu'ils

qu'il y a d'hommes raisonnans à dos ; car ce système absurde est bien tombé.

Il me paraît presqu'impossible qu'un génie aussi vaste que celui de Bayle, qui a aussi prodigieusement travaillé que lui dans tous les genres, n'ait donné dans beaucoup d'erreurs. Nous ne connaissons que trop l'imperfectibilité de la Nature, & aucun homme, pas même le Pape, n'est infaillible ; mais il me semble qu'on taxe bien légèrement Bayle d'Athéisme. On devrait prendre garde que cette accusation, toujours employée contre les grands hommes & toujours si mal prouvée, n'a été ordinairement que le partage des demi-savans, qui n'ont jamais pu pardonner aux vrais philosophes de détruire leurs systêmes ; c'est un vieil argument usé qui ne prouve exactement rien : il a perdu souvent à la honte de l'humanité, ceux qui l'honoraient davantage.

Depuis le grand Socrate jusqu'au très-petit & très-malheureux Vanini, quiconque s'est mêlé de philosopher, a trouvé des Anyte & des Franconi.

J'ai lu Bayle, je l'ai lu avec attention, j'ai vu qu'il avait agité cette fameuse question : une société d'Athées pourrait-elle subsister ; mais je n'ai rien vu dans ses ouvrages dont on pût conclure que lui-même était athée ;

j'ai cru voir, avec tous les Savans de l'Europe ; qu'il était judicieux critique, profondément érudit, et que cette qualité n'excluait point chez lui le génie ; j'ai vu ce qui lui faisait plus d'honneur encore : j'ai vu qu'il savait douter, je le répète, d'après Descartes : c'est là le plus grand et le plus rare mérite du philosophe. Il me semble que ceux qui combattent les Locke et les Bayle, ne savent point assez douter.

Je sais bien que le livre de l'Esprit renferme de grandes erreurs ; mais j'ai cru voir que les erreurs de M. Helvétius pouvaient avoir l'avantage de celles de presque tous les hommes de génie ; c'est d'ouvrir la porte aux grandes vérités. Quel homme en a plus que Descartes ? quel homme prépara de plus grandes découvertes que Descartes ? j'ai cru voir encore que ces erreurs étaient compensées par des vérités neuves et profondes ; je n'ai jamais cru que le livre de l'Esprit pût inspirer l'horreur et le mépris. M. Helvétius est le plus honnête et le plus vrai de tous les hommes ; son esprit se serait laissé égarer, il ne prouverait rien contre son coeur : il est droit et vertueux ; il n'est donc pas fait pour inspirer l'horreur. Quant au mépris, je crois que peu d'hommes ont acquis le droit de mépriser le génie de M. Helvétius.

Je crois devoir à la bonne foi de faire remarquer à l'Auteur de la réfutation qu'on m'a confiée, qu'il ne faut jamais isoler les idées d'un Auteur. M. Helvétius a sans doute prétendu qu'entre l'homme, au sortir des mains de la Nature et l'animal que nous méprisons, la différence n'est pas si infinie que nous affectons de le croire. Avait-il si grand tort? mais je ne me rappelle point qu'il ait exagéré avec des couleurs si fortes que celles qu'on m'offre aujourd'hui, cette assimilation humiliante. Je n'ai sous ma main ni l'Esprit, ni l'Encyclopédie; il faudrait un long et mûr examen pour prononcer sur toutes les objections de détail, mes observations ne peuvent être que générales; je les hazarde, sans les donner comme un avis. Je me croirai trop heureux et peut-être trop avancé, si j'ai appris des Loke, des Newton et des d'Alembert, que j'avoue, avec une espèce d'orgueil, avoir été mes maîtres; si j'ai appris, dis-je, à douter long-temps. --- Quant à la matérialité de l'ame, aucun des Encyclopédistes que je connaisse, mais sur-tout jamais Loke, Bayle et M. Helvétius, n'ont avancé comme une assertion certaine que l'ame était matérielle; ils ont dit qu'il était impossible de prouver qu'elle était esprit, à moins que d'admettre la révélation. Je ne connais point de philosophe qui osât leur nier cette vérité.

Je ne garde aucun ordre dans ces courtes observations ; je les écris telles qu'elles sortent de ma plume, et à mesure que les idées du morceau qui m'est confié les font naître. Je n'ai jamais oui dire que M. d'Alembert fût Athée, j'ai eu l'avantage de beaucoup le connaître ; il m'a paru, comme à toute la France, un déïste modeste, simple et droit. Comment donc aurait-il empoisonné son Encyclopédie du venin de l'athéïsme ?

Il me semble qu'on attribue à Locke le sentiment d'Hobbes ; il y a beaucoup de différence entre ces deux hommes. Jamais ni Locke, ni M. Helvétius, ni M. d'Alembert, que je sache, n'ont combattu la religion naturelle ; ce sont de ces vérités de sentiment qu'il est difficile de se nier, à moins d'avoir beaucoup de mauvaise foi. Jamais philosophe n'eut plus de bonne foi que chacun de ces trois grands génies. Voyez comme on s'abuse ; j'aurais plutôt cru que ces Messieurs voulaient nous ramener à la religion naturelle, que je ne les aurais soupçonné de vouloir la détruire.

On reproche aux Encyclopédistes d'avoir combattu *la liberté* et *la volonté* ; mais quel homme sensé osera jamais soutenir cette thèse comme une proposition évidente ? je vois sans cesse notre pauvre humanité crier : *je suis libre*, et je la vois sans cesse décéler ses fers. J'ai lu beaucoup de mots sur cette matière délicate, et j'ai cru voir en cela, comme dans presque toutes les autres parties de la Métaphysique, qu'on parlait beaucoup, & qu'on ignorait beaucoup.

Jamais les Encyclopédistes n'ont regardé l'existence de Dieu comme une hypothèse : encore un coup, les demi-savans trouvent beaucoup d'athées : mais je suis intimement persuadé que peu de philosophes sont athées.

Ces Messieurs sont difficiles sur l'article de la religion ; il faudrait les réfuter, & non pas les injurier. Il y a un petit raisonnement un peu concluant qui les tient toujours en méfiance. — Dans un rectangle quelconque, le quarré construit sur l'hyppothénuse est égal à la somme des quarrés construits sur les deux autres côtés.... — Dans une parabole quelconque le quarré d'une ordonnée quelconque est égal au rectangle fait sous le paramètre & l'exis correspondante.... — Cet Univers ne peut avoir été construit que par un être souverainement intelligent, éternel, infini.... L'intérêt intime de l'homme et l'abrégé de ses devoirs se trouvent dans ce principe si simple : Ne faites pas à autrui ce que vous ne voudriez pas qu'on vous fît. Toutes ces vérités qu'on démontre à la rigueur fournissent mille démonstrations, mais restent toujours les mêmes. On ne peut les interprêter que dans un sens, on peut leur donner des formes différentes ; mais le fonds, le même principe subsistera toujours. Tel est le caractère de la vérité : elle est une ; elle est démontrable jusque dans ses plus petits rameaux. On peut toujours l'amener à un point d'évidence irrécusable. L'homme n'est pas fait pour errer dans le labyrinte des probabilités quand il s'agit du code qui doit soumettre sa conduite et sa raison ; personne n'a jamais essayé de détruire les vérités mathématiques : aucune religion n'a encore été promulguée sans trouver pour adversaires la moitié du genre humain ; voilà le caractère de l'irrésistible vérité et le partage nécessaire du sophisme et des conjectures.

Il n'est pas étonnant que des hommes prodigieusement sagaces, mais plus sujets à s'éblouir que le vulgaire des philosophes, plus profonds dans leur manière de voir, plus lents dans leurs décisions, ne croient pas à tout aussi légèrement que le commun des hommes. M. de Voltaire souhaite, pour qu'un miracle soit bien constaté, qu'il soit fait ou en présence de l'Académie royale des Sciences de Paris, ou de la Société royale de Londres, et de la faculté de Médecine, assurées d'un détachement du régiment des Gardes, pour contenir la foule du peuple qui pourrait, par son indiscrétion, empêcher l'opération du miracle. Cette demande ne me paraît pas injuste; que me fait le jugement de tout un peuple qui ne sait pas juger?

Du temps que j'étais jeune, car à présent j'ai dix-neuf ans, ma grand'mère qui était fort dévote, me faisait expliquer très-exactement mon catéchisme; j'écoutais avec la bouche béante l'exposition des mystères, que ni moi ni ceux qui les enseignent n'ont jamais compris. Un beau jour, mon catéchiste qui ne s'imaginait pas impliquer dans les termes, me disait que quelqu'illuminée que fût la puissance de Dieu, il lui était cependant impossible de faire les contraires; de faire, par exemple, un bâton qui n'eût qu'un bout, qu'autrement il ne serait pas Dieu; mais, lui repartis-je avec une grande naïveté, les miracles et les mystères ne sont-ils pas un bâton à un bout?

Je ne suis pas étonné que cette idée si

simple, puisqu'elle m'a passé par la tête, modère la crédulité des d'Alembert, tant qu'ils ne jugent qu'avec les lumières de la raison. Admettons-nous la révélation ? je me tais, la Philosophie doit baisser pavillon ; ce sont de ces argumens à toute main auxquels on ne doit pas répondre ; mais, encore un coup, il faut raisonner avec les Encyclopédistes, et non pas les invectiver. Il me paraît difficile de réfuter M. Helvétius & le Dictionnaire encyclopédique en cinq pages.

Les Auteurs de cet ouvrage se font honneur de suivre la route qu'a tracée le grand Loke ; je ne vois en vérité pas, quel espèce de tort peut leur faire leur attachement aux opinions de l'homme le plus conséquent qui ait honoré l'humanité.

Je l'ai avoué, je suis partial : j'ai toujours regardé l'Encyclopédie comme le plus beau projet littéraire qu'ait conçu tête humaine, et les Encyclopédistes comme les hommes les plus éclairés de notre siècle ; peut-être n'ont-ils pas toujours raison : quel homme n'a pas ses ombres ?

ÉLOGE DE VOLTAIRE (1).

J'AVAIS passé les eaux du fleuve redoutable,
De l'Empire des morts, barrière épouvantable;
Une Ombre me conduit dans ces bosquets charmans,
Que peuplent les Héros, les Sages, les Amans;
Et je partage enfin les voluptés parfaites
Des Hôtes fortunés de ces belles retraites.
Un seul, quand j'y parus pour la première fois,
S'indigna de me voir arriver en ces bois.
Faut-il s'en étonner? c'était l'affreux Zoïle,
Ce lâche détracteur du vieux Chantre d'Achille,
Du Tartare échappé, je ne sais trop comment,
Était dans l'Élysée entré furtivement:
Il me parle en ces mots: « C'est ici qu'on dispense
Aux vertus, aux talens, leur juste récompense.
De quel droit y viens-tu? Si l'on m'a bien instruit,
Ton nom dans l'Univers a fait un peu de bruit:
Mais ta main qu'égarait un malheureux délire,
A faussé le compas, fait discorder la lyre.
Ton débile génie en ses divers travaux,
Trouva toujours un maître et souvent des rivaux.
Sors donc, sors de ces lieux que souille ta présence,
Va revoir les Français qui pleurent ton absence;

(1) C'est Voltaire lui-même qui parle dans ce Poëme: il fut composé lorsque l'Académie Française proposa l'éloge de ce grand homme pour le sujet du prix de Poésie en 1770. L'Auteur l'a retouché considérablement: il a sur-tout ajouté vers la fin un morceau prophétique, où Voltaire pressent les honneurs que l'Assemblée nationale lui a fait rendre en 1791. Ce Poëme a été lu avec beaucoup de succès, tel que nous le donnons ici, au Lycée du Palais-Royal, à l'époque de la translation du corps de Voltaire dans la Capitale, et au Panthéon français.

Sors, dis-je, ou mon courroux te deviendra fatal. »

Ce discours de Zoïle était un peu brutal;
Quelques Ombres soudain me pressent de répondre
A ce mot incivil que je pourais confondre:
Mais en vain leur prière est un ordre pour moi:
On ne peut se résoudre à bien parler de soi.
L'orgueil est en tous lieux un vice qu'on déteste:
Même après qu'on est mort, il faut être modeste.
J'allais donc à Zoïle, en esclave soumis,
Du séjour des Heureux quitter les bois amis:
Déja je m'éloignais; les Ombres s'en étonnent:
Elles suivent mes pas, m'arrêtent, m'environnent;
Du palais de Pluton me ferment le chemin;
Je ne résistai plus, et répondis soudain:

Pauvre Zoïle! eh quoi! tu doutes de ma gloire
Je vais de mes travaux te raconter l'histoire.

Racine n'était plus. Un veuvage éternel
Ménaçait Melpomène, et d'un deuil solemnel
Son temple offrait par-tout la douloureuse image.
A cette Muse altière offrant mon tendre hommage,
Bientôt je la console: A mes vœux, à ma foi,
Melpomène se livre et convole avec moi;
Mais une femme hélas! n'est pas long-temps fidelle:
De plus jeunes Amans me remplacent près d'elle.

D'un Fils incestueux je retraçai d'abord
Le crime involontaire, et le touchant remord.
Soudain Lamotte-Houdart me prédit qu'au Parnasse,
J'occuperais un jour une assez belle place.
Quoique je l'aye un peu sifflé de mon vivant;
Ce Lamotte, entre nous, avait raison souvent:

S'il se trompait en vers, il parlait juste en prose.

LORSQUE l'on vient de plaire, il n'est rien que l'on n'ose,
J'avais plus ; j'en crus donc monsieur Lamotte-Houdart,
J'arme Hérode aussi-tôt du tragique poignard,
Et bientôt m'élevant à la grandeur Romaine,
Je peins du vieux Brutus l'ame républicaine.
Un de tes descendans, ennemis des beaux vers,
Un Zoïle envieux de mes succès divers,
Se met à publier, et se plait à redire :
» Il ne sait point aimer » et je donne Zaïre.
Chef-d'œuvre de tendresse, et pourtant sans amour;
Mérope est applaudie, admirée à son tour;
Et Mahomet m'élève au-dessus de moi-même.

NE pense pas qu'ici plein d'un orgueil extrême;
D'un orgueil qui me sied peut-être en ces instans,
Rappelant le destin de mes nombreux Enfans,
Je t'en fasse à loisir un méthodique éloge.
Va louer aux Français une petite loge,
Va, tu répands ton fiel sur mes moindres écrits:
Eh bien! si tu peux voir ou Cléron, ou Vestris,
A ces Drames divers prêter leurs nobles charmes,
Pour la première fois tu verseras des larmes;
Et ton farouche cœur se laissant attendrir,
Pour la première fois cessera de haïr.

A table quelquefois, la bonne compagnie,
Apprécie avec goût les efforts du génie;
Lorsque j'étais encor de ses petits soupés,
J'ai vu des Connaisseurs, même des plus hupés,
Entre ses deux rivaux placer le vieux Voltaire.
Démens-les, si tu veux, pour moi je dois me taire.
Quoique désaltéré dans le fleuve d'Oubli,
Je me souviens encor qu'un Français est poli.

« RACINE, disaient-ils, rappelle en tout Virgile:
» La langue, sous ses mains, est une molle argile
» Qui, docile à ses vœux, s'arrondit et s'étend,
» Que son goût délicat soumet à chaque instant
» A de nouvelles loix, à des formes nouvelles.
» Adoré des Amans, idolâtré des Belles,
» Des orages divers qui tourmentent leur cœur,
» Son vers qui réunit la grace et la vigueur,
» Avec précision retrace la peinture,
» Et ses tableaux toujours sont faits d'après Nature.

« CORNEILLE plus hardi, plus ami de l'écart,
» Laisse marcher son style et sa verve au hazard;
» Il est, sans le savoir, éloquent et sublime:
» Il ne met point son vers sous le joug de la lime;
» Non, son vers tout armé de son cerveau jaillit:
» Corneille crée enfin, et Racine polit.

« VOLTAIRE les égale: un vers tantôt facile,
» Tantôt plus châtié, de sa plume docile
» Tombe, et de ses rivaux sa Muse offre par-tout
» L'adresse et l'abandon, le génie et le goût.
» On l'a vu plus souvent, d'une main affermie,
» Aux pieds mal assurés de la Philosophie,
» Attacher le cothurne, et cette Déité
» Par sa bouche aux Humains prêchant l'humanité;
» Le théâtre soumis à de nouveaux usages,
» Est devenu l'école et des Rois et des Sages.
» Melpomène, en un mot, dans ses Drames vantés,
» Trouve de ses rivaux les divers beautés. »

QUE j'aimais leurs discours! Pour de certains ouvrages,
Il ne faut pas compter; mais peser les suffrages.
Tu me crois sans génie ainsi que sans esprit,
Un seul moment encor modère ton dépit,

Et retiens, si tu peux, les torrens de ta bile.
Le Tasse que j'adore et le sage Virgile,
Ces Ombres dont souvent je brigue l'entretien,
Ont daigné, l'autre jour, me dire quelque bien
De ce fameux Poème, où, dans sa jeune audace,
Ma Muse s'essayant à marcher sur leur trace,
Célébra de Henri les exploits belliqueux.
Je n'y fais point agir les ressorts merveilleux,
De la machine antique invisible chimère,
Qu'Hésiode inventa pour la gloire d'Homère.
La Fable a disparu devant la Vérité:
Ses honneurs sont détruits; ce colosse vanté
Sous les efforts du Temps s'est vu réduire en poudre;
Au puissant Jupiter Francklin ravit la foudre,
Les Cyclopes, Vulcain, n'inspirent plus d'effroi.
Veux-tu les bien connaître? Interroge Fourcroi:
Son creuset t'apprendra leurs plus secrets mystères,
Et le Soleil, ce roi des mondes planétaires,
Dont l'aurore annonçait le réveil glorieux,
Précipité du char qu'il roulait dans les cieux,
Et perdant ses Coursiers à flottante crinière,
Au prisme de Newton a soumis sa lumière.
J'ai choisi, déserteur du célèbre Vallon,
Un Dieu seul pour Agent, le vrai pour Appollon,
Et des graves atours de la Philosophie
Ma Muse est revêtue, et peut-être embellie.
On ne voit point chez moi de vieux roi Latinus
Incessamment flotter entre Enée et Turnus:
On n'y voit point non plus tous ces combats étranges
Des Dieux et des Mortels, des Diables et des Anges.
Le calme sur le front, mon Héros courageux,
Marche tranquillement sous un ciel orageux;

En quelque grand danger, si sa valeur l'engage;
Il n'a point là tout prêt un agile nuage
Qui lui prête un asyle en ses flancs entr'ouverts,
L'escamote et s'envole avec lui dans les airs.
Tout ce qu'il dit est vrai; tout ce qu'il fait, croyable;
Il bat ses ennemis sans le secours du Diable:
Il est humain, sensible, et vaincu par l'Amour,
Sans le secours des Dieux, le fait vaincre à son tour.
De l'Olympe à l'envi les chambres assemblées,
N'enflent point de mes vers les rimes redoublées
Pour régler ses destins et lui donner des loix,
HENRI ne doit qu'à lui ses vertus, ses exploits.
Il plaît sans talismant, triomphe sans miracles,
Et la voix de l'honneur lui tient lieu des oracles.
Philosophe guerrier, pacifique soldat,
De la paix amoureux, sans craindre le combat;
Tranquille à ses côtés, toujours grand, toujours sage;
Mornay tirant l'épée, au milieu du carnage,
Pour repousser la mort et non pour la donner,
Est moins prompt à punir encor qu'à pardonner.
Voilà de ces Héros dignes qu'on les révère,
Telles sont les Beautés dont le charme sévère
A peut-être séduit Virgile et Torquato;
Peut-être que tous deux préfèrent, *in petto*,
D'utiles vérités à de stériles Fables,
Et mes sages leçons à leurs rêves aimables.
Rien n'est beau, rien n'est grand, que par la vérité:
Elle seule en tout temps fut ma divinité.
Je hais le merveilleux qui n'est pas vraisemblable.

De la trahir peut-être on m'a jugé capable.
Eh bien! porte avec moi tes regards éblouis
Sur le siècle brillant du plus grand des Louis.

Il m'a toujours semblé que, dans ces temps célèbres,
On avait mis l'Histoire en oraisons funèbres :
Aux Princes, aux Héros on prodiguait l'encens,
Et les Historiens, un peu trop courtisans,
N'avaient point hérité des pinceaux de Tacite.
Les Strada, les Maimbourg, et d'autres que l'on cite,
A force de tout dire, empêchaient de penser.
Le pesant Daniel à cru les surpasser;
Rien par lui n'est omis, et, partageant leur gloire,
Il fit une gazette, et non pas une histoire.
J'ai vu dans le Léthé descendre leurs tableaux,
Et j'en suis peu surpris. Lorsque de leurs Héros
L'armée était rangée en ordre de bataille,
Lorsqu'elle s'escrimait et d'estoc et de taille,
Très-pacifiquement ils comptaient les blessés;
Et dans leur *agenda* nombrant les trépassés
Sur deux rangs les plaçaient par centaine et par mille.
Si Luckner eût tenté le siége d'une ville,
Ils auraient dit quel jour, à quelle heure, comment
Il avait commandé tel ou tel régiment;
Ce qu'il fit dans sa tente, et comment sur la brune
Un gros de fusiliers prit une demi-lune.
Ah! ce n'est pas ainsi que l'on peint les Héros,
J'ai de leurs grands exploits tracé de grands tableaux.
Charles, Pierre, Louis aux Nations futures,
Seront transmis vivans dans mes larges peintures:
Oui, sans m'appesantir à détailler leurs traits,
Ma plume impartiale en finit les portraits.
Les tyrans à leur solde ont des plumes vénales,
Quand la mienne du monde écrivit les Annales,
Sans égard pour les rangs, sans égard pour les noms,
Je distinguai toujours les Titus des Nérons.

C'est là que je montrai l'opinion volage,
Gouvernant l'Univers du haut de son nuage,
Tyrannisant le Peuple et régnant sur les Rois:
C'est là que des humains j'ai défendu les droits;
Là, que du Vatican révélant les maximes,
Ma plume audacieuse a dénoncé les crimes
Dont s'énorgueillissait le vieux pape Hildebrand;
Des Rois, au nom du ciel, fanatique tyran,
Et qui de leurs états dépouillant ses maîtresses,
Se faisait tout donner (1) par les jeunes Princesses.
C'est là que j'ai surpris les talens au berceau,
Que j'ai vu par dégrés s'allumer leur flambeau.
C'est là que j'ai sur-tout prêché la tolérance,
Et, grâce à mes efforts, ce fils de l'ignorance,
Ce despote sacré, colosse ambitieux,
Qui cache avec orgueil sa tête dans les Cieux,
Dont l'autel s'élevait sur les débris des trônes,
Qui d'un pied dédaigneux marchait sur les couronnes;
Le fanatisme enfin, contraint de se cacher,
N'ose plus allumer ni torche ni bûcher.
Galilée à présent, sans craindre aucuns désastres,
Dans le centre des cieux fixe le Roi des astres.
Mes chers concitoyens, Philosophes charmans,
Ne s'entregorgent plus pour de vains argumens.
On brûle moins de gens à Madrid, à Lisbonne,
Et, sans se faire cuire, on rit de la Sorbonne.

L'AIGLE brillant de Meaux a peint quelques Etats,
L'un sur l'autre tombant, croulant avec fracas:

(1) C'est Voltaire lui-même qui m'a fourni ce vers: il dit, en parlant de la fameuse comtesse Mathilde, qui fit à Grégoire VII la donation de tous ses biens: *c'était une jeune veuve qui donnait tout à son Directeur.* Questions sur l'Encyclopédie, article DONATION. Que n'ai-je pu de même puiser tous mes autres vers dans Voltaire!

J'admire

J'admire ses efforts ; mais ce mâle génie
Devait-il donc borner sa carrière infinie ?
Sur le peuple fameux, par Moïse adopté,
Son éloquent pinceau semble s'être arrêté.
Plus hardi, je parcours tous les lieux, tous les âges,
Le peuple qui du *Tien* (1) adore les images,
Celui qui d'Oromase encense les autels,
Des usages nouveaux et de nouveaux mortels,
Voilà ce que j'ai peint. Sous ma plume féconde,
Un Essai sur les mœurs est l'histoire du monde.
Tel jadis Archimède en un brillant faisceau,
Assembla tous les feux du céleste flambeau.
Tacite fut pourtant mon vainqueur et mon maître,
Et ta bouche s'ouvrait pour le dire peut-être....
Laisse jaser ma Muse encor quelques momens.
Ecoute : As-tu bien lu tous mes petits romans ?
C'est là, c'est là sur-tout que, moraliste habile,
Je fais marcher de front l'agréable et l'utile,
Et qu'ornant mes leçons de riantes couleurs,
J'amuse les Humains pour les rendre meilleurs.
Les Humains n'aiment point un Précepteur sévère ;
C'est là qu'adroitement j'étends aux bords du verre
Le miel qui pouvait seul, par ses sucs bienfaisans,
De leurs vieilles erreurs guérir ces vieux enfans.
Si tu veux que ton front, un beau jour se déride,
Lis Memnon, lis Babouc, et lis sur-tout Candide.
Rien ne te satisfait : tout est mal à tes yeux,
Et Panglos t'apprendra que tout est pour le mieux.

Je ne te parle point de mille bagatelles
Que le Temps chaque jour emporte sur ses ailes,

---

(1) Le Chinois.

De mille petits vers, ouvrages du moment,
Où règnent la raison, le goût, le sentiment.
Pourquoi les arrêter dans leur suite rapide ?
Si j'allais de ces vers, louangeur intrépide,
Donner un bel éloge à chaque joli rien,
Je serais mon flatteur; non mon historien.
Ces fruits de mes loisirs, et non pas de mes veilles,
Tels que certains Sonnets, difficiles merveilles,
N'offrent point les beautés d'un Poëme complet:
Mais peut-être ils ont tout, puisqu'ils ont ce qui plaît.
L'Art ne les dicta point. Enfans de la Nature,
Leur charme le plus doux est d'être sans parure.

Je ne te parle point du passager Amour
Que Thalie en mon cœur fit éclore à son tour:
Elle n'a pas toujours rejetté mes fleurettes:
J'en ai même reçu quelques faveurs secrètes;
Mais en fidèle Amant je garde le *tacet*,
Je dois me souvenir que j'ai fait l'*indiscret*.

As-tu vu quelquefois du milieu de son aire,
L'Aigle altier s'élancer au séjour du tonnerre,
Se perdre, s'égarer sous la voûte des Cieux ?
As-tu vu quelquefois, en de champêtres lieux,
S'élancer l'hirondelle, et d'une aile rapide
Raser l'humble gazon, raser l'onde limpide ?
Ainsi j'ai l'art heureux, dans mes écrits divers,
D'imiter tour-à-tour ces habitans des airs:
Je monte avec fierté, je m'abaisse avec grâce.
Je réunis Sophocle, Anacréon, Horace;
Horace qui pénètre où s'assemblent les Dieux,
Et plus semblable encore à l'Astre radieux,
Dont les regards au loin chassent la nuit obscure:
Flambeau des Arts, soleil de la Littérature,

Toujours plein de clarté, de chaleur et de goût,
Dans le monde savant je brille et *suis par-tout*.

Par de rares talens suffit-il d'être illustre ?
Non ; la seule vertu donne à l'Homme un vrai lustre.
Beaucoup de beaux-esprits que j'ai vus depuis peu,
Ont des velléités de ne pas croire en Dieu.
Pour moi j'y crus toujours. Sur la sphère étoilée,
Trône immense où s'assied sa majesté voilée,
Toujours avec respect j'ai porté mes regards
Et vu ses traits empreints dans les mondes épars,
Qu'aux marches de son trône une chaîne balance,
Sans culte je le sers et le prie en silence.
Quant à son Envoyé, dont le sang précieux
Nous réconcilia, dit-on, avec les Cieux,
J'admire ses vertus ; mais naïf, mais sincère,
Pour adorer le Fils, j'honore trop le Père.
Si justement l'Église a flétri Spinosa,
Je ne crois guère aux Saints qu'elle canonisa.

J'ai dit aux Souverains qui montaient sur le trône:
« Rois, n'ouvrez point l'oreil au flatteur qui vous prône.
Soyez justes ; aimez les loix et vos sujets ; »
Aux Ministres d'un Dieu de clémence et de paix :
« Messieurs, par la douceur convertissez les âmes ;
Ne vous hâtez point trop de condamner aux flammes,
De très-honnêtes gens, parce qu'ils sont Païens. »
J'ai dit à l'Etranger, à mes concitoyens:
« Mes frères, mes amis, ne faites point la guerre :
Vivez chacun en paix sur votre coin de terre,
Vous serez plus heureux. » Je l'ai dit aux Germains,
Aux Russes, aux Anglais, presqu'à tous les Humains.
Indigné des affronts faits aux Dieux du Parnasse,
J'ai châtié souvent tes pareils avec grâce.

Est-ce un crime si grand ? Mes légers aiguillons
Ont dû venger l'abeille en perçant les frelons.
Quand la mort est venue étendre sur ma tête
Sa redoutable faulx, sa faulx que rien n'arrête,
J'allais venger Lalli d'un injuste trépas:
J'ai fait rendre l'honneur aux mânes de Calas.
Pardevant une Cour fanatique et barbare
Ont traîné injustement l'infortuné Labarre,
Qui meurt en pardonnant à ses Juges pervers,
Et je l'ai défendu *pardevant* l'Univers.
L'arrêt que Juin (1) porta fut cassé par Septembre,
Et l'Univers entier condamna la Grand'Chambre.
Que de maux elle a fait ! Au sommet du Jura
Tout un Peuple long-temps dans les fers soupira.
Il sert peut-être encor ces tyrans en aumusse,
Dont s'élève le front couronné d'un capuce,
Et, pour les affranchir, moi-même j'ai plaidé (2)
Par *Christin* l'avocat noblement secondé.
J'ai nourri, soutenu d'indigentes familles,
Fait bâtir une Eglise et marié des filles.
S'il faut s'en rapporter à quelques gens de bien,
Je suis damné pourtant ... tu vois qu'il n'en est rien.
Aussi faible qu'un autre, et même plus fragile,
Il est vrai que mon cœur du sublime Evangile
N'a pas toujours suivi les saints commandemens:
Mais le Ciel m'a fait grâce à mes derniers momens.
Plus clément qu'on ne croit, le Ciel permet qu'on pense.
Des Justes, tu le vois, la juste récompense

(1) L'arrêt du Parlement contre le chevalier de la Barre fut porté le 4 Juin 1766.

(2) Allusion aux mémoires que fit Voltaire en faveur des serfs du mont Jura.

Et mon noble partage en ce bois fortuné,
Et content je pardonne à ceux qui m'ont damné.

Que dis je? au bon vieux temps, sans devenir prophête,
On ne cultivait point les talens du Poëte;
Et j'ose le prédire aux siècles avenir,
L'âge d'or sur la terre est prêt à refleurir.

MA Muse errait à peine aux rives du Permesse
Qu'un Prince embastilleur, fléau de ma jeunesse,
Dans un royal château flanqué d'énormes tours,
Ensevelit bientôt l'aurore de mes jours.
Eh bien, le temps approche où de ce noir repaire
Une Divinité, qui me fut toujours chère,
Délivrant tout-à-coup et la France et Paris,
Le Peuple dansera sur ses affreux débris.
D'un auguste Sénat la respectable élite,
Va rétablir la loi qui fut long-temps proscrite;
La loi de la nature, et par l'égalité
Renaîtront la concorde ainsi que l'équité.
Le Français fut toujours gouverné par des Prêtres,
Hors cette Loi divine il n'aura plus de maîtres;
Et le Pape sur-tout, ce farouche ennemi,
Qui ne fut ni cruel ni burlesque à demi;
Le Pape, qui jadis régnant sur nos provinces,
Fit brûler les sujets et détrôner les Princes;
Le Pape enfin perdant ses droits accumulés,
On brûlera celui qui nous a tant brûlés,
On le fessera même (1), et ce dieu ridicule
Attendra vainement que l'on baise sa mule.

---

(1) Lorsque le Pape eut lancé sa seconde bulle contre l'Assemblée nationale, son mannequin fut fessé et brûlé en plein Palais-Royal: ce fut M. de Saint-Huruge qui présida à l'exécution. Les Français

Il approche le temps où restés sans appuis,
Tous les Saints rentreront dans leurs larges étuits,
Et n'auront plus le droit de faire des miracles,
Où la Philosophie étendant ses oracles,
Et fixant le pouvoir des Prêtres et des Rois,
Le genre-Humain par-tout reprendra tous ses droits.
Les Prêtres en tous lieux ont poursuivi mes mânes,
Tyrans en capuchons, Despotes en soutanes,
Ils ont flétri ma cendre, et leur farouche orgueil
N'a pas même daigné m'accorder un cercueil.
La Sagesse bientôt, la Raison, la Justice,
Eléveront un vœu qui me sera propice.
La jeune Varicourt dont les attraits naissans,
Dont l'esprit, la gaîté charmèrent mes vieux ans,
Et que si justement j'appelai *Belle et bonne*,
Des sots me vengea, sur-tout de la Sorbonne :
Par mes divers écrits son Epoux éclairé
Secondera l'effort de son zèle épuré,
Et le Curé Tersac expiant ses fredaines,
Viendra sur mes autels faire maintes neuvaines.

CHASSE de Geneviève, objet d'un vain respect,
Votre règne est passé ; tremblez à mon aspect,
Tremblez, fuyez sur-tout, ma cendre vous remplace,
Et par moi votre Eglise est un nouveau Parnasse.
C'est là qu'incessamment Descarte et Mirabeau,
Verront au milieu d'eux s'élever mon tombeau.

QUAND e fus couronné sur la tragique scène,
Où malgré mes vieux ans triompha mon Irène,

---

brûlent et fustigent de vains simulacres. Un Pape a fait fustiger en réalité le comte Raymond de Toulouse, et combien d'autres Papes ne vous ont-ils pas souvent fait brûler en chair et en os !

Un Curé soudoyé par le prélat Beaumont,
Au lieu de m'applaudir m'affubla d'un sermon;
Un autre, quand je meurs, ne veut pas qu'on m'enterre,
Et toujours et par-tout ligués contre Voltaire,
Les Curés m'ont haï, maudit, persécuté.
Un jour je m'écrivi justement irrité,
Et lançant à mon tour une vive apostrophe;
» Quoi toujours des Curés, et pas un Philosophe! »
Il approche le temps où tout haut je dirai:
» Tout homme est Philosophe, et pas un n'est Curé. »

Ne vois-je pas déja Clootz (1) le Gallophile,
Dans un étroit sentier me suivant à la file,
Des superstitions briser gaiment l'Autel?
Du genre-Humain esclave Orateur immortel,
Par lui le genre-Humain asservi sous des Maîtres,
Va secouer le joug et des Rois et des Prêtres;
Et sages, quoiqu'Abbés, les Sieys, les Talleyrands,
Portent les derniers coups à nos derniers tyrans.

Pour toi, lâche Zoïle, insulte à leur génie;
Partage de Royou la fougueuse manie,
Et forgeant comme lui de coupables pamphlets,
Cours au Palais-Royal gagner des camouflets.

On sourit à ces mots, et j'ai tout lieu de croire
Que mon sage discours satisfit l'Auditoire.
Déja pour repliquer mon critique envieux,
Ouvrait sa bouche torse, et ses livides yeux

---

(1) Auteur de plusieurs ouvrages, & entr'autres des *Vœux d'un Gallophille*. C'est lui qui, le 19 Juin, vint au nom du genre-humain, prononcer un discours à la barre de l'Assemblée nationale, et qui depuis a publié, sous le nom d'Anacharsis Clootz, un ouvrage intitulé : *l'Orateur du genre-humain*, ouvrage rempli de patriotisme et d'excellentes vues.

Étincelaient déja d'une rage impuissante.
Un long fouet à la main Alecton se présente.
Zoïle, à son insçu, de l'antre des Méchans
Venait de s'échapper : A grands coups de serpens
Elle le fait rentrer dans sa prison profonde,
Et purge le verger de son aspect immonde ;
Et moi je fus conduit, par l'ordre de Pluton,
Sous le toit verdoyant d'un champêtre sallon,
Où les chiffres divers des guirlandes unies
Faisaient lire ces mots : *Au bosquet des Génies* :
J'y suis entre Corneille et Racine placé ;
Boileau, le regard fixe et le sourcil froncé,
Non loin de nous assis, immobile, s'applique
A me donner un rang dans son Art poétique.
Sur le leste hyppogriffe Arioste monté,
En volant m'applaudit, et de la vérité
Newton toujours épris, sous les mêmes ombrages
Cède à l'attraction en lisant mes Ouvrages ;
Pope en les parcourant juge que tout est bien,
Bayle les croit charmans, lui qui ne croit à rien.
Anacréon plus loin décoëffe une bouteille,
Et boit à ma santé sous l'ombre d'une treille.
Il espère bientôt souper avec Chaulieu :
Je serai du banquet, il m'en a fait l'aveu,
Et m'a dit que Piron, dont la verve étincelle,
Doit me lire au dessert deux chants de la Pucelle.
Mon tolérant systême enchante Fénélon :
Et Molière sourit au portrait de Frelon.
La Fontaine charmé de ce qui plaît aux Dames,
Préfère ingénûment mes Contes à mes Drames.
Debout à ses côtés est le joyeux Vadé,
Qui presqu'*incognito* s'est du monde évadé:

Armé d'un large verre et d'une longue pipe,
Il a l'air de me dire : « ô noble Auteur d'Œdipe!
» Vous êtes étonné de me trouver ici.
» Je vous dois cet honneur (1) : salut et grand merci.
» Je n'étais que grivois, vous m'avez fait sublime ; »
Mais qu'entends-je? Boileau, mon juge légitime,
Vient tout-à-coup sur moi de porter son arrêt ;
Je rougirai long-temps d'un aussi beau portrait,
Et mon ami Fréron doutera qu'il ressemble :
» Tous les esprits divers, son esprit les rassemble. »

---

(1) On sait que Voltaire a publié ses Contes en vers sous le nom de *Vadé*.

LE BANQUET
DES SIX ROIS DU NORD,
RÊVE POÉTIQUE.

Lu à l'ouverture du Licée du Palais Royal, le 3 Décembre 1791.

Hier, au coin du feu, je relisais Candide.
Que ce livre me plait, quand d'un style rapide,
Voltaire peint six Rois à table réunis;
L'un l'autre s'ignorant, l'un de l'autre surpris!
C'est Voltaire sur-tout que j'ai pris pour modèle:
Souffrez donc, mes amis, qu'à mon Maitre fidèle
Je retrace à peu-près un semblable festin.

Avant que, nommé Roi d'un Peuple souverain,
Louis eût accepté le code de la France,
Les Monarques du Nord, jaloux de leur puissance,
Sentirent quelqu'effroi naître au fonds de leurs cœurs;
Redoutant les décrets de nos Législateurs,
Secrètement en poste à Vienne ils se rendirent.
Les Cieux d'un voile noir à peine se couvrirent;
Léopold, de ces Rois connaissant les projets,
D'un souper délicat ordonne les apprêts;
Ils y volent sur l'heure, et sans cérémonie,
Un noble et grand dessein les guide en Germanie:
Ils y veulent régler les divers intérêts
Qui brouillent si souvent les Rois et les Sujets,
Et sur-tout arrêter l'essor d'un Peuple libre,
Qui peut de l'Univers renverser l'équilibre.

Ce peuple est le Français, long-temps nommé *Gaulois* ;
Long-temps esclave, enfin gouverné par les Lois,
Et qui, las de servir, ne veut qu'être équitable.

On doit à la Beauté les honneurs de la table :
La Czarine est présente, et les cinq Rois unis,
Croyant de l'Occident voir la *Sémiramis*,
S'empressent autour d'elle avec zèle, avec grace,
Et l'élèvent ensemble à la première place.
On offre la seconde à Poniatowski (1),
Qui fut de la Czarine un peu plus que l'ami,
Et ces deux Souverains, charmés du voisinage,
Retrouvent, un moment, les feux de leur jeune âge.
Guillaume Frédéric, Gustave, Christian (2),
Aiment peu l'étiquette, et sans ordre, sans plan,
Se rangent au festin que Léopold leur donne,
Et que la faim sur-tout plus que l'art assaisonne.
La faim est démocrate, et fait sentir ses lois
Aux Tyrans les plus fiers comme aux simples Bourgeois.
Celle du roi Gustave est satisfaite à peine,
« Puissans Princes » dit-il « et vous, auguste Reine (3),
» Les voyez-vous courir les coupables Français,
» Et d'erreurs en erreurs, et d'excès en excès ?
» Les voyez-vous par-tout usant de violence,
» Et de l'Europe enfin détruisant la balance,
» Ouvrir à l'anarchie un cercle illimité ?
» Souffrirons-nous encor qu'avec impunité
» Ils osent attaquer nos sceptres, nos couronnes,
» Et préparent de loin la ruine des trônes ?
» Armons-nous, armons-nous ; frappons avec fierté
» Ce colosse imposant de fausse liberté,
» Qui croit un jour atteindre à la hauteur de Rome.
» Le Français me fait rire avec ses Droits de l'homme.

» L'homme est né pour servir, pour ramper sous les Rois,
» Et tant qu'il est sujet peut-il avoir des droits?
» Armons-nous, en un mot, et faisons par la guerre,
» Rentrer dans leur pouvoir les Maîtres de la terre. »

« Oui, reprend Catherine, armons-nous, il est temps
» De venger de Louis les affronts éclatans,
» Et d'apprendre au Français à respecter ses Maîtres,
» De rétablir sur-tout les Nobles et les Prêtres;
» Citoyens vertueux qui, dans tous les pays,
» Du sage despotisme ont été les appuis.
» J'ai long-temps du Français chéri le caractère:
» Il plaît, quoique léger, et Buffon et Voltaire,
» Ont de mon amitié ressenti les effets:
» Descendus chez les Morts, chargés de mes bienfaits,
» Tous deux, assez long-temps, ont béni ma mémoire,
» Et ma gloire a brillé de l'éclat de leur gloire.
» Diderot gémissait plongé dans le malheur,
» Ma générosité soulagea sa douleur;
» Et voyez de Ferney, qu'il a pris pour modèle,
» Czarkozelo vous rendre une image fidèle (4):
» Des dons que j'ai versés je ne me répens pas;
» Quand on fait des heureux songe-t-on aux ingrats?
» Mais les Français alors n'étaient point des rébelles:
» Ils respectaient les Rois, ils servaient mieux les Belles;
» Ils ne combattaient point, Citoyens factieux,
» Les Maîtres de la terre et le Maître des cieux.
» Domptons ce Peuple altier qui se croit indomptable,
» Faisons de tous nos traits un faisceau redoutable,
» Et tels que Jupiter écrasons sous l'Ethna
» Ces Géans que l'orgueil contre nous déchaîna;
» D'Ismaïl foudroyé la cendre fume encore,
» Le brave Potemkin, ce héros que j'adore (5),

» Des Musulmans vaincus y creusa le tombeau :
» Il porta dans ses mains le glaive et le flambeau,
» Et la Seine bientôt, sur ses rives altières,
» Peut voir en frémissant mes phalanges guerrières :
» J'y peux faire marcher la Terreur et la Mort,
» Et sur elle venger les Monarques du Nord. »

« Armons-nous, j'y consens » dit Frédéric-Guillaume,
» Mes Aïeux par la guerre ont conquis leur Royaume :
» Mon but n'est point le même, et je ne prétends pas,
» Monarque ambitieux, agrandir mes Etats :
» Mais les Français trop haut prêchent l'indépendance.
» Les réduire est un vœu que forme la Prudence,
» Et l'on ne peut trop tôt, pour l'intérêt des Rois,
» S'opposer au torrent de leurs mauvaises Lois.
» Mon armée a de vaincre une longue pratique,
» Et triomphe sur-tout par l'art de sa tactique.
» Dès long-temps cette armée exercée aux combats
» Donne à la fois, prépare et promet le trépas :
» Le plomb pesant et lourd dans ses mains a des aîles :
» Je la commanderai, ses atteintes mortelles
» D'un Peuple téméraire abaisseront l'orgueil,
» Et Paris des Français deviendra le cercueil. »

Des Danois, à son tour, le Monarque s'écrie :
« Armons-nous, des Français réprimons la furie ;
» Je fournirai de l'or, des grains, tous mes vaisseaux (6),
» De la froide Baltique envahiront les eaux,
» Et l'esprit martial dont le feu nous assiége,
» Ira même enflammer mes sujets de Norwège ;
» Mon Ministre Berstoff, grand ami de la paix (7)
» Sera loin d'approuver ces belliqueux apprêts.
» J'estime ce Vieillard, dont la haute sagesse,
» A long-temps dirigé ma bouillante jeunesse :

» Mais le Sénat Français aux Monarques du Nord,
» Prépare, par ses Lois, le plus funeste sort;
» Aux ordres de Louis il ne veut plus se rendre:
» Il nous menace enfin; nous devons nous défendre. »

L'esprit de Léopold est calme autant que doux.
« Vous le voulez, dit-il, à voix basse, armons-nous,
» C'est à regret pourtant, je ne dois point le taire,
» Qu'avec vous je m'unis pour ravager la terre.
» En Toscane long-temps je fus Législateur,
» Et jaloux du beau nom de Pacificateur,
» Je ne voulais jamais altérer l'alliance
» Qui rend mon Peuple cher au Peuple de la France:
» Il le faut cependant: mes Hussards, mes Pandours,
» Vont s'assembler au bruit des clairons, des tambours,
» Et pour venger l'affront fait à Louis seizième,
» Je lancerai la mort sur le Français que j'aime:
» Sur le Français; ... que dis-je? Avenir douloureux!
» La guerre a si souvent des hasards malheureux!
» Louis, par l'hymenée, est devenu mon frère,
» Et sur son trône assise, une Sœur qui m'est chère... »
Quelques pleurs à ces mots coulèrent de ses yeux (8),
Et le Sage, en tremblant, leva les mains aux Cieux.
Le Roi des Polonais ne parlait point encore (9):
Il se lève: « O vous, tous! Souverains que j'honore! »
Dit-il avec candeur et sans faste guerrier!
« J'ai laissé de vos cœurs s'exhaler tout entier
» Le martial courroux qui les pousse au carnage;
» Et vous serez, je crois, surpris de mon langage.

« Combien de vos projets l'Europe doit frémir!
» Sous le joug des tyrans exposée à gémir,
» La France tout-à-coup a brisé ses entraves,
» Et vient de rendre égaux des Citoyens esclaves:

» Pourquoi l'en blâmez-vous ? et quel est son forfait ?
» Nous devons tôt ou tard en éprouver l'effet ;
» Et les Rois, dites-vous, privés de leur couronne,
» Vont devoir aux Français la perte de leur trône.
» Les tyrans, et sans peine on le peut concevoir,
» Doivent plus que jamais craindre pour leur pouvoir.
» Sur ce point toutefois je garde le silence,
» Et ne décide point entre vous et la France :
» Mais la France toujours eut des attraits pour moi ;
» Vous ne l'ignorez pas, j'ai tenté, quoique Roi,
» D'imiter son exemple, et, par un Code sage,
» En Pologne, à mon tour, j'ai détruit l'esclavage.
» Armons-nous est le cri qui vient de retentir :
» A m'armer avec vous je ne puis consentir.
» Ma Nation d'ailleurs, en bornant ma puissance,
» Ne m'a laissé de choix que dans l'obéissance,
» Et les nouvelles Lois que suivent mes Etats,
» Ne me permettraient point de vous suivre aux combats
» Je suis loin de m'en plaindre ; aux douze cents Archontes
» Qui siégent dans Paris faites rendre leurs comptes ;
» Faites rentrer Louis dans ses droits absolus,
» Peut-être vos efforts seront-ils superflus.
» Quant à moi je n'ai point votre fureur hostile :
» L'éclat vous éblouit ; je me borne à l'utile,
» Et pour la paix du Nord, pour sa tranquillité,
» Le parti que je prends est la neutralité. »

A peine il achevait ce discours ferme et sage,
De la part de Louis on annonce un message,
C'était l'Ambassadeur du Monarque Français,
Qui venait présenter le livre des Décrets (15),
C'était l'ami des Lois, le fidèle Noailles.
Sans être Courtisan, il habita Versailles :

Jeune encor, de science il orna son esprit;
Et devant les six Rois aussi-tôt introduit,
Sans orgueil ni bassesse, il leur tient ce langage :

« De la paix, dans mes mains, je vous porte le gage (11).
» Illustres Potentats, permettez qu'une fois,
» En digne Ambassadeur, j'interroge des Rois!
» Louis vient d'accepter le Code de la France.
» Détesté par l'orgueil, maudit par l'ignorance,
» Ce Code, en Germanie, a peu de partisans:
» Il a choqué sur-tout messieurs les Courtisans;
» Malgré tant d'ennemis Louis l'a trouvé juste.
» Il est même adopté par Stanislas-Auguste;
» Et, puisqu'il m'est permis de parler sans détour,
» Vingt autres Rois pourront l'adopter à leur tour.
» Le Français, autrefois, sur le front des Ministres,
» Lisait avec terreur mille augures sinistres:
» Il est déclaré libre, et remis dans ses droits,
» Il n'aura désormais de Maîtres que les Lois.
» Les Séjans, les Cléons, ces fortunés coupables,
» Qu'une loi du Sénat a rendus responsables,
» Par des marbres menteurs et du Peuple ennemis,
» Ne verront plus leurs traits à leurs Neveux transmis,
» Aux talens, aux vertus réservant cet hommage,
» Le cizeau, de Voltaire a reproduit l'image;
» Et ceux dont les écrits sont autant de bienfaits,
» Avec lui vont revivre au Panthéon Français.
» Des Censeurs, dit Royaux, une foule insensée,
» N'aura plus le pouvoir d'enchaîner la pensée;
» Et, sans que personne ose le censurer,
» Quiconque a de l'esprit pourra nous éclairer.
» L'Agriculteur jadis, sous l'infâme Gabelle,
» Courbait un front servile, & la dîme cruelle,

» Au

» Au nom du Pasteur même, avec ses doigts bénis,
» Venait pieusement pressurer les brebis :
» Ces monstres ne sont plus ; un décret magnanime
» Les a tous deux frappés d'une mort légitime,
» Et les Aides en pleurs accompagnant leurs pas,
» Avec eux sont tombés dans la nuit du trépas.
» Pour n'être point esclave, il faut choisir ses Maîtres.
» C'est le Peuple qui fait ses Magistrats, ses Prêtres,
» Et rarement le Peuple est trompé dans son choix.
» Ne craignez pas aussi qu'infidèles aux Lois,
» Un Juge désormais condamne l'Innocence,
» Et qu'un Prêtre sur-tout manque de tolérance.
» Au Dieu de sa pensée, il n'est pas un mortel
» Qui ne puisse en son ame élever un autel ;
» Et tout Français pourra, s'il vit avec sagesse,
» Aller au Paradis sans aller à la messe.
» Accusé d'un forfait qu'il n'aura point commis,
» Le juste, en son malheur, trouvera pour appuis
» Des Tullius nouveaux qui, prenant sa défense,
» Du calomniateur confondront l'arrogance.
» Voltaire vainement, pour sauver les proscrits,
» Ne faisant plus entendre et ses pleurs et ses cris,
» Ne verra plus tomber sous un glaive barbare
» Et le vieillard Calas et le jeune Labarre.

» D'un état Musulman, idolâtre ou chrétien,
» C'est la paix qui sur-tout est le ferme soutien,
» Et le Français renonce à l'éclat des conquêtes,
» Préférant aux combats les spectacles, les fêtes :
» Tranquille et dans le sein des jeux et des amours,
» Sous la garde des lois, il veut couler ses jours.
» De ses Rois aux Burrhus confiant la jeunesse,
» Il veut qu'avec les mœurs la concorde renaisse

» Et qu'aux lois, à son tour, le Monarque soumis
» En perdant ses sujets, retrouve des amis.
» Des hochets féodaux la pompe imaginaire
» Enflait d'un courtisan l'orgueil héréditaire :
» Ces hochets sont détruits ; de sa seule vertu,
» Un mortel, quel qu'il soit, doit marcher revêtu.

» On a proscrit ces vœux, cette loi flétrissante
» Qui liant aux autels une vierge innocente,
» Au monde ravissait le plus bel ornement,
» Et la rendait parjure à son céleste Amant.
» Le jeune Abbé de Cour n'a plus de bénéfices,
» Le Traitant n'a plus d'or, le Juge plus d'épices,
» Et voilà les abus, tous enfans de l'Erreur,
» Dont Louis a détruit le règne corrupteur :
» Pour avoir de son peuple enfin brisé la chaîne,
» Jugerez-vous Louis digne de votre haîne ?
» Et voulez-vous encor porter dans ses Etats
» Et le fer et la flamme, et l'horreur des combats ?
» Louis aime la paix ; à son ame sensible,
» Pour l'obtenir de vous, il n'est rien d'impossible ;
» Au bonheur de son peuple il borne tous ses vœux,
» Et sans la paix, hélas ! un peuple est-il heureux ?
» Vous le croyez captif, et chacun en murmure ;
» Il ne l'est point, lui-même aujourd'hui vous l'assure,
» Et libre, il a signé l'acte que dans ce jour,
» Par son ordre sacré j'apporte en cette Cour.
» Il y joint une lettre, et voici l'un et l'autre.
« Puisse être son aveu bientôt suivi du vôtre !
» Et puissiez-vous enfin au belliqueux laurier
» Préférer comme lui le paisible Olivier !

Il dit : et Léopold ouvre à l'instant la lettre
Qu'à l'auguste Assemblée on venait de remettre.

Hautement il la lit, et le front des cinq Rois,
Par degrés se déride aux accens de sa voix.

Le calme, par degrés, succède à la colère,
Et le Code français commence à moins déplaire.
Léopold a versé des larmes de douleur;
Il en verse de joie. » Oh! dit-il, quel bonheur!
» Louis, mon allié, mon cousin et mon frère, (12)
» Ne forme plus un vœu qui soit au mien contraire,
» Et par un acte heureux de magnanimité,
» A ses sujets, lui-même, il rend la liberté!
» Sans attaquer Louis, aucun Roi de la terre
» En France maintenant ne peut porter la guerre:
» Il nous promet la paix, et nos cruelles mains
» Armeroient contre lui les Russes, les Germains!
» Non, non; je n'irai point partageant vos allarmes,
» Faire couler le sang, faire couler les larmes.
» N'imitons point ce fou que pour bonnes raisons
» Despréaux reléguait aux Petites-Maisons,
» Et préférons toujours, heureux de nous entendre,
» La gloire de Titus à celle d'Alexandre.
» Louis ne veut enfin régner que par la loi,
» Et tout ce qu'il approuve est approuvé par moi. »

Le neveu couronné de Frédéric deuxième (13)
Dit: » J'approuve à mon tour, et je pense de même.
» Dans le Code nouveau par la France adopté,
» Tout n'est pas, entre nous, digne d'être vanté.
» Monsieur l'Ambassadeur sait dorer la pilulle,
» Et rappelle assez bien le Dieu qui fit Hercule:
» Mais le vœu de Louis paraît être accompli,
» Et puisqu'il est content, nous devons l'être aussi.

» Je le suis comme vous, et puisque l'indulgence
» Doit succéder enfin à l'esprit de vengeance, »

Ajoute Christian : » je garde mes soldats ;
» Mes navires, mes grains et sur-tout mes ducats. »

» *Bravo*, » dit Léopold ! — Catherine et Gustave,
Trouvent leur compte assez à rendre un peuple esclave.
A Noailles pourtant ils ne laissent point voir
Le déplaisir secret qui vient les émouvoir.
D'un souris gracieux la Czarine l'honore.
Gustave, se levant, le traite mieux encore :
Il l'aborde cachant ses projets dans son sein,
Et de sa main royale il lui serre la main.
Noailles qui connaît et la cour et les hommes,
Dit alors, mais tout bas : » En quel pays nous sommes !
Gustave et Catherine approuvent-ils nos lois,
» Et doit-on se fier aux caresses des rois ? (14)

Cependant Léopold, dont l'ame est plus sincère,
Ami vrai du repos, veut que rien ne l'altère.
» Plus de projets, dit-il, de guerre, de combats.
« Louis signe la paix, mettons les armes bas. (15)
» Par la grace de Dieu, je règne en Germanie,
» Et je règne sur-tout sur les vins de Hongrie,
» Qui seuls de nos chagrins peuvent nous délivrer.
» Buvons, amis, buvons, mais sans nous enivrer. »

Ce conseil était sage, et le plus doux du monde,
Bouteilles aussi-tôt de courir à la ronde
Et de faire par-tout renaître la gaîté ;
Pour exercer enfin la tendre égalité,
Noailles fut admis au nombre des convives.

Tout buveur, dans l'esprit a des graces naïves,
Que d'heureux impromptus à l'instant frappent l'air !
Tel l'éclair, dans les cieux, précède et suit l'éclair :
On boit à la santé du bon Louis seizième :
On boit à la santé de sa Nation même,

Et Léopold faisant les honneurs du banquet,
Finit joyeusement par chanter ce couplet :

POUR venger le meilleur des Princes
D'un peuple qui le maltraitait,
De nous partager ses Provinces
Nous avions formé le projet.
Pourquoi lui ferions-nous la guerre ?
Ah ! laissons le monde en repos :
Ne nous battons qu'à coups de verres,
Ne partageons que des gâteaux.

NOTES.

(1) *ON offre la seconde à Poniatowski,*
Qui fut de la Czarine un peu plus que l'ami.

Tout le monde a entendu parler des liaisons intimes qui ont existé entre la Czarine et Poniatowski. C'est en le plaçant sur le trône de Pologne, que la maitresse a récompensé son amant. Heureux qui peut ainsi couronner ce qu'il aime ! Le roi de Pologne cependant, en donnant une constitution nouvelle à ses états, n'a pas eu l'air de priser beaucoup le don que lui avait fait l'Impératrice; c'était, pour ainsi dire, lui renvoyer lettres et portraits que de se conduire de la sorte. Dieu veuille que, dans peu de temps, elle ne le force pas à les reprendre !

(2) *Guillaume Frédéric, Gustave, Christian,*
Aiment peu l'étiquette.

Nous avons vu arriver à Paris, en différens temps, les Rois de Suède, et de Dannemark, dont il est ici question, et l'on doit convenir, à leur gloire, qu'ils ont montré dans leurs manières beaucoup de simplicité, et quelquefois même des lueurs de philosophie. J'étais au Luxembourg le jour que l'abbé Miolan y rassembla le public pour lui donner le spectacle d'un ballon, et je n'oublierai point que le roi de Suède, n'ayant jamais pu se procurer une chaise, à cause de la grande affluence, s'assit modestement et sans humeur sur une botte de paille dont je lui cédai la moitié. Quelle différence entre une botte de paille et un trône! Pas si grande, aurait dit Montagne, que l'on soit sur l'un ou sur l'autre, n'est-on pas toujours sur son derrière?

(3) *Puissans Princes, dit-il, et vous, auguste Reine.*

Les états de Suède dressèrent, en 1756, l'acte qui devait servir d'instruction au célèbre Comte de Tessein, gouverneur du roi, actuellement régnant, et des Princes héréditaires ses frères. Cette instruction, dont la plus pure morale et la plus saine politique sont la base, peint avec autant de force que de dignité, et les devoirs des

Rois et les droits du Peuple. Elle ne s'accorde guères avec le discours que tient ici le Roi de Suede, et l'on sera surpris, sans doute, qu'un Prince qui a été aussi bien élevé montre (*) tant de hauteur en ce moment, et ne respire que le sang et la guerre. Mais la conduite du Roi de Suède, depuis la révolution française, ne prouve-t-elle pas qu'il n'a que peu ou point profité des leçons de son maître? Il a soulevé, autant qu'il l'a pu, toutes les Puissances d'Allemagne contre la France, et courant sans cesse de l'une à l'autre, il a plus dépensé en chevaux qu'il ne dépensera jamais en soldats. Il serait bien malheureux pour un aussi grand Roi de n'avoir été enfin que la mouche du coche. Ah! puisse-t-il relire la sage instruction de ses états, et sur-tout en mieux profiter! Il y verra que les peuples y naissent libres, et que la vertu d'un Monarque consiste sur-tout à ne pas les opprimer. Cette vertu paraît belle à quelques-uns: ils la mâchent comme une plante qui peut leur être salutaire; mais, ne pouvant jamais l'avaler, à cause de son amertume, ils la rejettent hors de leur bouche, et la vomissent avec indignation.

(4) *Czarkozelo vous rendre une image fidèle.*

On se rappelle que l'Impératrice de Russie a fait bâtir, à Czarkozelo, un château absolument semblable à celui de Ferney, qu'habitait Voltaire; on se rappelle aussi qu'elle a acheté la bibliothèque de ce grand homme, comme elle avait acheté celle de Diderot, quelques années auparavant. M. Sédaine a reçu d'elle un présent de plusieurs roubles pour un exemplaire de son drame intitulé: *Maillard ou Paris sauvé*; et Buffon en avait reçu de très-belles fourrures qui réchauffaient sa vieillesse. Toutes ces magnificences, versées sur des philosophes, font honneur à l'ame de l'Impératrice; mais n'est-ce point pour être louée qu'elle a répandu sur les lettres tous ces dons précieux? Sa conduite depuis la révolution française n'annonce pas qu'elle ait adopté les maximes de nos Auteurs fameux, et Romanzoff allant de sa part offrir des secours de toute espèce aux émigrés français, détruit un peu la réputation de sagesse qu'elle s'était faite dans l'Europe.

(*) Ces notes & le Poème qui les précède ont été écrits au mois d'octobre 1791.

(5) *Le brave Potemkin, ce héros que j'adore,*

Il y a long-temps que j'ai entendu plusieurs Polonais et plusieurs Russes me parler de Potemkin, et voici ce que j'ai recueilli de plus curieux sur cet homme extraordinaire.

Il était né, dit-on, d'un pauvre paysan du duché de Wirtemberg, et n'avait par conséquent ni illustration ni fortune. Arrivé à l'adolescence, il suivit jusqu'à Petersbourgs un de ces marchands ambulans qui vendent des clincailleries : il en vendait lui-même pour gagner sa vie. Se trouvant un jour au grand couvert de la Czarine, où la curiosité l'avait entraîné, cette auguste souveraine laissa tomber machinalement quelques regards sur lui; Potemkin n'était pas ce qu'on appelle un bel homme : sa physionomie extrêmement prononcée n'offrait point les traits délicats de Phaon ou d'Adonis : mais ses épaules rappelaient celles d'Atlas ou d'Hercule, et sa taille robuste promettait infiniment. Frappée de sa stature vigoureuse, la Czarine le regarda une seconde fois avec plus d'attention et de complaisance, et devinant aussitôt ce que ces œillades voulaient dire, et pressentant même qu'un jour il pourrait plaire à l'Impératrice, Potemkin, pour y parvenir, se servit d'un stratagême singulier : il se retira sur le champ dans un couvent de Moines, et de-là écrivit à Catherine une lettre à-peu-près conçue en ces termes. » Je n'ai pu vous contempler un moment, auguste Souveraine, sans éprouver à l'instant même tout » l'empire de la beauté : je sens bien qu'un pareil aveu » ne peut me conduire à rien, et désespérant de jamais » vous plaire, j'ai résolu de renoncer à la vie et à la » liberté. Déjà je ne suis plus libre, et je ne serai plus » en effet, quand vous recevrez cette lettre. » Cette lettre, loin de déplaire à la Czarine, produisit tout l'effet qu'il en attendait. Une Belle n'est jamais trop fâchée qu'on l'adore, et de quelque part que vienne l'hommage, il est toujours bien accueilli. Potemkin d'ailleurs menaçait de se donner la mort, et ne fût-ce que par humanité, il fallait bien venir à son secours. La Czarine envoie aussitôt un agent fidèle dans le couvent où s'était réfugié Potemkin, et lui ordonne de se présenter devant elle. Potemkin refuse, disant qu'il n'est pas digne d'un tel honneur, et cette conduite adroite, ne faisant qu'irriter les désirs de l'Impératrice, elle envoie un second message, et donne des ordres encore plus précis. Potemkin se laisse conduire plutôt qu'il ne marche vers le palais des Czars, et à peine arrivé devant leur illustre héritière, il se précipite à ses genoux, et se frappe la poitrine en signe de repentir. Catherine reconnaissant dans cet amant soumis et passionné le même homme qui a fixé son attention durant son grand couvert, est agréablement surprise; et l'on sait jusqu'où une surprise agréable peut mener une femme dont le cœur n'est pas indifférent. L'astucieux Potemkin ne tarda pas à s'en ressentir. Comblé des faveurs de l'Impératrice, il fut bientôt élevé au plus haut dégré de puissance auquel l'esclave d'un despote puisse parvenir. Il était veld-maréchal, commandant en chef de toutes les armées Russes, chef de la cavalerie tant réglée que légère, chef des flottes de la mer Noire, de la mer d'Azoff et de la mer Caspienne, sénateur et président du collège de guerre, gouverneur général de Catharinoslow et de Taurie, aide-de-camp général de l'Impératrice et son chambellant actuel, inspecteur général de l'armée, colonel du régiment des gardes Presbrascheuski, chef du corps des cavaliers de la garde, d'un régiment de Cuirassier de son nom, de celui des dragons de Pétersbourg, de celui des grenadiers de Catharinoslow, chef de toutes les fabriques d'armes et des fonderies de canons de l'empire Russe, grand-Hetman des cosaques Russes, de ceux des Catharinoslow et de la mer Noire, chevalier des ordres Russes de Saint-André, de Saint-Alexandre Neowk, de Saint-George, de Saint-Wodolimir de la première classe, et de Sainte-Anne, de l'ordre Prussien de l'Aigle noir, des ordres Polonnais de l'Aigle blanc et de Saint-Stanislas, de l'ordre Danois de l'Eléphant, et de l'ordre Suédois des Séraphins. Tous ces titres, tous ces honneurs accumulés ne l'ont point préservé de la mort, et il a expiré au pied d'un arbre, dans les plaines de Jassi, entre les bras de sa nièce, la grande générale Braniska, à l'âge de cinquante-un ans.

Né, comme le célèbre Alexandre Menzikoff, dans une caste méprisée, il eut avec lui plusieurs ressemblances frappantes. Comme lui il gouverna long-temps un grand empire, et écrasa long-temps l'Univers du poids de son orgueil. Menzikoff cependant, finit par être puni et dépouillé de tous ses titres. Potemkin conserva tout, son crédit et toute sa puissance jusqu'au jour de sa mort; et voilà en quoi il diffère de son modèle. Menzikoff fut humble et même rampant dans l'adversité; et jamais homme, dans la prospérité, ne montra plus que Potemkin de hauteur, d'impudence et de faste. Il avait une garde aussi considérable que celle de l'Impératrice, et entretenait, seulement pour son plaisir, un corps de soixante musiciens choisis. Chargé de négocier la paix entre les Turcs et les Russes, et y mettant des conditions très-dures, huit jours avant de mourir, il reçut, de la part du Grand-Visir, un envoyé qui le priait au nom de son maître, de les adoucir un peu, lui disant que ce même Grand-Visir risquait de perdre la tête, s'il offrait ces conditions à Constantinople. Potemkin regarda avec mépris, de la tête aux pieds, l'Effendi porteur du message, et lui répondit insolemment: » Dis, en mon nom, au Grand-Visir, et, si tu veux, au Sultan même, que, si mes conditions, dont je ne me relâcherai en rien, ne lui plaisent pas, il ne lui reste d'autre parti à prendre que de recommencer la guerre, et qu'il m'y trouvera préparé à tout moment. On assure qu'il avait conçu le projet de détacher de l'empire Russe les provinces méridionales pour s'en faire déclarer souverain, et ce projet n'a rien d'invraisemblable, quand on songe aux achats considérables et aux innombrables acquisitions qu'il faisait tous les jours, de domaines, d'esclaves et villes même. Il y a grande apparence que, si la Czarine était morte avant lui, il aurait cherché à la remplacer, et peut-être eût-il enlevé la couronne à son légitime successeur: son trésor était immense, et chaque jour il l'augmentait par un moyen qui paraîtra, sans doute peu délicat, mais qui du moins était assez commode. Son grand crédit le mettant chaque jour à portée d'emprunter des sommes considérables, il ne se gênait nullement sur cet article, et, pour se mettre à l'abri de ses créanciers, il fit porter une loi par laquelle il leur était défendu de venir lui demander de l'argent, sous peine de recevoir le knout: tous ceux qui avaient l'audace de méconnaître cette loi barbare ou le malheur de l'ignorer, remboursaient, au lieu de ducats, deux ou trois cents coups de bâton.

Croirait-on qu'à cette ambition démesurée, qui suppose toujours dans l'esprit une sorte de grandeur, Potemkin joignit toute la bassesse du plus vil courtisan? Il n'était point de voies, quelques malhonnêtes et humiliantes qu'elles fussent, dont il n'usât pour se maintenir en faveur; et Mirabeau, dans sa correspondance secrète de Berlin, en a dit là-dessus beaucoup plus que je ne pourrais en dire. Potemkin ne pouvant plus être l'amant de la Czarine, en devint le fournisseur, et le ministre de son royaume eut aussi l'art de se rendre le ministre de ses plaisirs.

On imaginera peut-être qu'honoré de tant d'emplois, et que revêtu de tant de charges, Potemkin travaillait beaucoup pour les exercer, et que son activité était égale à sa puissance: qu'on se détrompe. A toute la hauteur des Sultans Asiatiques, Potémkin joignait toute leur mollesse; son palais était une espèce de serrail, dont il ne sortait presque jamais, si ce n'est pour aller voir la Czarine, chez laquelle il se rendait par une porte dérobée, et dont le palais touchait au sien. On dit qu'une de ses grandes occupations était de jouer au billard presque toute la journée, et c'était pour lui une si grande peine et un si grand effort de donner sa signature, qu'il ne la donnait presque jamais, et quelquefois même ne l'achevait-il pas après l'avoir commencée. Il traitait les étrangers qui l'allaient voir avec une insolence sans égale, et ne ressemblait pas mal, en ce point, au ministre favori d'une autre Impératrice du Nord, qui est morte depuis quelques années.

(6) *Je fournirai de l'or, des grains, tous mes vaisseaux*, &c.

La Suède ne fournit pas encore assez de grains pour sa consommation; mais le Dannemark en a toujours à revendre. La Suède n'a pourtant que trois millions d'habitans pour cinq mille lieues quarrées de terres cultivables. Lorsque le Dannemarck (sans pourtant compter la Norwège) a un million d'habitans sur huit cents cinquante lieues quarrées. Ces observations sont tirées du voyage en Suède, de M. Radcliffe, édition de Leïpsick, 1792.

(7) *Mon ministre Bernstorff, grand ami de la paix.*

Ce M. Bernstorff, ministre et ami du roi de Suède,

est, dit-on, un homme fort modéré et fort sage. Lorsque les émigrés ont fait demander des secours au roi de Dannemark, il leur a fait répondre plusieurs fois au nom du Roi, que ce Monarque attendrait le parti que prendrait l'Empereur, et qu'il voulait subordonner sa conduite en tout à celle que tiendrait le souverain de Hongrie. Que les Rois sont heureux d'avoir auprès d'eux des ministres philosophes, qui sachent réprimer à propos leur ardeur pour la guerre, et pour les conquêtes ! Ce sont de véritables Mentor qui éclairent la fougueuse inexpérience de Télémaque.

(8) *Quelques pleurs, à ces mots, coulèrent de ses yeux.*

J'ai fait parler l'Empereur avec sentiment, parce que je crois fermement que de tous les Monarques du Nord qui en veulent à la France, c'est lui qui désire plus sincèrement la paix, celui qui est le plus humain, le plus philosophe et le plus sage.

(9) *Le Roi des Polonais ne parlait point encore.*

Je crois avoir fait parler le roi de Pologne comme il pense, et c'est en faire le plus bel éloge. Est-ce le Monarque qui, le 3 mai 1791, a donné une constitution libre à ses états, qui voudrait renverser celle de la France ? Le 3 mai est devenu un jour immortel dans les fastes de l'histoire, et la gloire de Stanislas-Auguste sera bien plus durable que celle des conquérans. Combien je m'applaudis d'avoir prédit l'heureuse révolution qu'il a faite, dans mon poëme intitulé, *les états généraux de l'Europe* !

(10) *C'était l'ami des loix, le fidèle Noailles.*

Si l'Empereur n'a point pris les armes contre nous, on le doit en partie à la conduite sage et prudente de M. de Noailles ; c'est un fait généralement reconnu par tous les diplomates instruits des dispositions de la Cour de Vienne. Voici une lettre qui prouve ce que j'avance : elle est écrite par un Français, datée de Vienne, 2 novembre 1791, et tirée de la Chronique de Paris, 20 novembre de la même année.

» Il n'y a rien ici qui soit digne de vous être mandé » que le désir, tous les jours, plus consolant et mieux

» prononcé du chef de l'empire et de ses membres, de » vivre en paix avec nous; nous avons beaucoup de » Français aristocrates; ils cherchent à faire toutes les » misérables petites niches qu'ils peuvent à l'Ambassa- » deur : ils raccollent tout ce qui arrive de Français ici : » ils leur font arborer la cocarde blanche, les empê- » chent de voir M. de Noailles. Vous, qui le connaissez, » vous croirez facilement que toutes ces misères ne le » font pas dévier d'un parti que l'intérêt de l'Etat l'a » obligé de prendre. Sa conduite, depuis le départ du » Roi, est faite pour servir de modèle à tous ceux qui » sont dans les affaires. Il ne perd point de vue qu'avant » d'être courtisan, noble, premier gentilhomme de la » chambre, il est Français, et que pour le salut de la » France, il n'est point d'intérêt particulier dont il ne » doive faire le sacrifice.

» M. de Sémonville, à Gênes, et M. de Sainte- » Croix, à Varsovie, ne se sont pas moins bien con- » duits que M. de Noailles à Vienne. Les sermens civi- » ques qu'ils ont prononcés n'étaient point illusoires; ils » avaient, en jurant le patriotisme dans le cœur et non » sur la bouche, et ils ont constamment prouvé par des » faits, et non par des phrases, la sincérité de leurs » sentimens. »

(11) *De la paix, dans mes mains, je vous porte le gage,*

Il était difficile de mettre en vers la constitution française, et voilà ce que j'ai tâché de faire dans le discours de M. de Noailles : j'y ai placé du moins les résultats principaux: on y trouvera la liberté individuelle assurée à chaque citoyen, la responsabilité des Ministres, les Magistrats et les Prêtres élus par le peuple, la liberté de la presse, celle du culte religieux, les honneurs rendus à la mémoire des grands-hommes, les vœux religieux proscrits, les aides et gabelles supprimées, et jusqu'à la destruction des titres, des cordons et des armoiries.

(12(*Louis mon allié, mon cousin et mon frère.*

L'Empereur, en écrivant au roi de France l'appelle: très-sérénissime et très-puissant Prince, Seigneur, notre cher frère, cousin et allié : ainsi les termes de *cousin et de frère*, ne doivent point choquer dans ce vers.

Voyez la lettre de l'Empereur au roi de France, *Gazette universelle*, 18 *novembre*. Avant que cette lettre soit écrite, la lettre de notification avait été remise, le 16 octobre à l'Empereur, par M. de Noailles, dans une audience particulière, et Sa Majesté Impériale avait répondu qu'elle souhaitait la satisfaction du Roi et de la » Reine, que tous les liens qui l'unissaient au Roi la » mettaient dans le cas de désirer le maintien de la » bonne intelligence avec la France, et qu'elle suppo» sait que les autres Cours feraient comme elle après » avoir connu légalement les intentions du roi. » Cette réponse pleine de modération et tirée du rapport fait à l'Assemblée nationale par M. de Montmorin, justifie le langage que dans mon Poëme, je fais tenir à l'Empereur.

(13) *Le neveu couronné de Frédéric neuvième.*
Dit, j'approuve à mon tour, &c.

On se rappelle les paroles que dit le roi de Prusse, en apprenant que le roi des Français venait d'accepter la constitution : » J'en suis fâché; cette constitution ne » vaut rien: toute mon armée eût été à son service » pour le faire rentrer dans ses droits: mais, puisqu'il » accepte, cela change la thèse. » L'acceptation du Roi a même adouci la Cour d'Espagne, qu'on n'adoucit pas facilement, lorsqu'une fois elle s'est mise en colère. Le jour de Saint-Charles 1791, le ministre des affaires étrangères d'Espagne a donné, selon l'usage, un grand dîner à tout le corps diplomatique. M. d'Urtubise, chargé des affaires de France, à qui on avait signifié, pendant l'arrestation du roi, qu'on ne pouvait plus le reconnaître en cette qualité, y a été invité avec toutes les formalités ordinaires; et, depuis ce moment, il a souvent obtenu des audiences particulières du ministre. Cette nouvelle paraîtra peu croyable aux personnes qui connaissent la haine de la Cour d'Espagne pour notre révolution et son entêtement extrême. Il est impossible cependant de la révoquer en doute; je l'ai tirée de la gazette universelle, et l'on sait que cette gazette, écrite avec autant de sagesse que de modération, est le meilleur papier que nous ayons pour les nouvelles des Cours étrangères : les Auteurs ne puisent que dans des sources authentiques, et amis de la vérité, ils la disent toujours avec autant de franchise que de courage.

De tous les Souverains de l'Europe à qui le Roi a fait notifier son acceptation de la Constitution française, il n'y a guères que le Pape qui n'ait point fait de réponse. Peu semblable au ministre d'Espagne, le Pape ne donne à dîner à personne; loin d'inviter à sa table M. de Ségur, notre Ambassadeur, il n'a pas même voulu le reconnaître, et l'on assure qu'il prépare, contre la France, toutes les foudres du Vatican, et les excommunications les plus terribles.

Tantæne animis cælestibus iræ!

(14) *Et doit-on se fier aux caresses des Rois.*

Ce Poëme a été composé en octobre 1791, et le temps seul pourra faire connaître si ma défiance est fondée. Les événemens se succèdent avec tant de rapidité, qu'il est très-important de dater les ouvrages que l'on publie. On ne sera pas surpris, au reste, que j'aie choisi Vienne pour le lieu de la scène de ce petit *Rêve poétique*. Vienne est, depuis quelque temps, le centre de toutes les négociations relatives à la France; des courriers Russes et Suédois y vont sans cesse de Stockolm et de Pétersbourg, et retournent sans cesse dans le séjour de leurs souverains respectifs.

(15) *Louis signe la paix: mettons les armes bas.*

Le Roi des Français a vraiment signé la paix avec toutes les Nations, en acceptant la Constitution française, puisque la Nation Française renonce à toute espèce de conquête, par un décret de cette constitution sublime. Le Roi, dit M. de Montmorin, dans son rapport à l'Assemblée nationale, a été plus alarmé des secours que quelques Puissances lui préparaient que de sa situation au milieu de l'anarchie de la France. Voilà certainement le secret de l'ame de Louis XVI; sa conduite prouve chaque jour qu'il ne veut point faire verser le sang du peuple, et qu'un peuple est heureux de vivre sous un Roi qui a de pareils sentimens!

LE CASINO

LE
CASINO DE TURIN,
OU
LES CHATEAUX EN ESPAGNE DES ÉMIGRÉS.

X

AVERTISSEMENT.

C'est à Turin, au commencement de l'année 1790, & au sortir du *Casino* ou *Casin*, que j'ai griffonné cette bagatelle poétique. Il y avait alors dans cette ville une grande quantité d'émigrés français, & tous les propos que je leur fais tenir, ils les ont tenus en effet : je les ai entendus & n'ai fait que les mettre en vers. Ceux qui liront cet ouvrage, ne pourront pas dire que je les calomnie ; je ne suis qu'historien, & loin de charger le tableau, je l'ai adouci. Je dois convenir cependant qu'étant arrivé à Paris cinq ou six mois après, j'y ai ajouté des traits çà & là que les circonstances m'ont fournis, & qui se rapportent à des époques plus éloignées que le commencement de l'année 1790. Mon sujet étant riche, j'ai voulu profiter d'une partie des avantages qu'il m'offrait, & combien ne l'aurais-je pas étendu davantage si je l'avais embrassé dans toute sa latitude. Malgré les augmentations que j'ai faites à ce Poëme, il mérite à peine le titre d'esquisse, & c'est une comédie que j'aurais dû faire sur les émigrés. Je laisse cette mine à exploiter à des Auteurs plus habiles que moi; & pourquoi n'ai-je pas le talent de MM. Fabre-d'Eglantine, Colin, Du-Moustier, Andrieux, Cailhava, Palissot, &c.

LE CASINO DE TURIN (*),

OU

LES CHATEAUX EN ESPAGNE DES ÉMIGRÉS.

HIER, au Casino, je passai la soirée,
Séjour où la Beauté, d'hommages entourée,
Étale sur son front les perles, les saphirs,
Et ressemble à la rose au milieu des zéphirs.
C'est là que s'enivrant d'une folle espérance,
Les nobles émigrés, déserteurs de la France,
En foule, chaque jour, viennent se réunir,
Et forment le projet de vaincre, de punir.

» Oui, nous les dompterons, ces ardens Patriotes,
» Que le Ciel a créés pour être nos Ilotes :
» Oui, nous saurons bientôt les mettre à la raison.
» Le Printemps n'est pas loin ; de Mars c'est la saison,
» Et le brave Condé, rassemblant une armée,
» Vengera tôt ou tard la Noblesse opprimée !
» Des bourgeois insolens se dire nos égaux !
» Quel orgueil ! ils verront, ces illustres Badauts (1),
» Si nous serons pesés dans la même balance,
» Et s'ils ont avec nous la moindre ressemblance.

(*) On appelle *Casino* à Turin, un lieu d'assemblée générale, où se rendent les étrangers de distinction, et ce qu'on nomme la *Bonne Compagnie* de la ville, c'est-à-dire, la noblesse. Les femmes y sont très-parées, et les hommes y font les importans.

» L'impétueux Bouillé, massacrant tout Paris,
» Se fera couronner sur ses affreux débris;
» Et de ce nouveau Roi, pour régler les dépenses,
» Rohan sera nommé Contrôleur des Finances (2).
» Rohan, dans son courroux, ne garde aucun milieu,
» D'un Sénat philosophe il vengera son Dieu,
» Et fera rétablir, pour étayer le trône,
» Et l'utile Bastille, et la docte Sorbonne,
» Contre Bouillé, Rohan, sagement réunis,
» Que pourront les soldats tant vantés de Paris?
» Cette Garde, sur-tout, dite Nationale,
» Dont le patriotisme en paroles s'exhale?
» Que pourra la Fayette, intrépide guerrier,
» Qui naquit Gentilhomme, et se fit roturier,
» Et qui dégénérant de ses nobles ancêtres,
» A mis toute sa gloire à n'avoir point de maîtres?

» JE vois déjà, je vois des bouts de l'Univers,
» Pêle-mêle accourir vingt Monarques divers,
» Qui viendront, précédés par le Dieu du carnage,
» Des Héros de Coblentz seconder le courage.
» Que de sang va couler! quels maux de toute part!
» Des sommets du Cénis qui lui sert de rempart,
» Le Roi Sarde s'élance; et le Roi des Espagnes,
» Franchissant à son tour, les plus hautes montagnes,
» Sur le peuple Français, privé de tout secours,
» Ils fondent l'un et l'autre ainsi que des vautours.
» A Victor aussitôt Lyon ouvre ses portes,
» Charles dans Perpignan fait entrer ses cohortes,
» Et ce couple de Rois, sous son double drapeau,
» des Citoyens-Soldats, range le vil troupeau,
» Par l'appui de Victor (*), par la valeur de Charles (**),
» D'Artois héritera du vieux Royaume d'Arles.

(*) Le Roi de Sardaigne. (**) Le Roi d'Espagne.

» Toulouse d'un Infant deviendra l'heureux lot,
» Et le Roi des Français sera Roi d'Ivetot (3).
» C'est le sort qu'à bon droit lui garde sa Noblesse.
» Ce Roi si renommé n'a-t-il pas la faiblesse
» De croire qu'il est né pour rendre un peuple heureux?
» Et, quand il faut punir, n'est-il pas généreux?
» Point de grace aux méchans, c'est-là notre devise.
» Les cruels de leurs biens ont dépouillé l'Eglise,
» Et grace à leurs décrets insensés, inhumains,
» Déja dans le mépris tombent nos parchemins;
» Que dis-je? aux animaux qui ravagent la terre,
» Tout Fermier maintenant peut déclarer la guerre,
» Et de pareils forfaits resteraient impunis!
» Nous pourrions de gibier voir nos champs dégarnis,
» Voir fondre par degré l'embonpoint des Chanoines,
» Et disparaître enfin les lapins et les Moines!
» Non, il faut les venger, et, le fer dans les mains,
» Rétablir les celliers des Pères Bernardins.
» Il faut ressusciter les gabelles et la ferme,
» Du traître Mirabeau chatouiller l'épiderme,
» Et de la ligue enfin terrassant les efforts (4).
» Chanter le *Te Deum* sur des monceaux de morts. »

VOILA comme enflammé par l'amour des batailles,
S'exprimait un Héros qui, sans quitter Versailles,
Jusques vers le milieu de l'an quatre-vingt-neuf,
Du bruit de ses exploits a rempli l'oeil de boeuf.
Il voulait tout abattre, il voulait tout détruire,
Lorsqu'un jeune Robin, plein du même délire,
Et toutefois ouvrant son ame à la pitié,
» Pour le peuple, dit-il, un reste d'amitié,
» M'inspire un sentiment au vôtre un peu contraire:
» A nos coups, j'en conviens, rien ne peut le soustraire,

» Et pour le terrasser irrévocablement,
» Il suffit d'un arrêt, d'un mot du Parlement.
» Or, Messieurs, d'aujourd'hui vous savez la nouvelle,
» Vous savez qu'à son Roi la Nation est rébelle,
» De son règne orgueilleux verra bientôt la fin,
» Et que le Parlement rentre à la Saint-Martin,
» Que Séguier l'Avocat, noble amant de la Gloire (5),
» S'apprête à publier un beau réquisitoire,
« Et que cent mille huissiers, dignes appuis des lois,
» Contre la Nation forgent cent mille exploits.
» Sans passer pour cruels, nous pourrions faire pendre
» Les chefs des révoltés qui de nous vont dépendre,
« Ou du moins les tenir vingt ans au Châtelet.
» Il vaut mieux, croyez-moi, quelque soit leur forfait,
» A ces coupables chefs, même à la populace,
» Accorder l'amnistie, ou des lettres de grace.
» Le faible à se venger goûte un plaisir affreux;
» Nous serons les plus forts; montrons-nous généreux.

» La clémence est vraiment une vertu céleste,
» Dit alors un Abbé non moins doux que modeste,
» Et la religion prêchant la charité,
» Nous devons, avant tout, aimer l'humanité.
» Je l'aime, et dans mon cœur ouvert à l'indulgence,
» Ne sont jamais entrés des désirs de vengeance.
» Je ne sais point haïr; j'avois de revenus,
» En riches Prieurés, deux fois vingt-mille écus.
» Ces Messieurs m'ont ravi ma petite fortune:
» Loin de leur conserver la plus faible rancune,
» Ou loin de les haïr, je plains ces indiscrets:
» Mais le Ciel pourrait-il approuver leurs décrets;
» De la Messe ennemis, et qui du Saint-Office
» Tendent à renverser le pieux édifice?

» Vous le savez, Messieurs, par Voltaire égarés,
» Ils ont attaqué Rome et ses dogmes sacrés:
» Ils ont vomi contre elle un torrent d'apostrophes,
» Et le Ciel n'aime point les peuples philosophes,
» Les peuples dont l'esprit, s'exhalant en bons mots,
» Frappe de ridicule et Pape et Cardinaux.
» Ainsi, quand nous aurons terrassé les Pigmées,
» Dont la Seine, en tremblant, voit les folles armées,
» Aiguiser à l'envi des poignards assassins;
» Quand nous aurons soumis leurs belliqueux essaims,
» Pour abréger le cours de leur règne prospère,
» Dans un joli bûcher, approuvé du Saint Père,
» Précipitons soudain le traître Mirabeau,
» La Fayette, Bailli, l'anti-Pape Rabaud,
« Et tous les Chefs enfin d'une odieuse ligue,
» Dont l'orgueil nous indigne, autant qu'il nous fatigue.
» Foudroyons, terrassons tous ces vils mécréans,
» Et tel que Jupiter écrasons les géans.
» Avec peine, entre nous, mon œil les verra cuire;
» Je n'ai point l'ame dure, et n'aime point à nuire.
» Mais pour venger le Ciel et le Culte divin,
» Il est si doux, Messieurs, de brûler son prochain! »

UN Diplomate, alors, grand lecteur de Gazettes,
Qui ne voit les Etats qu'à travers ses lunettes,
Et qui, toujours marchant dans le même sentier,
A son génie étroit soumet le monde entier.
» Tout allait bien, dit-il, et dans l'ancien régime,
» Pour les Ambassadeurs on montrait de l'estime;
» Les traités, les rescrits, tout partait de leur main,
» Et leur opinion réglait le genre-humain.
» L'Assemblée, adoptant des maximes nouvelles,
» A ces aigles des cours vient de rogner les ailes;

« Il faut les rétablir, et qu'eux seuls désormais
« Décident de la guerre, ainsi que de la paix,
» Le Français est d'ailleurs si léger, si volage?
» Croit-il avoir sur nous le plus faible avantage?
» Le Cardinal Achille et Mirabeau Tonneau,
» Ont juré le trépas de ce peuple étourneau (7). »

L'UN s'écrie aussitôt : « Oui, c'est le vieux régime,
» Qui vaut mieux que tout autre ; il est vraiment sublime,
» Et n'en pas convenir, est le plus grand forfait,
» Aux Dames de la Cour, rendons le tabouret;
» Aux Prélats dépouillés, leurs riches bénéfices;
» Leur jeune Directeur aux ferventes novices,
» Et des emplois sur-tout chassons les rôturiers,
» Pour les restituer à leurs vrais héritiers.
» Qu'est-ce qu'un rôturier? une bête de somme,
» Et l'on n'est bon à rien, si l'on n'est gentilhomme.

L'AUTRE dit : » Un moment, j'approuve ce discours;
» De l'anarchie ainsi nous arrêtons le cours :
» Mais, dans le vieux régime, on fit plus d'une faute,
» Et je serais d'avis, moi, d'une Chambre haute;
» Elle seule pourrait nous rendre tous nos droits,
» Et mettre dans nos mains la balance des lois. »

» Fi! s'écrie Astarbé, dame illustre et puissante;
» Vous avez-là, Monsieur, une idée indécente,
» Et d'une Chambre haute on connaît le danger.
» Au vieux gouvernement il ne faut rien changer.
» Je l'avouerai, Messieurs, j'aime la monarchie,
» Elle seule, en tout temps, réprima l'anarchie.
» Sitôt que reprenant sa juste autorité,
» Le Roi sera sorti de sa captivité,
» Je reprendrai moi-même, auprès de sa personne,
» Le crédit que j'avais, et que mon rang me donne,

» Comptez alors sur moi. Vous, monsieur le Marquis,
» Je vous ferai nommer Gouverneur de Paris,
» Et, si je dois en croire une juste espérance,
» Vous aurez le bâton de Maréchal de France.
» Je ferai Président monsieur le Conseiller;
» Je ferai Colonel le jeune Chevalier,
» Vous ne verrez enfin que des gens de naissance
» Se partager entre eux la royale puissance;
» Vous serez tous contens. Pour vous, monsieur l'Abbé,
» Qui n'êtes à Turin qu'un petit sigisbé,
» J'espère qu'à Paris, grace à mon entremise,
» Vous pourrez devenir un Prince de l'Eglise.
» Brienne, insolemment, a rendu son chapeau,
» Vous en hériterez; déja même *in petto*,
» Secrètement nommé par le choix du Saint Père,
» Au chaste Abbé Mauri, je crois qu'il vous préfère.
» Que de bienfaits alors sur vous seul répandus!
» Vos riches prieurés vous seront tous rendus,
» Et par un supplément devenu légitime,
» On vous restituera vingt mille écus de dîme. »

Au discours gracieux de madame Astarbé,
Par un galant discours, répond monsieur l'Abbé,
Et la reconnaissance augmentant son ivresse,
Il vient baiser la main de la belle Duchesse.
Seul, je ne disais mot, saisi d'un saint respect,
Droit comme le Dieu Therme, et tremblant à l'aspect
Des Dames, des Messieurs qui régnaient sur la France,
Et qui la gouvernaient du moins en espérance.
Qu'aurais-je répondu? L'un, de zèle échauffé,
Préparait en idée un bel auto-da-fé;
En propos menaçans, l'autre exhalant sa bile,
M'annonçait le courroux du Cardinal Achille...

Je m'avisai pourtant de parler à mon tour,
Et ſeignant de vouloir m'avancer à la Cour,
Et moi, dis-je assez haut, m'oublirez-vous, Madame?
Et connaissant l'ardeur qui dévore mon ame...
» Vous, dit-elle, souvent vous griſſonnez des vers;
» Pour chanter les exploits de nos guerriers divers;
» Nous devons ménager les enſans du Parnasse,
» Et de Censeur royal vous aurez une place (8).

NOTES.

(1) *Quel orgueil ! ils verront ces illustres badauts.* Il y a long-temps qu'on a donné aux habitans de certaines villes de France des dénominations ou sobriquets qui sont censés peindre leur caractère particulier. Ainsi on disait *les ânes de Beaune*, *les Badauts de Paris*, etc.. Ces dénominations sont aussi injurieuses que déplacées ; elles peuvent occasionner des querelles entre les citoyens, et je ne conçois pas comment Voltaire, qui avait un si bon esprit, en parlant de Paris, a pu dire :

> Et la ville badaude au fond de son quartier,
> Dans son voisin badaut voit l'univers entier.

C'est un aristocrate que je fais parler dans mon Poème, et il n'a pas dû être poli envers les Parisiens, surtout depuis la révolution qu'ils ont faite. Mon aristocrate a dû les appeler *badauts*, quoique dans toute cette affaire, il n'y ait de vrais badauts que les aristocrates.

(2) *L'impétueux Bouillé massacrant tout Paris.* On se rappelle la lettre fulminante que M. de Bouillé a écrite à l'assemblée nationale, peu de temps après l'arrestation du Roi à Varennes : il disait dans cette lettre qu'*il ne laisserait pas à Paris pierre sur pierre*, et, depuis ce temps, on l'a justemen surnommé *le mangeur de cailloux*.

(3) *Rohan sera nommé contrôleur des finances.* On prétend avoir entendu dire à M. le Cardinal de Rohan qu'il ne concevait pas comment un honnête homme pouvait vivre avec moins de 1500 mille livres de rente, et voilà pourquoi on fera très-bien de le nommer contrôleur-général des finances, lorsque la contre-révolution aura lieu.

(4) *Et le Roi des Français sera Roi d'Ivetot.* Ayant rencontré plusieurs émigrés dans mon voyage d'Italie, je les ai entendus vomir des imprécations contre Louis XVI, et le maudire presque autant que la nation. Les uns di-

saient : c'est un lâche, qui a trahi sa Noblesse, et qui s'est bêtement jeté dans les bras de son peuple : les autres : c'est un ingrat, qui oublia les services que nous lui avons rendus, tous enfin s'accordaient à dire qu'il ne méritait pas de régner. Les nobles d'autrefois, accuser le Roi de manquer envers eux de reconnaissance ! Y a-t-il rien de plus burlesque? Je m'avisai, un jour, de dire à l'un de ces Messieurs : Vous n'aimez point la nation, vous aimez encore moins le roi ; qu'est-ce donc que vous aimez ? Le lecteur fera facilement la réponse. Les dispositions des nobles émigrés, envers Louis XVI, prouvent, au surplus, une grande vérité, c'est que le plus grand bonheur pour un roi, c'est de se faire aimer de son peuple.

(5) *Et de la ligue enfin terrassant les efforts.* On a vu dans les journaux une lettre de l'Impératrice de Russie aux émigrés français, dans laquelle cette auguste souveraine compare aux ligueurs les Parisiens patriotes, et se compare elle-même à Elisabeth d'Angleterre. Quelle modestie et quelle justesse !

(6) *Que Séguier l'Avocat, noble amant de la gloire.* L'avocat Séguier est mort à Tournai, furieux de n'avoir pas vu la contre-révolution. Comme il y croyoit cependant beaucoup plus qu'à l'évangile, plusieurs personnes m'ont assuré qu'on avait trouvé dans ses papiers un discours qu'il avait composé quelques jours avant sa mort, et qu'il se proposait de lire à la rentrée du parlement. Combien de nobles et de parlementaires émigrés auxquels on pourrait dire :

Il ne faut vendre la peau de l'ours
Qu'après l'avoir jeté par terre.

(7) *Ont juré le trépas de ce peuple étourneau.* L'expression de *peuple étourneau* paraîtra un peu bizarre, elle est exacte cependant ; que dis-je, elle est historique, et je l'ai puisée dans l'extrait d'une lettre de Bruxelles, que la Gazette universelle a publié, le mardi 10 avril 1792. Voici ce qu'on y lit mot à mot : Les émigrés voient déja l'armée française pâlir au premier coup de canon, et les gardes nationales fuir devant eux comme des *étourneaux* ; c'est leur terme.

(8) *Et de Censeur-royal, vous aurez une place.* Les obstacles que, dans l'ancien régime, quelques censeurs-royaux ont mis à la publication des écrits philosophiques, sont une des principales causes de la révolution. L'énergie de la plûpart des Auteurs s'est accrue en raison de ces obstacles, et telle est en général la marche de l'esprit humain, qui, semblable au monarque des oiseaux, veut planer librement dans les nues. Il ne faut pas croire cependant que tous les Censeurs-royaux aient été des capucins ou des hypocrites ; je pourrais en nommer plusieurs, et entr'autres M. de Toustain-Richebourg, qui ont approuvé des ouvrages très-hardis, et qui même ne s'étaient chargés de ces pénibles et désagréables fonctions, que pour obliger les gens de lettres. M. de Toustain-Richebourg a laissé passer mon roman de *Misogug*, que tout autre peut-être aurait arrêté ; c'est une obligation que je lui ai, et dont je ne suis pas fâché de le remercier publiquement. Il y a dans ce roman quelques chapitres qui donnent assez clairement les raisons de mon amour pour la liberté, et pour le nouvel ordre des choses. J'y ai peint ce nouvel ordre à-peu-près tel qu'il est, en disant sous le voile d'une allégorie, ce que la France devrait être.

PORTRAITS

PORTRAITS

DE DEUX

AUTEURS CÉLÈBRES.

AVERTISSEMENT.

Cérutti & l'Abbé Auger sont morts l'un & l'autre dans le mois de Février de cette année 1792, & la Société nationale des Neufs Soeurs m'ayant désigné pour jetter quelques fleurs sur la tombe de ces deux hommes célèbres, je m'empressai de leur rendre hommage par les vers suivans, que j'intitule *Portraits*, & qui ne sont que de faibles esquisses. Je dois dire cependant, que je traçai en prose un portrait beaucoup plus étendu de Cérutti, & ce portrait ou plutôt cet éloge a paru dans le Journal Encyclopédique & dans le tribut de la Société nationale des Neufs Soeurs, sous le titre de *Coup-d'œil rapide sur Joseph-Antoine-Joachim Cérutti*. Je l'ai écarté de ce recueil que je destine à la poésie beaucoup plus qu'à la prose; mais les curieux pourront le voir dans les sources que je viens d'indiquer. Je composai avec d'autant plus de plaisir les éloges de Cérutti & d'Auger, que l'un & l'autre ont rendu de grands services à la littérature & à la chose publique. Cérutti, entr'autres, paraît être mort victime de son patriotisme; il a tellement travaillé & comme électeur & comme député, que sa santé n'a pu résister à tant de fatigues. Cérutti & Auger enfin étaient philosophes & patriotes, quoique celui-ci fût Prêtre, & quoique l'autre eût été Jésuite. De pareils phénomènes sont si rares, qu'il était bien juste de les célébrer.

PORTRAIT DE CERUTTI.

Législateur, Poète et Philosophe illustre,
A ses rares vertus, manque-t-il quelque lustre,
Et n'a-t-il pas conquis un immortel renom?
A l'équité fidèle, ami de la raison,
Voyez avec quel art, quelle grace légère,
Il brise des Autels l'idole mensongère;
Quand du charlatanisme (*) il trace le portrait,
Toute erreur, à sa voix, s'éclipse et disparait!
Du cercle de sa phrase avec goût cadencée,
Jaillit, comme l'éclair, sa brillante pensée;
Et, sans le fatiguer, elle occupe l'esprit.
Le soleil, dira-t-on, quelquefois éblouit,
Et, sous le poids vainqueur de sa vive lumière,
Cet astre aux plus hardis fait baisser la paupière;
Mais le soleil réchauffe, et du flambeau des Cieux,
Cérutti, dans son style, a l'éclat et les feux.
Décrit-il ces jardins (**) qu'une eau lympide arrose?
Les couleurs de l'oeillet, la fraicheur de la rose
Eclatent dans ses vers sagement variés,
Et par d'heureux tissus, l'un à l'autre liés.
Collègue de Gresset, il marcha sur sa trace,
Et servit Apollon sous les drapeaux d'Ignace:
Mais qu'ils prirent bientôt un différent chemin,
L'ame de Cérutti fut celle d'un Romain:

(*) Allusion à son poëme intitulé : *Portrait du Charlatanisme.*

(**) Allusion au poëme sur les Jardins de Betz.

Ennemi des tyrans et plus encore des Prêtres,
Dans les lois seulement, il reconnut des maîtres.
Il plaida pour le peuple, aima la liberté,
Et jusque chez les Rois prêcha l'égalité.
Si Gresset a conquis le laurier poétique,
Cérutti mérita la couronne civique;
Et sa vertu sans doute égala son talent.
Il n'a point fait revivre un perroquet brillant,
Et Gresset a sur lui ce sublime avantage.
L'un siégeait au parloir; l'autre à l'Aréopage.

PORTRAIT D'ATHANASE AUGER (*).

Il est des traducteurs qu'il faut souvent traduire,
Pédants, tristes et lourds, ignorant l'art d'écrire,
Dont le souffle ternit les plus belles couleurs,
Pareils aux vermisseaux qui rampent sur les fleurs,
La rose, entre leurs doigts, n'est plus reconnaissable.
Qu'à ces froids écrivains Auger est peu semblable !
Et comme en ses écrits adorés des lecteurs,
Il est loin d'imiter ces plats imitateurs !
Émule studieux des Orateurs antiques,
Et suivant pas-à-pas les abeilles attiques,
Aux rives de la Seine et sous un nouveau ciel,
Sans le dénaturer, il transporta leur miel.
Par sa plume savante, Eschine et Démosthènes
Retrouvent dans Paris tous leurs amis d'Athènes,
Et nous avons cru vivre avec ces morts fameux,
Surpris de les entendre et de parler comme eux.

Vous connaissez, amis, l'heureux talent d'Eschine;
Sa prose a la douceur des beaux vers de Racine :
C'est l'onde d'un ruisseau qui, sur un vert gazon,
Coule tranquillement dans la belle saison :
D'un berger amoureux c'est la flûte sensible
Qui soupire en cadence, et n'a rien de terrible;

(*) Ces vers ont été imprimés à la tête du second volume des *Œuvres de l'abbé Auger*, imprimées par le Cercle Social, rue du Théâtre Français ; c'est M. Bonneville qui dirige cette belle édition des Œuvres de son ami, sur la tombe duquel il s'est empressé de jeter des fleurs dans l'intéressant Journal, intitulé *Chronique du mois*, et composé par quatorze Patriotes célèbres.

Son rival, au contraire, impétueux torrent,
Roule entre les rochers qu'il détache en courant.
Du haut de la tribune où règne son génie,
L'entendez-vous tonner contre la tyrannie ?
Pour terrasser Philippe, il suffit de son nom.
Le voyez-vous bientôt plaidant pour Ctésiphon (1),
Le sauver de la mort qui déja l'environne,
Et des mains d'un rival arracher la couronne.
Sublimes Orateurs, si chers au genre-humain,
De talens et d'esprit vous différez en vain.
Nous offrant de tous deux une image fidelle,
Auger toujours atteint l'un et l'autre modèle.
S'il ne peut égaler votre style nombreux,
Son style, tout semé d'équivalens heureux,
Et de phrases sur-tout sagement compassées,
Tel qu'un miroir poli, réfléchit vos pensées.
Comme Eschine, tantôt il est doux, gracieux,
Et tantôt élevant son front jusques aux cieux,
Du bouillant Démosthène il prend le caractère
Simple et fier, tour-à-tour, et toujours sûr de plaire.
Lysias, à son tour, l'illustre Cicéron,
Chrysostôme, Isocrate et son divin patron (*)
Ont reçu de sa plume une nouvelle vie,
Et, par ses longs travaux, leur gloire est embellie.
Tragiques triumvirs, dont les vers enchanteurs
Autrefois, dans la Grèce, ont charmé tous les coeurs,
Euripide, Sophocle, et vous, terrible Eschile,
Vous, de qui le génie en chefs-d'oeuvres fertile,
Des Rois les plus fameux retraça les malheurs,
Et sur la scène encor nous fait verser des pleurs,

(*) Saint Athanase.

Auger vous traduisait (2), et sa plume immortelle
Eût orné vos écrits d'une beauté nouvelle.
Pleurez, à votre tour, la Parque au long ciseau
A plongé votre ami dans la nuit du tombeau.

PLEUREZ aussi, pleurez, vous de qui la jeunesse
Implore les conseils que donne la sagesse,
Arbrisseaux qui, pour croître, avez besoin d'appui (3);
Connaissez le trésor que vous perdez en lui.
Réprimant par ses soins la fougue de votre âge,
Il vous eût préservés des fureurs de l'orage;
Graces à ses leçons, plus heureux, plus instruits,
Vous courberiez vos fronts sous le poids de vos fruits,
Et votre esprit, orné des plus vives lumières,
Eût des plus grands esprits parcouru les carrières.

POURRIEZ-VOUS en douter, vous de qui le talent
Vient ici lui payer un tribut consolant,
Et dont l'ame, à son nom, s'aggrandit et s'élève?
Pourriez-vous en douter? Hérault fut son élève.
Cicéron, Démosthène, et ces auteurs fameux,
Qui, sans la liberté, ne pouvoient être heureux,
Versèrent dans son ame avec tout leur génie
Leurs longs ressentimens contre la tyrannie,
Et quoique né Français, il eut le cœur Romain.
Voyez-le retracer d'une mourante main
Le tableau de ces lois antiques, adorées,
Que suivirent jadis les plus belles contrées,
Et qui firent éclore, au milieu des vertus,
Dans Athènes un Socrate, et dans Rome un Brutus.
Voyez-le, quoique Prêtre, aimer la tolérance,
L'embellir des atours d'une douce éloquence,
Du pudique Hyménée implorer les faveurs (5),
Par zèle pour les lois, par respect pour les mœurs,

Et tonner contre un dogme imbécile et sévère,
Que maudit la Nature et bénit le Saint Père;
Pontife de Lescar, vous crûtes à vos lois
Avoir soumis ensemble et sa plume et sa voix,
Et qu'il a préféré, charmé de la grand'messe,
Les airs de la légende aux accens du Permesse.
Détrompez-vous : orné des trésors du savoir,
Vos erreurs sur son ame eurent peu de pouvoir (6).
Et, si j'en crois son goût pour la langue d'Homère,
Du pontife Apollon, il fut le grand-Vicaire.

NOTES.

(1) *Le voyez-vous bientôt plaidant pour Ctésiphon..* Ctésiphon fut l'ami et l'admirateur de Démosthène : il proposa aux Athéniens de lui donner une couronne d'or dans l'assemblée des Etats-généraux de la Grèce. Eschine s'y opposa, il était le rival et l'ennemi de Démosthène. Eschine, pour perdre Ctésiphon, l'accusa d'avoir excité le peuple à la révolte. Démosthène défendit son ami, et le lava de cette calomnie odieuse dans sa belle harangue *de la Couronne*. Démosthène est si admirable dans ses harangues, qu'il n'y en a pas une qui ne mérite d'etre couronnée.

(2) *Auger vous traduisait, et sa plume immortelle.* Après avoir traduit Cicéron en entier les principaux orateurs de la Grèce et plusieurs Pères de l'eglise, l'abbé Auger avait formé le projet de traduire les trois tragiques grecs, Sophocle, Euripide et Eschyle, et M. Paris de l'Oratoire, partageant ce travail avec lui, devait mettre en vers les coeurs de leurs tragédies immortelles. Ce projet a donné lieu à la dissertation sur la *tragédie grecque*, que l'abbé Auger a publiée peu de jours avant sa mort.

(3) *Arbrisseaux qui, pour croître, avez beso'n d'appui.* L'abbé Auger avait un penchant particulier pour l'education de la jeunesse à laquelle il a consacré plusieurs années de sa vie. M. Héraut de Séchelles, membre de la seconde législature, a été un de ses élèves. On peut juger par les talens, et sur-tout par les principes de ce député célèbre, des principes et des talens du maître. M. Héraut a fait un éloge funèbre de l'abbé Auger, éloge qu'il a prononcé dans une séance publique de la société nationale des Neuf-Soeurs, et cet éloge a prouvé d'une manière bien avantageuse pour M. Héraut que l'abbé Auger n'avait point semé dans un terrain ingrat.

(4) *Et quoique né Français, il eut le coeur Romain.* L'abbé Auger ayant toujours vécu dans son cabinet avec

les Romains et les Grecs, ne devait tenir par aucun point à la frivolité française. Aussi quelle fut sa joie, quand la révolution arriva ! Les écrits qu'il a publiés depuis cet instant, prouvent combien il aimait la liberté, l'égalité et la justice. La mort l'a surpris au moment où il travaillait à une histoire des constitutions grecques et romaines, et l'on a pu voir, par un ouvrage qu'il a inséré dans le tribut de la société nationale des Neufs-Socurs, intitulé : *Droits rigoureux du peuple, vrais intérêts du peuple*; on a pu voir, dis-je, combien ces droits lui étaient connus, combien ces intérêts lui étaient chers.

(5) *Du pudique Hyménée implorer les faveurs*. Quoique l'abbé Auger n'ait guère eu d'autres passions que celle de l'étude, quoique l'amour des belles-lettres lui ait presque toujours tenu lieu de l'amour du beau sexe; on a trouvé néanmoins dans ses papiers un ouvrage sur le célibat des Prêtres, où il réclame pour eux le droit qu'ont tous les autres hommes de se marier, et dans lequel son éloquence mâle et patriotique fait triompher l'opinion des vieux Pères du concile de Trente.

(6) *Vos erreurs sur son ame eurent peu de pouvoir*. L'abbé Auger fut philosophe, quoique prêtre; il n'aimait pas qu'on lui parlât de la Religion catholique; mais quand par hasard on l'interrogeait là-dessus : chut, chut, disait-il, défions-nous des gens qui pourraient nous entendre, et qui ne sont pas comme nous, dans le secret. L'évêque de Lescar, dont il était le grand-vicaire, l'appelait mon grand-vicaire *in partibus Atheniensibus*, et si Démosthènes, Isocrate et Lysias pouvoient ressusciter, ils seraient sans doute charmés qu'un Prêtre de l'Eglise Romaine les eût traduits et commentés, sans les infester du venin de la doctrine ultramontaine.

LES JOURNAUX
D'APRÉSENT,
DIALOGUE
ENTRE
UN ARISTOCRATE ET UN PATRIOTE,
Composé en Octobre 1790.

AVERTISSEMENT.

Une Dame arriva d'Italie au mois d'octobre de l'année 1790 ; elle trouva la Capitale de la France inondée des Journaux que la révolution a fait naître, & désirant de s'abonner pour les plus patriotiques & les mieux faits ; elle me demanda mon avis : Je lui répondis par le Dialogue suivant, qui n'aurait jamais vu le jour, si cette Dame ne m'en avait demandé plusieurs copies. Ce Dialogue, imprimé dans l'*Almanach des Muses* de 1791, reparaît ici avec des corrections & augmentations.

LES JOURNAUX D'APRÈSENT,

DIALOGUE

ENTRE

UN ARISTOCRATE ET UN PATRIOTE.

Fatigué, l'autre jour, du caquet incommode
De deux petits Abbés raisonnant à leur mode
Sur ces billets nouveaux qu'on appelle *assignats*,
De leurs mains je m'échappe et m'enfuis à grands pas
Vers un de ces réduits qu'habite le silence,
Où l'on vend de l'esprit à six sols par séance;
J'y rencontre Damis qui, jadis, à la Cour,
En poste allait porter la nouvelle du jour.
Le destin, me dit-il, ne m'est donc plus contraire,
Et, dans ce cabinet prétendu littéraire,
Nous jaserons au moins. — Non daignez m'excuser,
Je viens ici pour lire, et non pas pour jaser.
Voyez-vous ces journaux épars sur cette table?
Ils appellent mes yeux, et je vais... — Comment diable!
Vous lisez ces chiffons; mais vous n'y pensez pas.
Ainsi donc le mensonge a pour vous des appas,
Et dupes des erreurs d'une plume honnie,
Vos regards, à long-traits, boivent la calomnie.
Que vous êtes à plaindre, et que votre raison
Doit souffrir quelquefois d'un si mortel poison!
—Tous ces papiers, Monsieur, ne sont pas sans reproche,
Et plusieurs, j'en conviens, m'ont vendu chat en poche;

Mais du coupable il faut distinguer l'innocent,
Et respecter l'écrit dont l'auteur est absent.
Les postillons hâtifs (1) de l'auguste Assemblée
Partent en même temps, et s'élancent d'emblée,
Pour aller informer les Anglais, les Germains,
De ses discussions et de ses grands desseins.
Ils se trompent souvent, mais ils ne mentent guères.
Les décrets voltigeant sur leurs feuilles légères,
A force de passer de l'une à l'autre main,
Avant que d'arriver, se perdent en chemin.
Le Moniteur (2) les suit : véridique, sévère,
Il décrit longuement, longuement délibère ;
Raconter est sa tâche, instruire est son destin,
Et c'est un répertoire et non un bulletin.
Plus d'un sage lecteur pour lui se passionne ;
Mais, je tremble à l'aspect de sa triple colonne,
Où les raisonnemens, dans leur ordre rangés,
Par l'article *Francfort*, sont encore allongés.
J'aime mieux, j'en conviens, la Chronique (3) amusante :
Elle dit vrai de même, et n'est jamais pesante,
Et son patriotisme agréable et joyeux,
Sème souvent de fleurs le sentier épineux
Où nos Législateurs marchent avec courage :
Elle me fait sourire au milieu de l'orage.
— Fabriqués à la hâte, à la hâte imprimés,
Ces ouvrages d'un jour sont rarement semés
De traits neufs et brillans, dont le lecteur s'étonne :
Leur marche est négligée autant que monotone ;
Et faut il vous le dire avec sincérité,
Du langage sur-tout j'aime la pureté ?
— Eh bien! attachez-vous du prix à l'art d'écrire ?
Et, sans être ennuyé, voulez-vous vous instruire ?

Du

Du Journal de Paris (4) suivez l'Auteur brillant;
Là raison, dans sa feuille, est unie au talent :
Il juge avec finesse, avec grace il raisonne ;
Et, quoique bon critique, il n'offense personne :
Son style est toujours pur, élégant et correct,
Et même pour les sots, il montre du respect.
Oui, Monsieur, pour les sots, de la philosophie
Telle est l'adresse heureuse, et tel est son génie ;
Elle cache sa force, émousse tous ses traits,
Et recule par fois pour atteindre au succès.
L'impétueux Carra (5), moins réservé sans doute,
Au même but arrive, et par une autre route,
Son civisme brûlant, qui ne connait point l'art,
De la liberté sainte a levé l'étendart.
Il n'écrit que pour elle, et démasquant les traîtres,
Hors la loi qu'il adore, il ne veut point de maîtres;
Son audace me plait et m'éclaire souvent.
Les journaux autrefois étaient remplis de vent ;
Il en sort aujourd'hui des éclairs, et la foudre
Va réduire par eux, tous les tyrans en poudre.
— Vantez ceux d'aujourd'hui. J'aime ceux qu'autrefois
Voyait par privilège éclore chaque mois,
Et ceux qui, rédigés par des amis du Prince,
Etaient lus à la Cour, et sur-tout en Province. —
Quoi! Certain Génevois ne vous plairait-il plus?
Epris, ainsi que vous, des antiques abus,
De l'aristocratie il fut toujours l'apôtre ;
Il l'adore toujours, et son goût est le vôtre.
Ne l'admirez-vous pas, lorsqu'à tous les instans
Il fond avec courroux sur nos représentans,
Et de sa noire bile il remplit ce Mercure,
Dont *Piron*, si gaiment disait : *bonne lecture!*

— On peut toujours le dire, et je l'estime fort.
— Moi, je l'estime aussi, quand *la Harpe*(6) ou *Chamfort*,
Au goût, à la Patrie également fidèles,
Y dévoilent du beau les sources immortelles,
Analysent un Drame, un Poëme, un Roman,
Où l'ivraie est mêlée avec le pur froment,
Et savent, à mes yeux charmés de leur adresse,
Séparer l'un de l'autre et m'éclairer sans cesse.
J'aime enfin les Auteurs, dont les mâles écrits
Versent sur les tyrans la honte et le mépris,
Et qui ne prennent point la hideuse licence
Pour cette liberté qu'escorte la décence.
Ils sont mes bienfaiteurs. — Quoi! vous applaudissez
Au zèle furieux des Auteurs insensés,
Dont la plume, étouffant toute miséricorde,
Décroche la lanterne et déroule la corde.
Vous lisez de Paris les révolutions (7),
Où *Prud'homme* et consorts, amis des factions,
Prêchent l'indépendance aux citoyens rébelles.
— Respectez-les, du peuple ils sont les sentinelles,
— Vous les encouragez! — Et pourquoi, s'il vous plait,
Verrai-je avec courroux circuler un pamphlet
Qui, de lâches complots, avertit la Patrie?
Quand les loups ravisseurs, près de la bergerie,
Rodent incessamment et guettent les agneaux,
Ne faut-il pas des chiens pour garder les troupeaux?
Je hais la calomnie et crains la médisance:
Mais je hais encor plus l'affreuse intolérance,
Et ce monstre odieux que suit le préjugé,
Dans le fond des enfers, tout-à-coup replongé,
N'ira plus allumer les bûchers de Lisbonne,
La lumière s'étend jusque dans la Sorbonne,

Et, grace aux écrivains que la France produit,
Le jour va triompher de la plus sombre nuit.
Mais de ces écrivains la foule est innombrable,
Et c'est un vrai fléau. Quel mortel est capable
De compter seulement tous les journaux divers,
Dont les presses de France inondent l'Univers.
Et dont les jugemens, toujours hors de mesure,
A l'injure toujours font succéder l'injure?
Du journal de Bérard (8) le temple est l'arsenal;
Ainsi que le Clergé, le Peuple a son journal;
Son journal! qu'ai-je dit? peut-être il en a mille.
Le farouche Marat, l'audacieux Camille (9),
S'escriment à l'envi pour défendre ses droits;
Et tous deux, profitant de l'absence des loix,
Sur les fronts couronnés appellent l'anathême;
Et vomissent contre eux l'injure et le blasphême:
— Il faut leur pardonner et les plaindre. — Comment!
Vous excusez le crime! — Ecoutez un moment.
— Quoi! — Le patriotisme (10) est une fièvre ardente,
Dont ne guérit jamais une ame indépendante;
Et Caton en mourut. — Caton fut un héros.
Passons, et revenons aux feuillistes nouveaux.
La Cour a son journal aussi bien que la ville;
Connaissez-vous celui de Brissot (11) de Varville,
Et celui de Tournon (12), et celui de Mercier?
On se croit citoyen, on n'est que Gazetier.
Des journeaux, en tous lieux, la fureur s'est glissée,
E, déja du beau sexe elle emplit le lycée (13).
L'ignorez-vous? Déja ce temple de Vénus
Fait ouir des accords aux grâces inconnus;
Les termes de *Décret*, de *Motion*, d'*Adresse*,
En ont chassé les mots d'*amour* et de *tendresse*,

Et l'on y voit Céphise, à côté d'un bureau,
Dicter sur la police, un réglement nouveau.
— Oui, chaque heure du jour voit éclore une feuille :
Ainsi renaît la fleur sous la main qui la cueille.
Mais qu'importe? au Printems, dans le plus beau des mois,
N'êtes-vous pas charmé de pouvoir faire un choix,
Et de pouvoir cueillir, au gré de votre attente,
Ou l'humble violette, ou la rose éclatante?
— Quelle comparaison! les chardons, les pavots,
De vos journaux fameux, voilà les vrais rivaux.
De la religion, en proie à leurs atteintes,
Entendez-vous les cris et les augustes plaintes?
— Autrefois, sous le nom de l'abbé *Dinouart* (14),
L'Eglise a d'un journal arboré l'étendart;
Et si vous regrettez ce journal de l'Eglise,
Courez chez l'Imprimeur, la sainte marchandise
Est encor toute entière au fond du magasin,
On y touche aussi peu qu'aux sermons de *Cotin*.
Prenez donc et lisez : Devant l'abbé *Grégoire*,
Devant l'abbé *Fauchet*, vrais amans de la gloire,
J'espère voir bientôt (15) fuir le lâche escadron
De ces Abbés poudreux, soudoyés par *Fréron*,
Qui, d'orgueil énivrés, gonflés de fanatisme,
Dans leur chaire prêchaient l'odieux despotisme.
Qu'ils partent, à l'instant, pour le camp de Jalès (16)
Du vieux *Aliboron*, ces très-dignes valets;
Et que, renouvelant leurs funestes maximes,
Dans les fils de *Calvin* ils cherchent des victimes.
Moi, je ne veux servir qu'un Dieu plein de bonté :
Je veux sur-tout, qu'un Prêtre aime l'humanité.
Un Prêtre tolérant et qui hait l'esclavage,
De ce Dieu que je sers me présente l'image.

Le croiriez-vous, Monsieur? l'an passé, de ma main,
Je n'ai pas craint d'offrir au Pontife Romain
Le signe tricolor de notre indépendance :
On peut être infaillible et manquer de prudence,
Le Pape s'est fâché de mon empressement;
Il m'a même honoré de son ressentiment,
Et, sans un prompt départ de la belle *Ausonie*,
Au grand *Cagliostro* (17) je tiendrais compagnie.
Quel absurde courroux! à Paris de retour,
J'en ai ri; je veux même en rire plus d'un jour.
Le Pape, énorgueilli d'un triple diadême,
Croit-il garder toujours l'autorité suprême?
Ah! de son trône antique il est tout prêt à cheoir.
La France a, dès long-temps, méconnu son pouvoir.
Gémissant sous le poids de la sainte tiare,
Le peuple Avignonais, contre lui se déclare;
Et vous blâmez à tort les buletins nouveaux,
Où galment, quelquefois, on siffle les dévots.
Qu'armés à la légère, au mortel incrédule,
Les dévots, à leur tour, lancent le ridicule,
Je ne m'en plaindrai pas. Allons, M. *Damis*
De la démocratie écrasez les amis,
Et que, de toutes parts, la lumière se montre,
J'aime à lire le pour, j'aime à lire le contre.
— Le contre, dites-vous? Je vous attendais là.
L'Ami du Roi, (18) Monsieur, le lisez-vous? Voilà;
Voilà ce qui s'appelle une feuille excellente,
Toujours très modérée et jamais violente.
Et la gazette encor de Monsieur *du Rosoi* (19),
Emule ingénieux du noble Ami du Roi,
Qu'en dites-vous? Pour moi, je n'en lis jamais d'autres;
Et j'ai toujours sur moi les *Actes des Apôtres* (20).

— Quel exemple charmant d'impartialité !
Que vous devez, Monsieur, aimer la vérité !
Et lorsque de Paris on a lu la gazette,
Qu'on doit avoir de tout une opinion nette !
Que ce Monsieur *Royou*, ci-devant professeur,
Est du meilleur des Rois un digne défenseur !
Élève de *Fréron* et son prévot de salle,
Comme il doit pour la Cour s'escrimer sans scandale !
Le lire uniquement est le meilleur parti,
Et, grâce à vous, enfin, me voilà converti :
Monsieur l'abbé *Royou* sera seul ma lecture.
Que je vais admirer sa candeur, sa droiture
Et son intégrité ! J'irai même, je croi,
Jusqu'à penser du bien de monsieur *du Rosoi*,
Et, pour quelques raisons qui ne sont pas les vôtres,
J'aurai toujours sur moi les *Actes des Apôtres*.

NOTES (*).

(1) Il y a plusieurs *Postillons* qui paraissent chaque jour, et qui, deux ou trois heures après la tenue des séances de l'Assemblée Nationale, s'empressent de rendre compte au public de tout ce qui s'y est passé. Semblables aux Soldats de Cadmus, ils se dévorent et s'entretuent les uns les autres ; et voilà pourquoi aucun d'eux n'a jamais eu un très-grand succès. Puissent les Députés de l'Assemblée Nationale ne pas imiter leurs Postillons. Déja quelques-uns de ces Messieurs ont donné un si dangéreux exemple en allant se battre au bois de Boulogne.

(2) Le *Moniteur* est de tous les journeaux celui qui rend compte le plus au long des séances de l'Assemblée Nationale. Il rapporte presque mot à mot les discours des Députés, et n'y mêle aucune réflexion. Ces discours ne peuvent être copiés que par la méthode ingénieuse de M. Coulon de Thévenot. Honneur soit donc rendu au tachigraphe Coulon ; sans lui, nous perdrions souvent des morceaux d'éloquence admirables et dignes de figurer avec ce que les Grecs, les Romains et les modernes Anglais ont produit dans ce genre de plus merveilleux.

(3) Ce journal est rédigé par deux Hommes de Lettres distingués, qui unissent la gaîté au patriotisme, et qui mêlent ingénieusement l'utile à l'agréable. L'un est M. Noël, professeur au collége de Louis-le Grand, et l'autre, M. Millin de Grandmaison.

(4) Ce n'est pas un journal que l'article *Assemblée Nationale* du journal de Paris ; c'est un excellent ouvrage sur la révolution, et le meilleur peut-être, qui ait paru jusqu'à ce moment sur cette matière. On y remarque quelquefois la force de J. J. Rousseau, et presque toujours la clarté et la finesse philosophique de Fontenelle. Il est écrit d'ailleurs avec beaucoup de pureté

(*) Ces Notes, ainsi que le Dialogue, ont été composés en Octobre 1790.

et d'élégance. Je ne connais point l'auteur de cet article, et je m'en suis félicité plus d'une fois, pour avoir le droit de le louer.

(5) C'est M. Carra et M. Mercier qui font en grande partie les *Annales Patriotiques et Littéraires*. M. Carra signe tous ses articles, et ce sont des lettres-de-change à vue, qu'il tire sur tous les Français patriotes, et que ceux-ci lui payent en reconnoissance et amitié.

(6) Le goût de ces deux Littérateurs est connu depuis long-temps; et depuis la révolution leur patriotisme s'est fait connaître; ils sont tous deux de l'Académie Française. Et pourquoi faut-il que cette Compagnie renferme si peu de patriotes, tels que messieurs la Harpe et Champfort?

(7) Ce journal est un des premiers qui ait le mieux rendu compte de tous les événemens relatifs à la révolution; il est dicté par le plus pur patriotisme, et jamais ses principes n'ont varié. M. Prud'homme en est le propriétaire, et quelques-unes disent qu'il en est l'auteur; d'autres assurent que c'est feu M. Loustalot qui y a d'abord travaillé. M. Fabre-d'Eglantine est un excellent patriote et un bon poète comique. Personne n'était plus digne de succéder à feu M. Loustalot, et personne ne pouvait mieux remplir les vues de M. Prud'homme.

(8) Il est intitulé : *Journal général de Politique, de Littérature et du Commerce*. On y rend un compte exact de tout ce qui tient à l'Assemblée Nationale, à l'administration et à l'intérieur de la France, c'est-à-dire, que la partie de la politique et celle du commerce y sont soignées. Quant à la partie Littéraire, elle y tient peu de place, et le Rédacteur paraît peu s'en occuper. Cependant l'article des Spectacles est fait avec exactitude et avec goût. On s'adresse à *M. Bérard*, enclos du Temple, pour tout ce qui concerne ce journal.

(9) On sait la fière réponse que fit d'une tribune à M. Malouet, M. Camille Desmoulins, au moment où il fut dénoncé par M. Malouet lui-même. C'est apparemment à cause de cette réponse, que M. Damis donne à M. Camille l'épithète d'audacieux.

(10) On lit dans Young les paroles suivantes : *Le patriotisme est une passion élevée et sublime, et qui a la fièvre : Caton en mourut.* C'est cette pensée admirable que j'ai tâché de rendre dans mes faibles vers.

(11) M. Brissot-de-Varville fait un journal intitulé : *le Patriote Français*, et qui remplit parfaitement son titre.

(12) M. Tournon travaille, dit-on, au Mercure National avec madame Robert, ci-devant mademoiselle de Kéralio. Il est peu de femmes qui aient sincèrement applaudi à la révolution ; mademoiselle de Kéralio s'est distinguée en cette circonstance, et nous dirons en passant, qu'il est bien glorieux pour elle de sentir si jeune encore le prix de la liberté. Elle avait déjà publié une histoire d'*Elizabeth d'Angleterre*, qui prouve qu'elle peut atteindre à la plus haute renommée, et qui, pour son âge, est un vrai chef-d'œuvre dans le genre si difficile de l'histoire.

(13) C'est une femme intéressante nommée madame de Beaumont, qui préside le Lycée des femmes. On s'y occupe à la fois d'administration et de musique ; mais il y a plus d'harmonie dans les concerts que dans les délibérations.

(14) Le Journal de l'abbé Dinouard, tué depuis longtemps par la révolution, n'a jamais été connu que dans sa paroisse. Ami lecteur, priez pour les trépassés.

(15) Nous n'avons pas vu avec moins de plaisir M. l'abbé Aubert, ancien Rédacteur des *petites Affiches*, disparaître devant MM. Ducray-du-Minil et Bérenger, tous deux connus dans la littérature par des ouvrages estimables. Ce n'est pas que M. l'abbé Aubert n'ait beaucoup d'esprit, de sagacité, et même d'érudition ; mais mais, mais, mais, mais, . . .

Les *mais*, à son égard, ne finiraient jamais.

Les *Petites Affiches* ont acquis un nombre infini de souscripteurs, depuis que ce n'est plus un abbé qui les rédige.

(16) C'est à Jalès que devaient se rassembler les Catholiques, et de-là partir en corps d'armée pour aller

à Nîmes égorger les Protestans. Heureusement cet horrible projet a échoué.

(17) J'étais à Rome lorsqu'on y a arrêté M. de Cagliostro, pour le conduire au château Saint-Ange, qui est la prison d'état ou la bastille de Rome. Cette arrestation s'est faite sans aucune forme de procès, et contre le droit des gens, beaucoup moins connu à Rome que le droit canonique. Personne ne sait encore de quoi cet infortuné prisonnier est coupable. Je fus le seul qui m'avisai de le croire innocent, et qui osai même demander sa liberté à une grande princesse, dont l'influence sur la cour de Rome, est généralement reconnue : je devins, dès ce moment-là, très-suspect au sacré Collège.

(18) Il y a trois ou quatre journaux intitulés : *l'Ami du Roi*. Que les amis du Roi, bon dieu ! et qu'il serait à plaindre, s'il n'en avait pas d'autres ! M. l'abbé Royou qui a travaillé long-temps à l'*Année Littéraire* et au *Journal de Monsieur*, rédige un de ces *Amis du Roi*.

(19) C'est M. du Rosoi qui rédige, dit-on, la *Gazette de Paris*, et M. du Rosoi est encore un grand *Ami du Roi*.

(20) C'est M. Pelletier ou le Pelletier, qui rédige *les Actes des Apôtres*, dont il a paru 190 volumes. D'autres beaux-esprits y travaillent avec lui. Il y a déjà eu dans cet immense recueil deux ou trois bonnes plaisanteries.

AVIS DE L'IMPRIMEUR.

M. Dorat-Cubières, vient de publier un Poème héroï-comique, en trois chants, intitulé : *les Rivaux au Cardinalat ou la mort de l'Abbé Mauri* (1). Ce Poème est précédé d'une Préface intéressante, dans laquelle est fondue une dissertation sur la différence qu il y a entre le burlesque et le bernesque, et comme le Poème suivant est absolument dans le genre bernesque, j'ai cru pouvoir insérer ici la partie de cette dissertation qui concerne ce genre. M. Dorat-Cubières est un des premiers qui, par sa Préface, l'ait fait connaître en France, et la plûpart des Poèmes insérés dans ce volume, tels que *la Congrégation de Benoît XIV*, *le Te-Deum à contre-tems*, *les États-Généraux de l'Église*, et sur-tout, *le Prieur d'Etteinheim* et *les Rivaux au Cardinalat*, prouvent que M. Dorat-Cubières sait joindre des exemples agréables à des préceptes sévères. On pourrait même ajouter qu'il a une manière qui lui est particulière dans ce genre, moitié plaisant et

(1) Ce Poème a paru au commencement de mai 1792, chez Urbain Domergue, rue Saint-Thomas-du-Louvre, maison d'Orléans; il est précédé d'une Préface intéressante, suivi de notes instructives et curieuses.

moitié sérieux; et que, semblable aux Peintres fameux de l'Italie, il est à la tête d'une école d'où pourrait sortir une foule d'artistes plus habiles que lui peut-être, mais auxquels il aura, pour ainsi dire, ouvert la carrière.

Après avoir cherché à prouver qu'en faisant un Poème contre l'abbé Mauri, l'Auteur n'a point songé à faire une satire personnelle contre ce Législateur célèbre; après avoir expliqué les raisons, qui l'ont engagé à diriger contre lui ce badinage philosophique, voici comment s'exprime M. Dorat-Cubières.

L. P.-COURET.

» Mon Poème, d'ailleurs, est dans le genre burlesque ou bernesque, c'est-à-dire, dans un genre qui ne prouve rien, et si les Chanoines que Boileau a peints dans le Lutrin, n'ont pas eu le droit de se fâcher, les amis de l'abbé Mauri l'auraient-ils davantage, et M. l'abbé Mauri lui-même pourrait-il trouver mauvais d'être le héros d'une plaisanterie dont le fond est entièrement fabuleux, et qui n'a jamais eu de réalité que dans l'imagination exaltée de quelques satyriques romains? c'est à eux qu'il faut s'en prendre, et non pas à moi, si j'ai donné Pasquin pour rival au respectable député de Péronne, c'est du sein de Rome même que partent les coups qui pourraient déplaire au défenseur de Rome, et si l'abbé Mauri ne parvient point à la Papauté, les sujets du Pape en seront seuls la cause. Mais, qu'entendez-vous, me dira-t-on, par le genre burlesque ou bernesque, et d'où vient la distinction que vous mettez entre eux? Peut-être ne sera-t-on pas fâché de connaître sur quelles raisons cette distinction est fondée, et ce n'est point sortir de mon sujet que de traiter du burlesque dans une Préface où il ne doit être question que de l'abbé Mauri. «

» J'avais une très-fausse idée du burlesque, lorsque j'allai en Italie, je le confondais avec le bernesque, et je n'étais pas le seul Français voyageant qui n'eût pas des notions bien claires là-dessus. Arrivé à Florence, j'allai voir, même avant la galerie, le célèbre abbé Bandini, garde de la bibliothèque de Saint-Laurent, et l'un des plus savans hommes de l'Italie; après qu'il m'eut montré tous les trésors littéraires rassemblés dans cette bibliothèque, par les soins des Médicis, anciens souverains de Toscane, c'est-à-dire, les innombrables et précieux manuscrits qu'elle renferme, et dont il a publié un catalogue rempli de recherches et d'érudition, notre conversation tomba sur la littérature, et entr'autres, sur la Poésie Italienne. Je lui fis plusieurs questions sur Pétrarque, l'Arïoste et le Tasse, auxquelles il me répondit de la manière la plus satisfaisante, et mes yeux s'étant tout-à-coup arrêtés sur un magnifique exemplaire du Poème de Fortiguerra, intitulé *Ricciardetto* ou *Richardet :* voici à peu-près le Dialogue que nous eûmes ensemble à ce sujet, ou plutôt voici la réponse intéressante et lumineuse qu'il me fit. Ce ne sont point ses propres expressions que je vais citer, puisque je cite de mémoire; mais j'en ai assez retenu le sens pour croire avoir le droit d'en enrichir cette Préface. Vous avez, lui dis-je, une foule de Poètes qui ont travaillé dans le genre de Fortiguerra, le Tassoni, le Dolce, le Berni, &c. ; leurs ouvrages sont aussi ingénieux qu'agréables ; ils ont tous les titres pour plaire ; mais quel nom donnez-vous à ce genre, et dans quelle classe le rangez-vous ? » Vous venez, me dit-il, de nommer le Poète qui a donné son vrai nom au genre de Fortiguerra, c'est le Berni ; c'est de Berni que vient le nom de bernesque, et gardez-vous de croire que le bernesque et le burlesque soient une seule & même chose. La langue Toscane se prête plus que toute autre aux passages du noble au gracieux, du familier au terrible, et d'une plaisanterie légère et ſine aux grandes et majestueuses descriptions de l'Épopée. La langue Toscane est un Protée qui prend toutes sortes de formes, soit pour effrayer, soit pour faire rire; c'est une cire molle, une argile flexible et onctueuse, avec laquelle on pétrit à son gré des goujats et des héros, des reines et des soubrettes. Beccelli dit même que le vers Toscan et l'enjouement délicat furent de tous les temps inséparables, et naquirent ensemble. En effet, dès l'an 1250, les sonnets Italiens descendirent des hauteurs du Parnasse, pour ainsi dire, et cessèrent de jouer avec l'aigle de Jupiter pour folâtrer avec les bergers. Antoine Pulci, Florentin, et contemporain de Pétrarque, laissa à celui-ci la lyre de Pindare, dont il fit un usage si heureux, et s'empara du flageolet ou plutôt de la cornemuse; ses vers appelés Canti Carneschiesleschi, parce qu'ils étoient chantés pendant le carnaval; ses vers, dis-je, sont remplis d'agrément et de vivacité; mais ils blessent trop souvent la décence, et peignent avec trop de vérité les extravagances et les débauches auxquelles se livre le peuple dans un temps de délire plutôt que de liberté. Un Barbier Florentin, nommé le Burchiello fit aussi en 1480 des Canti-Carneschieleschi. Le véritable nom de cet Auteur étoit Domenico di Giovanni, et quelques Savans ont prétendu qu'il fut surnommé Burchiello, parce qu'il composait ALLA BURCHIA, c'est-à-dire, au hasard et comme impromptu; ses vers eurent tant de succès que son genre fut appelé Burchiellesque, de son surnom Burchiello, et l'on croit que de-là est venu burlesque. D'autres pensent, avec plus de raison, que le mot burlesque vient de BURLARE, qui signifie se moquer, plaisanter, rire. C'est de ce genre que votre Scarron, d'Assouci et tant d'autres mauvais Poètes français ont abusé vers le milieu du siècle de Louis XIV. C'est ce genre qui, semblable aux sautérelles d'Egypte, a frappé long-temps votre Littérature d'une plaie mortelle (1), et a presque étouffé dans leur germe, les fruits et les fleurs qu'elle auroit produits. Je ne pense pas, en un mot, que ce genre convienne autant à votre langue qu'à la nôtre, et par la connaissance que j'ai de toutes les deux, il m'est démontré assez clairement que d'Assouci et Scarron sont bien inférieurs pour les grâces et la gaîté au Pulci et au Burchiellio. Je n'en dirai pas autant du genre bernesque, qui tire son nom de

(1) Ce genre a été si fort à la mode, le siècle dernier, qu'il parut en 1649 un livre, sous le titre de « *la Passion de notre Sauveur*, » en vers burlesques.

Berni

Berni, et qui, selon moi, est aussi supérieur au burlesque que les peintures de Raphaël le sont à celles d'Herpino ou du Calabrois. »

» Le burlesque est pour l'ordinaire une imitation triviale, basse et bouffonne, des beautés nobles et sérieuses d'un Poème noble et sérieux; il cherche à tourner ces beautés en ridicule, et la dérision est le seul but auquel il aspire. Le burlesque est à l'Épopée ce que la parodie est au tragique. Que le genre bernesque est loin d'avoir ces défauts, ou plutôt ces vices. Le genre bernesque ressemble à celui de Vatteaux et de Téniers. Ces peintres ont choisi, à la vérité, une nature commune pour le sujet de leurs tableaux; ce sont des fêtes champêtres et populaires que pour l'ordinaire ils représentent; mais s'il y a une belle ordonnance dans la distribution des figures, si les moindres détails se correspondent avec harmonie, et si l'oeil, dans leurs productions variées, n'aperçoit rien qui le choque, ces productions ont-elles moins de mérite, et le véritable connoisseur ne doit-il pas en faire cas? Il faut convenir cependant que Berni et ses imitateurs ont été plus loin que Vatteaux et Téniers; ceux-ci ne peignent que ce qu'ils voient, ils n'imaginent rien, et les Poètes bernesque ont rempli leurs ouvrages de personnages fantastiques et imaginaires et d'êtres moraux personnifiés ; ils ont fait souvent revivre avec succès les anciennes Divinités du Paganisme, et Téniers et Vatteaux s'en tiennent à des paysans, à des buveurs, à des musiciens, au peuple des tavernes et des hameaux. Les uns ont fait quelquefois descendre tout l'Olympe sur la terre ; les autres ne sont guères sortis du cabaret que pour y rentrer de nouveau ; mais rarement trouve-t-on dans leurs créations ingénieuses, les sales et grossières polissonneries qui caractérisent le burlesque. Le burlesque ressemble à un vil colimaçon qui se traîne sur le laurier et dépose sur sa feuille une bave impure ; le bernesque est un oiseau léger qui voltige de branche en branche, et fait retentir le bocage de chants doux et harmonieux, et toujours naturels, quoiqu'ils aient quelquefois l'air bizarre. C'est l'art des transitions qui distingue sur-tout ce genre charmant, c'est un passage continuel du gracieux au sublime, du noble au familier, et quelquefois du plaisant au terrible. Voltaire est le Poète qui, parmi vous autres français, me paraît avoir possédé ce talent au plus haut dégré, et la Pucelle d'Orléans est un modèle inimitable, quoique Voltaire n'y soit qu'imitateur. L'Arïoste en effet n'aurait point désavoué ce Poëme, quoiqu'il semble avoir été fait d'après son Roland Furieux, et comme l'Arïoste me paroît le premier de nos Auteurs Italiens dans le genre bernesque; on ne doit point hésiter à lui faire partager sa couronne avec Voltaire, et à les couvrir l'un et l'autre du même laurier. Le Lutrin et Ververt ont aussi des graces inappréciables et sont de vraies épopées bernesques, quoiqu'ils soient de moindre étendue que les nôtres. Les Auteurs de ces trois différens ouvrages ont l'air de se jouer de leur propre sujet, de se moquer des héros qu'ils imaginent, et d'en rire quelquefois autant que peuvent en rire leurs lecteurs; ils sont réservés sans contrainte, naïfs sans affectation, gais sans bouffonnerie, fins et spirituels sans recherche; jamais enfin on ne remarque chez eux de disparate, quoiqu'ils allient à peu-près tous les tons, et ne conviendrez-vous point qu'on chercherait en vain toutes ces qualités dans le burlesque? Vous avez voulu savoir ce que c'est que le bernesque : le voilà. Vous voyez qu'il ne faut pas le confondre avec le premier, et que celui-ci n'est point séparé de l'autre par une légère nuance, mais par toute l'epaisseur des ténèbres. Vous voyez enfin que le jour et la nuit ne sont pas plus différens, et que si le bernesque est une source toujours jaillissante de traits d'imagination et d'esprit, le burlesque est un cloaque impur où vont se perdre la raison et les graces. »

L'abbé Bandini se tut à ces mots, et je le remerciai de m'avoir éclairé par un discours aussi sage. J'aurais pu lui faire plusieurs autres demandes, et même quelques objections, mais il y avait déjà plus d'une heure que je causais avec lui; sa dissertation venait de m'apprendre l'utile emploi qu'il faisait du temps, et je me retirai, de peur de lui dérober son trésor. J'étais logé à l'hôtel de l'Aquilanera, peu distant de la bibliothèque de Saint-Laurent, et tout en marchant, je me disais à moi-même : . . . .

Le bernesque est un genre charmant où les Italiens ont excellé, et qui a exercé le plus grand nombre de leurs Poëtes; mais où ces Poëtes ingénieux ont-ils puisé leurs sujets? Dans l'histoire, dans la féerie, dans la mythologie même; c'est la chronique fabuleuse de l'archevêque Turpin qui sert de base au chef-d'oeuvre de l'Arioste, et aucun de ces Auteurs n'a songé à peindre ce qu'il y a de plus ridicule, non-seulement dans l'Italie, mais dans le monde entier, je veux dire la Cour de Rome; ils avaient le tableau sous les yeux, et ils l'ont dédaigné, et ils sont allés chercher au loin des originaux qu'ils pouvaient toucher avec la main ! quel dommage ! Ah ! si, au lieu de retracer la guerre des Modénais et des Boulonnais, des Guelfes et des Gibelins, Alexandre Tassoni avait mis en vers les guerres sacrées des Papes et des Anti-Papes, les démêlés survenus dans les Conciles, et les interminables querelles occasionnées par les erreurs des principaux Hérésiarques, n'aurait-il pas moissonné dans un champ plus fécond? et ses plaisanteries, lancées contre le fanatisme et la superstition, ne seraient-elles pas d'un intérêt plus général? j'aime beaucoup le sceau de bois qu'il a décrit avec tant de grâce; mais un chapeau de Cardinal, par exemple, mais le mantelet d'un Monsignor m'égayeroient bien davantage, et l'Arioste aurait trouvé de bien meilleures anecdotes dans la chronique scandaleuse de la Cour de Rome que dans la chronique de Turpin. Voltaire a dit que la famille des Atrides était le foyer où Melpomène devait forger ses poignards; la Cour de Rome est l'atelier où tous les Peintres du ridicule doivent choisir leurs modèles.

C'est ainsi que je raisonnais à part, moi, en cheminant vers mon auberge, et peu de jours après, étant arrivé à Rome, je résolus dans mon ame de suppléer au silence des Poètes bernesques de l'Italie; je résolus de chanier les Papes et les Cardinaux, du même style qu'ils ont célébré des enchanteurs, des héros et des hippogriffes ; un mauvais Pape en effet ne mérite-t il pas la préférence sur tous les monstres que le Dante et l'Arioste ont inventés ; et l'homme qui, pendant si long-temps, a fait croire à l'Univers que trois ne font qu'un, que Dieu descend dans un morceau de pain, et mille autres extravagances pareilles, un tel homme, dis-je, n'est-il pas plus habile que tous les sorciers? et, comme l'a si bien dit Montesquieu, n'est-il pas le premier magicien du monde?

Ce projet, je dois l'avouer, me fit observer la Cour de Rome avec beaucoup d'attention, et j'aurai peut-être sur mes rivaux, dans le genre bernesque, l'avantage de ne pas blesser les moeurs locales. Heureux si j'avais hérité de leurs talens.

LE PRIEUR D'ETTEINHEIM.

UN Prieur d'Etteinhem, au fond de sa retraite,
Célébrait la grand'Messe et lorgnait Zerbinette;
Beauté qui, sur son ame étendant son pouvoir,
Des amoureux plaisirs y nourrissait l'espoir.

Or, maintenant, amis, désirez-vous connaître
Quel était cet objet qui charmait le saint Prêtre?
Ce qu'on ne saurait peindre, il le faut esquisser;
Achevez le tableau que je vais commencer.

L'AIMABLE Zerbinette est à la fleur de l'âge:
Elle est simple, naïve, et du prochain village
Quelquefois elle vient, avec grâce et candeur,
Conter sa peccadille à monsieur le Prieur.
Au béat quelquefois elle offre des premières
Les fruits de la saison et des fleurs printanières;
Mais de bouquets en vain ses paniers sont remplis;
Ils ont moins que son teint de roses et de lys:
Sa taille est d'une Nymphe, et sa bouche vermeille,
De méprise souvent fit accuser l'abeille.

LE Prieur est lui-même à la fleur de ses ans;
Ses traits sont à la fois mâles et séduisans:
De *Sanson*, de *David*, c'est un heureux mélange;
C'est la force de l'homme et la beauté de l'Ange.

Ces deux tendres amans, brûlés des mêmes feux,
Soupiraient l'un pour l'autre, et n'étaient pas heureux.
Eh! qui, me dira-t-on, les empêchait de l'être?
Un Prieur de couvent, et qui pis est, un Prêtre,
Peut, auprès d'un tendron, garder la chasteté!
Ce fut tenu du prodige, et c'est la vérité.

La vérité, souvent, au mensonge est semblable,
Et quelquefois l'histoire a les traits de la fable.

Vous savez, mes amis, que le saint Tribunal
A plus d'un jeune objet fut trop souvent fatal,
Et qu'abusant par fois de sacrés privilèges,
A l'innocente Vierge il a tendu des pièges.
L'aimable *Zerbinette* en triompha toujours;
Et le Ciel du danger préserva ses beaux jours;
Mais le danger, hélas! souvent se renouvelle,
Et fille de quinze ans n'est pas long-temps pucelle.

Un général, semblable au conseiller *Bonneau*,
Et justement nommé le *général Tonneau*,
Animal tout bouffi d'orgueil et de colère,
Aux bords du Rhin, alors, promenait sa misère;
Et digne lieutenant d'un fameux Cardinal,
Des combats meurtriers attendait le signal.
Vaincre ou fuir, cependant fut toujours sa devise,
Devise assez commune aux guerriers de l'église,
Et son armée errante au gré de sa fureur,
Faisait naître le rire et non pas la terreur.

PEIGNEZ-VOUS des soldats de la plus triste mine,
D'effroi tout pantelans, tout hâves de famine,
Et seulement guidés par la soif du butin.
Si l'un pour bouclier à l'armet de Mambrin,
L'autre, couvrant son front d'une marmite énorme,
Des casques argiens croit imiter la forme;
Et tous rangés en ordre, un eustache à la main,
Pensent ressusciter un bataillon Romain.

TELLE droit au Couvent marche la troupe noire:
Tonneau, brûlant de vaincre et plus encor de boire,

Vers le sage Prieur a dirigé ses pas,
Et lui tient ce discours d'un ton de fier à bras :

« Vous savez qui je suis : le Sénat de la France
M'a vu des révoltés gourmander l'arrogance,
Et par le grand *Mauri* noblement secondé,
De ma robuste voix le tonnerre a grondé ;
Dans la fameuse enceinte où, pour nous rendre esclaves,
Mon frère, d'un vil peuple, a brisé les entraves,
Mon frère a, par malheur, triomphé de nos droits.
Ce vil peuple, aujourd'hui l'emporte sur les Rois,
Et pour mettre le comble à son audace extrême,
Dans ses temples sacrés, il attaque Dieu même :
Par lui le Saint des Saints cesse d'être invoqué,
Et scandaleusement du Pape il s'est moqué.
Des recluses par-tout il ouvre les cellules ;
Par-tout il interdit les frocs et les cuculles,
Et croit stupidement, par le diable poussé,
Qu'on peut aller au Ciel sans être confessé.
Quel désordre, bon dieu ! quelle affreuse anarchie !
Pense-t-il renverser l'antique Monarchie,
Et du beau Paradis où siègent les vertus
Pense-t-il, à son gré, déloger les élus ?
Non, et je viens ici, j'en jure par Silène,
Contre une Nation qui se dit souveraine,
Rassembler des carreaux qu'elle croit épuisés,
Et reforger des fers qu'à peine elle a brisés.
Voyez-vous ces soldats ? ils lancent le tonnerre ;
La foudre est dans leurs mains ; mais ils couchent par terre ;
Ils sont, depuis long-temps, de fatigues abattus ;
Et pour trésors, hélas ! ils n'ont que leurs vertus.
Dans votre prieuré, séjour calme et tranquille,
A ces fiers combattans accordez une asyle,

Et, dès que ranimés par un peu de repos,
Ils pourront, dans mon camp, rejoindre mes drapeaux,
Pour venger la Noblesse, et généreuse et brave,
Pour venger Dieu, sur-tout, qui veut qu'on soit esclave,
Pour rétablir ensemble et le trône et l'autel,
Je cours à tout Paris proposer le cartel.
J'attendrai toutefois que l'aimable Pomone
Ait vu des dons vermeils que prodigue l'Automne;
Regorger à l'envi les plus vastes celliers.
Les pampres me sont chers autant que les lauriers.
D'un si doux sentiment, qui pourrait se défendre?
Vous l'approuvez vous-même, et je crois vous entendre
Me dire dans l'accès d'un transport tout divin : »
« Oui, répandez le sang, mais épargnez le vin;
Des mécréans Français, que votre main nous venge;
Respectez Dieu, mes fils, et sur-tout la vendange. »

Il cesse de parler, et crie à pleine voix :
« Vive le despotisme et vivent tous les Rois! »

Né dans les mêmes lieux que l'honnête *Candide*,
Le Prieur est crédule, et l'instinct qui le guide,
Présente à son esprit, sous l'aspect le plus beau,
Les orgueilleux projets du belliqueux *Tonneau*.
De la piteuse armée accueillant les cohortes,
Il lui fait du couvent ouvrir toutes les portes,
Et l'on voit pêle-mêle, errans et confondus,
Des braves à moustache et des Moines tondus.

Du monacal palais qu'habite le bon Prêtre,
A peine cependant *Tonneau* s'est rendu maître,
Que, portant sur la cave un regard assassin,
Des outres du Prieur il và percer le sein,
Et de leur sang vermeil il abreuve sa troupe,
Qui le reçoit gaiment dans une large coupe.

Le Général lui-même, à longs traits le buvant,
En bruyant cabaret transforme le couvent,
Donne à son verre plein le saint nom de ciboire,
Et dit pour *oremus* de jolis airs à boire.
Il ose plus, hélas! et ma débile voix
Pourra-t-elle narrer ces tragiques exploits?
Dans la paisible enceinte où la poule immobile,
Près du coq vigilant goûte un sommeil tranquille,
Où le pigeon roucoule en rêvant à l'amour;
Dans l'enceinte, en un mot, qu'on nomme basse-cour,
Tonneau conduit sa troupe amante du carnage,
Et de tous les forfaits retracez-vous l'image.

Que je plains votre sort, débiles cannetons!
Poulets à peine éclos! .. pacifiques dindons! ..
L'un est surpris tremblant sous l'aile de sa mère;
L'autre a le cou tordu sous le bec de son père,
Et tombant, à son tour, sous le sanglant couteau,
La tourterelle expire au sein du tourtereau.
Un cygne était resté fier de son beau plumage,
Qui d'un étang voisin cotoyait le rivage;
Un soldat l'aperçoit, l'atteint d'un plomb mortel,
Lâchement s'applaudit d'un triomphe cruel,
Et la troupe au couvent rentre après sa victoire:
Tonneau pompeusement la mène au réfectoire,
Où, dans un beau gala que préside Bacchus,
Général Cannibale, il mange les vaincus.

Sans Vénus, toutefois, Bacchus ne saurait plaire,
Et Naxos, en tout temps, avoisina Cythère.
Le général apprend qu'un objet enchanteur
Se rend, chaque Dimanche, aux genoux du Prieur,
Et lui vient en secret conter sa peccadille.
Quel plaisir pour *Tonneau* d'attraper une fille!

Il s'affuble aussi-tôt d'un habit monacal,
Se glisse avant l'aurore au sacré tribunal,
Contrefait son accent pour tromper *Zerbinette*,
Et semblable au renard, veut croquer la poulette.

Quel sacrilège affreux ! Dès le premier abord,
Zerbinette s'oppose à son coupable effort,
Et d'une main pudique elle défend ses charmes,
Elle a même recours aux prières, aux larmes ;
Mais *Tonneau* parle au nom de la Divinité.
« Frémissez, lui dit-il, le Ciel est irrité
Du rempart qu'à mes vœux votre pudeur oppose ;
Seul, de tous vos attraits, il faut que je dispose,
Et le Ciel, en un mot, veut qu'à son Directeur
Toute fille bien née abandonne sa fleur. »

Zerbinette se rend à ce discours étrange,
Et, dans le Général, elle croit voir un Ange
Qui, du Ciel descendu par l'ordre du Seigneur,
Vient coucher avec elle en tout bien, tout honneur.
Du Prieur en secret elle est d'ailleurs éprise :
Elle croit obéir au saint homme d'église,
Et la religion, la terreur et l'amour,
S'emparant de son ame, y regnent tour-à-tour.
La rose est dans son sein renfermée et captive,
Et la main de *Tonneau* qui n'est point inactive,
Au même instant la cueille avec lubricité ;
Elle descend plus bas, cherchant la volupté.
Mais le Prieur arrive au moment où le traître,
Des plus secrets appas allait se rendre maître ;
Il arrive, et pour lui quel spectacle d'horreur !
Ses cheveux sur son front se dressent de terreur.
Aux lieux où de la Vierge on adore l'image,
Une Vierge est en proie au plus sanglant outrage ;

Des mains du séducteur il l'arrache soudain ;
Et, dans l'emportement d'un superbe dédain,
« Ainsi donc, lui dit-il, poussé par la licence,
Tu profanes ce temple et corromps l'innocence !
De l'hospitalité tu blesses tous les droits ;
Et, sous prétexte enfin de défendre les Rois,
Et de faire aux autels rendre leur privilège,
A l'infâme viol tu joins le sacrilège !
De *Zerbinette* épris, dans l'ombre du secret,
J'avais enseveli mon feu pur et discret,
Et le saint Tribunal, dont par fois on abuse,
Ne me servant jamais de voile ni d'excuse,
Malgré l'esprit malin qui m'a souvent tenté,
Je n'ai point fait d'outrage à la virginité ;
Et, lorsque dans mon sein j'enchaînais ma tendresse,
Tu déployoyais la tienne avec scélératesse ;
Traître, est-ce donc pour toi qu'élevant cette fleur,
Je n'ai point fait valoir mes droits de Confesseur,
Pour toi, que m'imposant une longue abstinence,
J'ai vieilli dans le jeûne et dans la continence ?
Quoique Moine et Prieur, j'ai chastement vécu :
Assailli du démon que j'ai toujours vaincu,
Je le combats encore avec persévérance,
Et contemple l'effet de ton intempérance :
Par toi de mes poulets tous les cous sont tordus ;
Ils sont tous à la fois aux enfers descendus,
Et tu n'as respecté ni le sexe ni l'âge ;
Ta main même est encore fumante de carnage.
Que dis-je ? Tout mon vin, par tes soldats tiré,
Abreuve leur gosier dès-long-temps altéré :
Mon tranquille cellier est ton champ de bataille,
Et ton bras héroïque éventre ma futaille !

Lâche et vil ennemi, voilà donc tes exploits!
Voilà comme, vengeant les Prêtres et les Rois,
Tu penses relever et l'autel et le trône,
Et des fameux guerriers mériter la couronne!
Ah! qu'ils ont dû peser sur le peuple Français,
Et tes emportemens et tes fougueux excès!
Et peut-on les blâmer d'avoir brisé la chaîne
Qui livrait des vassaux à ta loi souveraine?
J'étais Aristocrate, et ne m'en cache pas;
Je souhaitais la mort aux citoyens-soldats,
Et plaignant de Louis la royale famille,
J'espérais voir un jour rétablir la Bastille.
Qu'ils sont changés mes vœux! qu'ils seront satisfaits,
Si la liberté règne et punit tes forfaits;
Et si l'égalité fait ton premier supplice,
Que j'aurai de plaisir à m'en rendre complice.

L'AUDACIEUX *Tonneau*, dédaignant ce discours,
De ses iniquités veut poursuivre le cours:
Il joint, pour triompher, la force à l'artifice;
Mais de l'airain sacré qui commande l'office,
La corde est peu distante; et vous devez savoir,
Quel est dans un couvent son magique pouvoir.
Malgré tous les efforts du noble Sycophante,
Le Prieur devinant les projets qu'il enfante,
Aux marches d'un autel l'enchaîne d'une main,
Et de l'autre, à grand bruit, va sonnant le tocsin.
Aux funèbres accens de l'airain qui l'appelle,
Tout le couvent s'émeut, s'assemble pêle-mêle,
Et l'esprit en désordre et les sens agités,
Il accourt dans le temple à pas précipités.
« Venez; leur dit le chef de la sainte milice,
Du Très-Haut, sur un monstre accomplir la justice;

Venez, et remplaçant l'Ange exterminateur,
Donnez la discipline à ce profanateur;
Que de vos fouets aigus les pointes meurtrières,
Vengent sur un ingrat les loix hospitalières. »

Il dit, et pénétré d'un courroux plus qu'humain,
Chaque Moine s'avance, un long fouet à la main;
On dépouille *Tonneau* de l'habit qu'il profane,
Du capuchon pointu, de la noire soutane,
Et, sur son gros derrière offert à tous les yeux,
Trente frères convers tombant à qui mieux mieux,
Y laissent de leurs coups l'ineffable trace.
Le colosse guerrier a beau demander grace;
Zerbinette elle-même, attendrie à moitié,
Pousse en vain dans les airs le cri de la pitié.
La pieuse cohorte est sourde à sa prière,
Et rit, en le frappant, de l'horrible derrière.

« PUISSE-T-IL, dit alors le Prieur offensé,
Puisse-t-il être ainsi joyeusement fessé,
Tout Français émigrant qui, dans la Germanie,
Vient contre un peuple libre armer la tyrannie! »

Puis il leur donne à tous la bénédiction,
Et fait chanter en chœur, vive la Nation!

FIN.

www.ingramcontent.com/pod-product-compliance
Lightning Source LLC
Chambersburg PA
CBHW050319030726
47505CB00003B/777